못난이의 사랑

못난이의 사랑

초판 1쇄 찍은 날 § 2007년 9월 28일
초판 1쇄 펴낸 날 § 2007년 10월 8일

지은이 § 정경하
펴낸이 § 서경석

편집장 § 문혜영
편집책임 § 이종민
편집 § 한지윤

펴낸곳 § 도서출판 청어람
등록번호 § 제1081-1-89호
등록일자 § 1999. 5. 31
어람번호 § 제5-0164호

주소 § 경기도 부천시 원미구 심곡1동 350-1 남성B/D 3F (우) 420-011
전화 § 032-656-4452 팩스 § 032-656-4453
http://www.chungeoram.com
E-mail § eoram99@chollian.net

ⓒ 정경하, 2007

ISBN 978-89-251-0920-6 03810

※ 파본은 구입하신 서점에서 교환하여 드립니다.
※ 저자와 협의하여 인지를 붙이지 않습니다.

프롤로그 / 7

1. Say hello / 13

2. 이보다 황당할 순 없다 / 43

3. 스물아홉 살이나 먹어선… / 81

4. 김 주임님, 너무해요! / 113

5. 새살이 돋은 흉터 자국 / 143

6. 역전의 용사들이 다 모였다! / 173

7. 노처녀의 생일은 생일이 아니다? / 205

8. 꽃다발과 고백 / 233

9. 당신을 사랑하는 또 한 사람 / 261

10. 시소게임 / 285

11. 깨달음은 항상 찰나 / 313

12. 사랑은 ON AIR / 342

에필로그 / 379

작가후기 / 392

프롤로그

아래층 거실에는 아무도 없었다. 그럼에도 최대한 소리가 나지 않게 문을 닫은 서영은 방바닥에 앉은 조카를 향해 V자를 해 보였다.
"지호야, 시작하자."
"응응. 얼른 와, 이모."
"쉬잇!"
올해 여섯 살 난 지호가 신이 나서 외치자 서영은 서둘러 조카의 입을 막았다.
"네 외할머니 아시면 큰일난다. 조용히…… 조용히……."
"알았어."

여섯 살답지 않게 영특한 지호가 두 눈을 찡긋거리며 고사리 같은 손에 컵을 들었다. 서영이 엄마의 신주단지 포도주 병을 들고 지호의 잔에 포도주를 따랐다.
"이모, 넘치면 안 돼."
"어유, 넌 왜 그런 걱정을 해? 이모가 얼마나 능숙한 테크니션인데."
그녀는 연령을 생각해 지호의 소주잔에는 1/5만 따르고, 바닥에 놓인 잔에는 넘칠 듯 찰랑찰랑하게 따른 뒤 잔을 들었다.
"자, 건배."
"응, 이모 건배."
두 개의 소주잔이 허공에서 짠하고 부딪쳤다.
"우와, 저엉말 맛있다."
"캬! 그렇지, 그렇지?"
잘 익은 포도주 맛에 반한 지호와 서영이 서로를 마주 보며 키득거렸다.
"이모가 밤마다 훔쳐 먹는 거는 내가 외할머니한테 비밀로 해줄게."
"고맙다, 지호야."
바로 어젯밤, 이 년 묵은 포도주를 커다란 머그잔에 한 컵 따르는 것을 지호에게 들켰던 서영은 그 말에 가슴에 올려놓았던 돌을 내려놓은 듯했다. 아버지를 위해 온갖 사랑과 애정으로 빚은 엄마의 귀하디귀한 포도주를 고방에 쥐처럼 들락거리며 훔쳐 먹었다는 사실이 들통나는 날에는 이 세상 하직이다.

"이모, 나 쪼끔만 더 주면 안 돼?"

"안 되긴. 더 먹어, 더."

서영은 너무 신이 난 나머지 자신의 목소리가 방문을 넘어선 것도 몰랐다.

"뭘 더 먹어!"

헉, 포도주가 가득 든 항아리를 들던 서영은 갑작스럽게 들리는 엄마의 목소리에 가슴이 철렁 내려앉았다. 홱 돌아보자 도끼눈을 한 엄마가 그녀를 노려보고 있었다.

"정.서.영. 너!"

엄마의 딱딱 끊어지는 음성을 들은 서영의 몸이 자동적으로 굳어졌다.

"어, 엄마."

대체 어떻게 이 사태를 헤쳐 나갈까 고민하는데 지호가 선수를 쳤다.

"할머니, 있잖아. 난 저얼대 안 마시려고 했는데 이모가, 이모가…… 마시라고 막 그래서……. 우아앙."

"야! 내가 언제……."

영특하다 못해 영악한 지호가 엄마의 치맛자락을 부여잡고 눈물 연기를 펼치자, 서영은 기가 막혀 죽을 것만 같았다.

"아이고, 그래 내 새끼. 할미가 안 봐도 비디오다. 우리 강아지, 안방으로 가거라. 가서 만화영화 봐라."

엄마는 외손자 지호에겐 세상에 둘도 없이 자상한 천사표가 되고 만다.

"응, 할머니."

하지만 지호가 제 살길을 찾아 쏙 도망가자, 어느새 엄마는 다시 도끼눈이 되어 주위를 두리번거렸다.

"내 이걸 그냥!"

필시 파리채를 찾는 것이다. 서영은 엄마가 뒤를 돌아본 사이 잽싸게 방을 뛰어나갔다.

"정서영, 너 어딜 도망가!"

번개처럼 빠르게 파리채를 찾은 엄마가 그녀의 뒤를 쫓아 나왔다.

"별로 마시지도 않았어!"

"애 데리고 그게 할 짓이야! 아이고, 저 화상! 저게 진짜 어쩌려고 저래? 다른 사람도 아니고 코흘리개 조카 데리고 술 대작이라니! 내가 최 서방 얼굴을 어떻게 보라고!"

"남자애들은 어렸을 때부터 어른한테 술 교육을 받아야 해."

저만큼 달아난 서영이 강 여사를 향해 말했다.

"저게 터진 입이라고!"

분노가 극에 달한 강 여사가 파리채를 휘두르며 뛰어오는 것을 본 서영이 서둘러 돌아서 도망가기 시작했다.

"정서영, 너 거기 안 서?"

"엄마, 혈압 올라가. 그만 포기해."

그녀는 골목길을 신나게 달리며 소리쳤다.
"아휴, 내가 언제 저 화상 꼴 안 보고 살아!"
창창한 딸년을 잡지 못한 강 여사가 허공에 파리채를 휘두르며 푸념을 토했다.

숨이 턱에 차도록 달린 서영은 엄마가 더 이상 쫓아오지 않는다는 것을 알고 나서야 멈춰 섰다.
"아이고, 늙어서 뛰려니 죽을 것 같다."
한참 동안 숨을 몰아쉰 그녀는 머리를 긁적이며 주위를 둘러보았다. 뛰어나올 때 겉옷을 입을 틈이 없어 어깨가 오싹해졌다.
"이럴 땐 소주가 최고지."
서영은 회색 트레이닝복 바지를 뒤적거렸다. 오전에 지호 간식거리를 사주고 남은 천 원짜리 몇 장이 손에 잡히자, 그녀는 편의점으로 들어갔다.
검은 비닐봉지에 목적하던 것을 사 온 서영은 근처 놀이터로 갔다. 짧은 겨울 해가 얼마 남지 않은 시간, 놀이터는 무척 한산했다. 놀이터 귀퉁이 벤치에 자리를 잡은 그녀는 소주와 안주거리를 꺼냈다. 혼자 술을 마실 때 적막한 분위기는 필수지만, 또 이렇게 적막한 곳에 소주 병을 여니 처량하기 짝이 없다. 괜히 서글픔이 밀려들자 가뜩이나 얇은 트레이닝복이 더 춥게만 느껴졌다.

"인생이 참, 지는 태양 같다."

을씨년스런 겨울 오후, 서영은 구시렁거리며 플라스틱 컵에 소주를 따랐다. 막 잔을 들어 마실 찰나,

"넌 아직도 줄줄이 비엔나에 소주냐?"

너무나도 익숙한 목소리에 서영은 소주잔을 들고 있다는 것도 잊은 채 뒤를 돌아보았다.

"너…… 너……!"

서영은 석양을 등진 채 벤치에 기대선 그를 보며 말을 잊지 못했다.

"잘 있었냐?"

정우다.

1
Say hello

1 Say hello

딱 삼 년 만에 보는 녀석이 마치 어제 만나고 헤어진 것처럼 삐딱하게 벤치에 기대서 손을 흔들었다.

"Hello, 못난이."

마치 귀신을 본 듯, 한참 동안 정우를 보던 서영의 말문이 터졌다.

"너, 뭐야? 언제 왔어? 완전 돌아온 거야?"

"술 다 넘친다."

하지만 그녀의 반가움은 상관없이 정우는 그녀의 술잔을 가리켰다.

"어어……."

그제야 차가운 소주가 흘러내린 것을 알아챈 서영은 서둘러 잔을 내려놓았다. 삼 년 만이다, 저 반반한 낯짝을 보는 것이. 서영은 그저 귀신에 홀린 것만 같았다.

"폼을 보아하니 사고 치고 쫓겨난 것 같은데. 맞지?"

여전히 정우에게서 시선을 떼지 못한 서영이 대답했다.

"지호가 포도주 맛이 어떤지 보고 싶대서 줬는데 들켰어."

"여전하다, 여전해."

그러자 그가 소시지를 집어 먹으며 빈정거렸다. 감히 그녀의 소시지를 먹으며, 그녀를 비웃다니.

"넌 그렇게 쫓겨나고도 아직 쫓겨나는 자의 기본이 안 되어 있어? 옷은 입고 나와야지. 안 춥냐?"

"엄청 춥거든?"

서영은 정우의 손에 들린 소시지를 뺏으며 이를 갈았다. 어째 삼 년 만에 보는 낯짝이나 저 빈정거리는 말투가 어제도 들은 것 같을까. 하나도 안 변했다, 하나도.

"그러니까 네 옷 좀 벗어줘."

그녀는 정우에게 달려들었다.

"너 뭐 하는 거야?"

"가만히 좀 있어라."

하지만 서영은 정우가 질색하며 물러나기도 전에 그의 패딩 점퍼를 벗겨냈다. 183㎝, 체격 좋은 녀석의 점퍼는 마치 담요 같았다. 옷을 걸치자 온기가 순식간에 퍼지며, 그제야 살 것만 같았다.

"이봐, 못난아. 나도 춥거든? 뭐 하는 짓이냐?"

졸지에 점퍼를 뺏기고 회색 스웨터 차림이 된 정우는 어이가 없어 그녀를 툭툭 쳤다.

"남자 옷이나 벗기고, 아직도 너무 여전하다."

"그러는 당신도 여전히 삐딱해."

절대 점퍼를 뺏길 수 없는 서영이 두 손으로 옷깃을 여미며 맞장구쳤다.

"어쨌든 반갑다. 재회를 축하하며 건배합시다."

서영은 하나뿐인 잔에 소주를 따라 정우 앞에 놓아주며, 자신은 병을 들었다. 하지만 녀석, 건배도 없이 술을 날름 털어 넣어 버렸다.

흠, 재수없음은 여전하시군.

서영은 소시지를 이정우 삼아 마구 잘근거렸다.

이정우. 삼십오 년 전 여고 동창생인 엄마들로 인해 그들도 어렸을 때부터 무척 가깝게 지냈다. 아마 어지간한 촌수의 친척들보다 더 자주 보았을 것이다. 게다가 같은 학군이라 중, 고등학교를 함께 다녔다. 날마다 봤다고 해도 과언이 아닐 얼굴. 하지만 그들은 162㎝ 대 183㎝의 키 차이만큼이나 판이하게 다른 성격을 자랑했다. 성격뿐이겠는가. 이정우의 외모도 동글동글 귀염성있는 서영과는 달랐다. 길거리에서 공공연히 모델 제의를 받을 만큼 쭈욱 빠진, 잘나신 몸매와 함께 여자들의 시선을 빼앗는 멋진 얼굴이었다.

하지만 말이다. 보이는 게 전부는 아니지.

서영은 정우를 힐끗거리며 생각했다.

다 좋은데 성격이 좀 안 좋지. 모든 걸 두루 갖추다 보니 애가 좀 시니컬하다고 해야 할까?

"그런데 언제 온 거야?"

"한 오 일 됐다. 급한 일 정리하고 아줌마, 아저씨께 인사드리러 왔다."

"흠."

쳇, 군의관으로 지방에서 머문 삼 년 동안 소식 한 통 없더니, 이제야 인사한다고 나타난 녀석.

"너 손가락 부러졌지?"

서영이 심술궂게 묻자 정우가 손을 쫙 펼쳐 보였다.

"아니, 멀쩡한데?"

"그런데 왜 연락 한 통이 없었냐?"

그녀가 얼굴을 들이밀며 따지자, 자리에서 벌떡 일어난 정우가 그녀의 머리를 툭 쳤다.

"춥다, 얼른 들어가자."

저게! 삼 년 전이나 지금이나 여전히 사람 말을 씹네?

"야! 이정우, 너……."

"빨리 와라. 나 들어갈 때, 묻어 들어가야 아줌마가 너 가만두시지."

맞다. 묻어가는 것. 정우의 지적에 서영이 성질을 내던 이유는 모두 잊고 서둘러 녀석의 뒤를 따라갔다.

정우의 말처럼 엄마는 서영의 존재는 싹 무시하고 정우를 반겼다.

"아이고, 정우야. 그동안 잘 있었니?"

"네, 잘 지내셨죠?"

"그럼, 그럼~"

서영은 마치 이산가족 상봉하듯 다정한 엄마와 정우의 모습에 입을 삐죽거리며 거실 소파에 앉았다.

"이모, 개구리 중사 할 시간이야."

"오, 그래?"

이층 그녀의 방에서 놀던 지호가 거실로 내려오며 소리치자, 서영은 서둘러 리모컨을 들었다.

"남자란 군대를 갔다 와야 한다지만, 그래도 네 엄마가 걱정 많이 했다. 알지?"

"그럼요."

강 여사는 친아들 같은 정우의 단단한 어깨를 보며 흐뭇하게 웃었다. 왜 아니겠는가. 막내딸 기저귀 갈 때 저 녀석 기저귀도 갈아주었고, 막내딸 이유식 먹일 때 저 녀석 이유식도 함께 먹였거늘.

"하하. 지호야, 봤어?"

"응, 히히."

그러다 강 여사는 어느새 자신의 처지는 모두 잊고 텔레비전에 몰두한 막내딸을 보며 한숨을 푹 쉬었다. 그런데 왜 이 녀석은 이렇게 반듯한 치과의사가 되고, 막내딸은 백수가 되어서 노는 건지.

"그래, 병원은 어디냐?"

"네, 미 치과병원입니다."

정우의 말에 강 여사의 눈이 번쩍 떠졌다.

"아이고, 거기? 취직하기가 그렇게 힘들다는 미 치과병원?"

"네."

정우가 멋쩍게 머리를 긁적거리자, 결국 강 여사는 푸념을 시작했다.

"아유, 윤희는 좋겠다. 아들 둘 다 의사 만들고. 네 엄마가 너 낳을 때, 옆방에서 나도 저 화상 낳았는데, 왜 저 물건은 저 모양인지. 에휴, 취직을 안 할 거면 결혼이라도 하든지. 이것도 저것도 다 싫다고 저러고 앉아 있는데, 내가 아주 지긋지긋하다."

서영의 등을 뚫어져라 노려보는 강 여사를 보며 정우가 물었다.

"서영이 일 안 합니까?"

"멀쩡히 잘 다니던 직장 때려치운 지 벌써 일 년이 다 되어간다. 망할 것. 정우야, 어디 일자리 없니?"

정우는 서영의 동그란 등을 한참 동안 바라보다, 강 여사를 보았다.

"저기, 그럼 말입니다."

"뭐니?"

그의 목소리가 낮아지자 덩달아 목소리를 낮춘 강 여사가 호기심을 드러냈다. 그러다 정우의 말을 듣는 얼굴에 함박웃음이 영글어갔다.

퇴근해 오신 아버지께도 인사를 드린 정우는 곧 자리에서 일어났다. 대문까지 배웅을 나온 서영이 말했다.

"잘 가라. 이젠 연락 좀 하고 살아."

"곧 보게 될 거다."

"응?"

"아니, 이거나 받아."

서영은 정우가 내민 명함을 받았다.

"은호도 한번 봐야지."

"은호? 그래, 은호 본 지도 삼 년이 넘었다. 너 군의관 가기 전에 봤으니까. 자식, 너 없으니까 연락도 안 해."

역시 중, 고등학교 동창인 은호를 떠올린 서영이 섭섭하단 듯 중얼거렸다.

"곧 자리 마련할게. 간다."

"그래. 잘 가라."

서영은 정우가 차에 타 시동 거는 것을 지켜보았다. 삼 년 만에 만난 녀석, 그리고 곧 다시 만날 친구. 무료한 생활에 모처럼 활력소가 될 듯했다. 그녀는 정우가 차가 멀어지는 것을 보며 집 안으로 들어갔다.

며칠 후.
"이모, 이모~오. 제발 좀 일어나, 응?"
서영은 이불을 잡고 늘어지는 지호 때문에 죽을 것 같았다.
"아우, 지호야. 제발 네 엄마 일 그만두라고 해. 응?"
아침부터 시작된, 그리고 날마다 반복되는 지호의 앙탈에 서영은 베개에 얼굴을 묻고 웅얼거렸다.
한동네도 모자라 한 집 건너가 바로 시집간 언니네였다. 곧 지호네 집. 약사인 소영 언니는 역시 약사인 남편과 약국을 경영하는지라, 여섯 살 난 지호는 곧잘 그녀의 집에 맡겨졌다.
"안 돼. 우리 엄마가 돈 많이 벌어야 한댔어. 다른 애들 공부할 때 나는 우리 집에 돈 없어서 공장 가면 안 되니까. 그래서 엄마는 내 공룡 장난감도 한 개밖에 안 사줘."
우와, 언니야. 하나뿐인 아들, 경제 교육 너무 빡세게(?) 시킨다. 지호의 영악한 말에 고개를 든 서영이 다시 얼굴을 묻었다.
"지호야, 그냥 이모 죽었다고 생각해라."
"씨이, 이모 미워! 우아앙."
졸지에 이모를 잃은(?) 지호가 결국 울음을 터뜨리고 말았다.

"지호야, 너 왜 울어?"

헉, 엄마다. 귀한 외손자 울렸다고 또 파리채 휘두르실라. 서영은 자리에서 벌떡 일어나 지호의 입을 틀어막았다.

"지호야, 울지 마. 이모 살아났어. 이모가 말 태워줄 테니까 그만 울어, 응?"

"우아아앙!"

하지만 마음이 몹시 상했던지 지호가 그녀의 손을 뿌리치고 더 크게 울어 젖혔다. 난감한 서영이 어쩔 틈도 없이 방문이 열리고 엄마가 들어섰다.

"지호, 왜 울어?"

"흐흑. 할머니, 이모가 죽었다고 생각하래."

"뭐야?"

지호의 말에 엄마가 그녀를 노려보았다. 집에서 먹고 노는 게 애 하나를 못 봐서 이렇게 울리고 난리야—!

서영은 곧 들릴 엄마의 호통에 눈을 찔끔 감았다. 하지만 불길한 정적만 이어질 뿐.

"지호야."

예상과는 너무 다른 고요한 엄마의 음성에 서영은 감았던 한쪽 눈을 슬며시 떴다.

"이모가 오늘 중요한 일이 있어서 그러니까 조금 더 자게 두고 할머니랑 놀자."

잉? 그녀는 한쪽 눈을 마저 떴다.

"나 중요한 일 없는데?"

서영이 어리둥절한 목소리로 말하자, 엄마가 선언했다.

"너 오늘 두 시에 면접 가야 된다."

"무슨 면접?"

"정우네 병원에 일자리 났단다. 거기 면접 보는 거야."

당최 무슨 소리래? 서영은 큰 눈을 껌뻑거리며 엄마를 보았다.

"정우네 병원이 어딘데? 아니, 그게 중요한 게 아니라 나 이력서 낸 데 없어."

"그런 게 있어. 넌 그냥 면접만 보면 돼."

하지만 엄마는 굳건하게 '면접'을 주장했다.

"음, 이력서를 내야 면접을 보는 거 아니야? 뭐야, 진짜."

갈피를 잡을 수 없는 엄마의 말에 서영이 머리를 긁적거리자,

"정우한테 물어봐라."

한 마디를 남긴 엄마가 지호의 손을 잡고 아래층으로 내려갔다.

"뭘 물어봐? 정우네 병원에 무슨 일자리가 있다고 그래? 자다가 구들장 내려앉는 말씀이시지."

구시렁거리던 서영은 침대 위로 털썩 누웠다. 겨울 아침 태양이 따뜻하게 들어오는 방. 순식간에 온몸이 나른해지는 것이 다시금 잠이 밀려들었다.

"동면하는 곰도 아니고…… 왜…… 이렇게 잠이 오냐……."

느긋느긋 잠에 취해 중얼거리는 서영의 눈이 천천히 감겨들었다. 하지만 까무룩 잠의 나락으로 빠져들 찰나, 서영의 눈이 번쩍 떠졌다. 벌떡 자리에서 일어나 앉은 서영이 머리를 쓸어 올리며 중얼거렸다.

"뭐야, 아니지? 아닐 거야."

어쩐지 불길하다. 아니라고 부정을 해도 이정우 놈이 나타났다 사라지면…… 꼭 무슨 일이 생긴다. 서영은 며칠 전 정우로부터 받은 명함을 찾기 시작했다.

"여기다 뒀는데…… 이게 어디로 간 거야."

마구 구시렁거리며 난지도가 따로 없는 책상을 뒤적거리던 그녀는 마침내 원하던 명함을 찾았다.

"오케이. 그래, 아닐 것이란 건 알지만 확인 차원에서 전화하는 거야."

전화 앞에 앉은 서영은 불안하게 뛰는 가슴을 진정시키며 휴대폰 번호를 눌렀다. 몇 번의 신호가 가고 정우가 전화를 받았다.

[네.]

"너, 아무 짓도 안 했지?"

서영은 다짜고짜 정우를 다그쳤다.

[서영이냐?]

"그래, 나다. 너 정말 아무 짓도 안 한 거야, 그치?"

[무슨 짓? 너 대신 이력서 넣는 그런 짓?]

헉, 서영은 전화기를 부여잡고 사정하듯 말했다.

"그래, 그, 그런 짓. 당근 안 했지?"

[했는데 어쩌지?]

심드렁한 정우의 대답, 정말 허걱이다.

"야! 이정우, 너 미쳤냐?"

이정우에 관한 불길한 예감은 항상, 언제나 어김없이 들어맞는다. 서영은 분노한 곰처럼 침대 위를 쿵쿵거리며 소리쳤다.

"왜 시키지도 않은 짓을 해? 왜?"

하지만 어디 그런 것에 굴할 녀석인가.

[오늘 두 시다. 참고로 네가 이력서 넣은 부서는 병원 전산실이다. 그건 알고 와라.]

서영의 바락거리는 성질은 듣지도 못했다는 듯, 제 할 말만 한 뒤 정우가 전화를 끊어버렸다.

"야! 이정우, 정우야!"

그녀는 끊어진 전화에 정우의 이름을 부르다, 수화기를 쾅 내려놓았다.

"서영아, 정서영. 넌 대체 전생에 이놈이랑 무슨 원수가 져서 이 모양이야? 아우! 망할 자식, 꼭 남의 인생에 끼어들어서 초를 쳐요, 초를!"

서영은 분한 마음을 참지 못해 베개에 머리를 쿵쿵 박았다.

속 모르는 남들은 다 이정우 같은 녀석을 친구로 둔 그녀를 부러워했다. 하지만 말이다. 서영의 입장에서 보면 자신은 이정우와 친구가 되고 싶어서 된 게 절대 아니다. 이모보다 더 자주 놀러온 윤희 아줌마의 손을 잡고 따라온 이정우와 어쩔 수 없이 안면을 트고 지낸 것이지, 친구 먹자고 의도했던 건 아니란 말이다.

게다가 무뚝뚝하고 하는 말의 대부분이 신랄한 녀석은 그렇지 않아도 힘든 인생 곳곳에 예고도 없이 끼어들어 태클을 건다.

"아이고, 이 화상아. 정우는 이번에 전교 회장했다는데, 넌 어떻게 분단장도 못해!"
"정서영, 정우가 전교 1등으로 들어간 중학교에 중간으로 들어간 거 진심으로 축하한다."
"우리 막내딸. 정우 이번에 치대 간다는데 너는 어쩔 거니?"

굳이 떠올리지 않아도 자동 연상되는 엄마의 빈정거림.
"아휴!"
서영은 베개를 내려쳤다.
너무 잘난 엄마 친구 아들과 끊임없이 경쟁하고 비교당하는 게 지긋지긋해 죽을 것 같은데, 뭐라? 그놈이 의사로 일하는 병원 전산실에 취직을 하라고?
"이게 미치지 않고서야 이럴 수는 없어. 진심은 아닐 거야."

자리에서 벌떡 일어난 서영은 마구 구시렁거리며 방 안을 서성거렸다. 꿈일 거라고 아무리 부정을 해봐도 시계 바늘이 째깍거리며 이동할수록 초조감도 높아만 갔다.

"정말 미쳐 버리겠네."

대학 병원과 버금가는 진료 수준을 자랑하는 미 치과병원은 그녀도 들어본 적이 있는 곳이었다. 진료 잘하기로 소문이 났지만, 어마어마한 이름값을 가진 병원이라 진료비도 타 의원보다 무척 비쌌다. 그래서 감히 가볼 생각 따윈 꿈도 꾸지 않았는데, 면접을 보러 가야 한다니…… 그녀는 아래층으로 내려가 엄마 앞에 쓰러졌다.

"엄마, 나 내일부터 이력서 열 통씩 작성해서 들고 나갈게. 꼭 일주일 만에 취직할 테니까 거기 안 가면 안 돼?"

"이 화상아. 네가 열 통씩 써서 가면 누가 써준대? 그래도 정우가 힘 좀 써준 데 가는 게 낫지. 이런 기회가 자주 와? 당장 가!"

"엄마는 입만 열면 정우, 정우! 이정우 엄마 하지, 왜 정서영 엄마 해?"

그녀가 바락 덤벼들자, 두 눈에 쌍심지를 켠 엄마 역시 발끈했다.

"저게!"

그러자 모녀간의 말싸움을 수도 없이 보아온 지호가 천연덕스럽게 파리채를 들어 엄마에게 주었다.

"할머니, 여기 파리채."

"그래, 고맙다. 우리 강아지. 정서영! 이리 와!"

하지만 지난 이십구 년 동안 이 집에 살며 배운 것은 순발력이 전부인 서영이 잽싸게 안방을 뛰어나가며 소리쳤다.

"최지호 너, 이모가 다 보고 다 기억했어. 앞으론 개구리 중사 비디오 안 빌려줄 거야."

하지만 놀아주지 않은 이모에 대한 미움에 지호가 혓바닥을 날름거렸다.

"메롱."

모두가, 심지어 저 코흘리개 최지호마저 그녀를 우습게 본다. 이층 방으로 올라온 서영은 침대에 머리를 박고 소리쳤다.

"아악, 이정우, 절대 가만 안 둬!"

안 간다고 버티면 매만 번다. 결국 터덜터덜 미 치과병원까지 온 서영은 겉에서 보기에도 멋들어진 병원을 올려다보며 땅이 꺼져라 한숨을 쉬었다.

"나 정말 여기 들어가기 싫거든? 치과는 딱 질색인데, 한술 더 떠서 일자리 면접을 보러 와야 한다는 게 말이 되니?"

말이 안 된다. 그래서 자꾸만 뒤로 돌아 집으로 가고만 싶다. 서영은 머리를 긁적였다.

"이것아, 환갑이 다 되어가는 아버지도 힘들게 돈 벌어오신다. 사지 육신 멀쩡한 게 돈 좀 벌면 일본을 간다, 대만을 간다, 이 나라 저 나라 다니며 돈 뿌리는 거 말고 네가 지금까지 해놓은 게 뭐냐? 어떻게 너 편한 대로만 살아? 그리고 말이다. 톡 까놓고 말해보자. 나이 서른이 내년이라 늙는 것도 서러운데, 거기에 더해 백수라고 손가락질하는 건 어떻게 생각하냐?"

면접에 적합한 치장을 하도록 감시하던 엄마가 구구절절 가슴에 박히는 말만 안 했어도, 이대로 도망가 버릴 수 있을 텐데.
"그래, 면접 본다고 다 붙는 것도 아니고 일단 가자. 기운 내, 정서영."
서영은 주먹을 불끈 쥐고 병원 로비 안으로 들어갔다.
병원 로비에 걸린 안내도를 보며 건물 사층 전산실의 위치를 확인한 뒤, 엘리베이터를 탄 서영의 가슴이 미친 듯이 두근거렸다. 자의든 타의든 낯선 사람들 앞에서 평가당하는 건 항상 사람을 긴장하게 만들었다.
전산실이라 적힌 팻말 앞에 심호흡을 한 뒤 노크를 하자, 그윽한 남자 목소리가 들려왔다.
"네, 들어오세요."
서영이 머뭇거리며 전산실 안으로 들어가자, 문에서 맞은편 책상에 앉아 있던 젊은 남자가 자리에서 일어났다.
"누구십니까?"
"아, 저, 전 오늘 면접하러 온 정서영이라고 합니다."

타인 앞에서 자신의 이름을 말하는 것만큼 어색한 일이 또 있을까. 그녀가 어설픈 촌뜨기처럼 고개를 숙이자, 남자가 웃으며 다가왔다.

"아, 정서영 씨? 처음 뵙습니다. 전산실 김정민 주임입니다."

오호라, 인물 좋다. 잔뜩 인상을 찌푸렸던 서영은 환한 남자의 얼굴을 본 순간, 가식적인 미소를 지었다. 남자는 아주 독특한 매력을 가진 사람이었다. 값비싼 몸값을 자랑하는 고양이처럼 호박색 눈동자에, 밤빛 고수머리가 마치 혼혈인 같은 느낌을 주었다. 고수머리가 개구쟁이 같았지만 반면 코가 오뚝하고 입술이 붉어 무척 섹시하기도 했다. 그중에서도 한마디로 규정할 수 없는 남자의 호박 빛 눈이 상대로 하여금 호감을 갖도록 하는 결정적인 매력 포인트 같았다.

"안녕하세요, 정서영이라고 합니다."

서영은 다소곳하게 남자가 내민 손을 잡으며 말했다. 살결도 참 곱다. 흐흐.

"김 주임, 오늘 본 지원자 중에 이분이 실력도 제일 좋고, 얼굴도 제일 미인이시네."

그녀의 모습을 보고 저만큼 떨어진 책상에 앉아 있던 아저씨(?)가 웃으며 말했다. 아우, 저 아저씨가 또 사람 보실 줄 아시네. 서영은 자꾸만 벌어지는 입을 단속하기가 버거웠다.

"그렇죠, 윤 주임님?"

그러자 꽃미남조차 맞장구를 쳐준다. 흠, 비록 원치 않는 자리였으나…… 어찌 마음이 심하게 끌린다.
 "일단 여기 앉으세요."
 서영은 남자가 가리킨 의자에 앉으며 이 자리를 반드시 차지하리라 다짐을 굳혔다.
 "여기 커피 마셔요."
 "감사합니다."
 그녀는 남자가 건네준 커피 잔을 받아 들었다.
 "엑셀이랑 파워포인트는 할 줄 알아요?"
 "네."
 서영이 대답하자, 김 주임이라 자신을 소개한 남자가 고개를 끄덕거렸다.
 "하긴 정보처리기사 자격증도 있으니까 괜한 질문을 했군요."
 "아, 네."
 이정우 자식, 내가 그 자격증 있는 건 또 어떻게 알았대?
 "만약 전산실에 들어오면 접수실과 연계되는 일도 해야 합니다. 이를테면 차트실 입력 업무도 우리 전산실에서 해야 하거든요. 그래도 괜찮겠습니까?"
 "네."
 아는 단어라곤 '네' 뿐인 아이처럼 서영은 연신 그 말만 했다. 형식적인 질문이 몇 개 더 오간 뒤, 김 주임은 친근한 웃음을 띠며 말했다.

"아마 좋은 소식 있을 겁니다."

"네, 부탁드릴게요."

그녀가 먼저 이력서를 제출한 것은 아니었지만, 나름 쾌적한 환경에 우호적인 사무실 사람들을 보자 마음이 몹시 동하는 것이 사실이었다.

김 주임에게 정중히 인사를 하고 나오자, 뜻밖에도 정우가 벽에 기대서 그녀를 기다리고 있었다. 문을 닫고 돌아서 정우 놈을 노려보자, 그가 싱긋 웃었다.

"잘했어?"

"몰라."

녀석에 대한 앙금이 하나도 사라지지 않은 서영이 퉁명스럽게 대답했다.

"아줌마가 너 미끄러지면 보따리 싸서 내보낸다고 하시던데, 잘하지 그랬어?"

무심한 녀석의 대답.

"야!"

인내의 한계다. 남의 일에 참견이나 한 주제에! 서영이 그를 노려보자 정우가 기댔던 몸을 일으켜 다가왔다.

"못난아, 그렇게 흘겨보다가 눈 찢어진다. 여기서 더 못나지면 세상 살기 엄청 힘들거든? 그만 해라."

이놈 자식이 툭하면 못난이! 서영은 다가온 그의 등을 주먹으로 힘껏 쳤다.

"못난이라 그러지 말랬지!"
"아, 힘은 여전히 좋아."
서영의 엄청난 힘에 맞은 정우가 인상을 쓰며 등을 문질렀다.
"그러지 말고 술이나 한잔하러 가자."
"됐거든."
서영은 정우를 흘겨보며 앞서 걷기 시작했다.
"은호도 나온다던데, 정말 안 가?"
"그럼 더 가기 싫어. 은호 그 싸가지가 내 염장 지를 거 분명해."

정우보다 더 하면 더 했지, 결코 덜하지 않을 염장질의 소유자 강은호. 아무리 오랜만에 본다고 해도 이 기분으로는 절대 가고 싶지 않았다.

"흠, 은호 검찰청 발령 났다고 한턱 낸다고 해서 너도 같이 가자고 한 건데. 뭐, 싫으면 말아라."

하지만 정우의 대수롭지 않은 말투에 귀가 솔깃해졌다.
"정말 은호가 쏜대?"
"그런다고 하네요."
여기서 정서영의 신념 하나. 공짜면 양잿물도 마신다.
"가자, 정우야."
"안 간다며?"
서영은 정우의 팔을 잡으며 히죽 웃었다.
"농담이었지. 얼른 가자. 점심도 못 먹었더니 엄청 배고프다."

정우의 차를 얻어 타고 약속 장소인 바로 간 서영은 정우를 닦달해 스테이크 하나를 먼저 시켰다.

"은호 오면 같이 먹지."

"어차피 시켜 줬으면 그냥 둬라. 그리고 내가 이러는 건, 너 때문에 아침 점심 다 못 먹어서 그래, 그러니까 넌 그런 말 할 자격이 없거든?"

큼직하게 썬 스테이크를 포크로 콕 찍으며 지적하자 정우가 고개를 설레설레 저었다.

"잘되면 제 탓, 안 되면 조상 탓."

"흥."

그러거나 말거나 열심히 스테이크를 먹던 그녀의 귀에 낯선 여자들의 속삭임이 들려왔다. 무시하려 했지만, 무시할수록 커지는 수군거림.

"저 여자 집이 엄청난 재벌인가 봐."

"당연하지. 그러지 않고서야 저 인물에, 저 몸매를 해서 어떻게 저런 남자를 만나니?"

"그렇지?"

저런 쌍것들! 서영은 옆 테이블 여자들을 무섭게 노려보았다. 수군거릴 생각이거든 소리나 좀 죽이든지. 아주 확성기로 대놓고 얘기하는 것 같다. 그녀가 노려보자 공공연한 눈길로 정우를 탐내던 여자들이 새침한 얼굴로 고개를 돌려 버렸다. 정우와 함께 있으면 흔하게 겪는 일이지만, 겪을 때마다 은근히 화가 나는 이유는 뭘까?

"눈 찢어지겠다. 뭘 그렇게 노려봐? 물이나 마셔. 목 안 메?"

곁에 앉은 정우가 그녀의 팔을 툭 쳤다. 그녀를 활화산으로 만든 여자들의 말에도 아무렇지 않은 녀석. 왜 아니겠는가. 저 잘났다는 말인데.

"넌 아주 좋겠다."

서영은 괜히 정우에게 심술을 냈다.

"왜 좋은데?"

"얼굴이 잘나서."

"뭐, 그다지 좋지는 않은데? 괜히 사람들 시선만 끌지, 외모가 내 전부가 아닌 이상 그렇게 좋지는 않다."

하, 이거 염장질 맞지?

그녀의 말에 진지하게 대답하는 정우를 보며 서영은 숨이 콱 막혔다. 쌍꺼풀이 없어도 저렇게 커다란 눈을 하고서, 또 저렇게 매끈하고 날렵한 콧등을 자랑하는 얼굴을 하고서 좋지는 않단다. 그것뿐인가? 윤곽 또렷하고 색이 붉은 입술과 파리가 낙상할 턱 선을 가지고서 감히 저딴 말을 한다. 기가 막혀 빤히 쳐다보자 정우가 의아한 눈으로 물었다.

"왜?"

"됐다. 술이나 시켜."

"싱겁긴."

괜한 서영의 퉁퉁거림에 웨이터를 부르려 고개를 돌리던 정우가 싱긋 웃었다.

"어이, 강은호."

"어, 많이 기다렸어?"

은호였다. 그들과 중, 고등학교를 같이 다녔고 이십대 초반 대부분 정우에 묻혀 만났던 반가운 얼굴. 청바지를 즐겨 입던 은호는 어느새 검은 정장 재킷이 어울리는 근사한 남자가 되어 버렸다.

"안녕."

반가움에 서영이 손을 흔들자,

"반사."

그녀 곁에 털썩 앉은 그가 말했다. 이놈 자식! 입가의 웃음이 그대로 굳어지며 서영은 은호를 죽일 듯 노려보았다.

"넌 여전하다?"

그녀의 인사에 지난 십오 년 동안 한결같이 '반사'를 외치는 망할 자식.

"그러는 넌 여전히 열 받는다?"

이를 가는 그녀를 보며 은호가 낄낄거렸다. 근사한 남자가 됐다는 말 다 취소다!

"우리 삼 년 만에 보는 거거든? 그런데 어떻게 넌 내 인사를 반사할 수 있어?"

은호는 서영이 죽일 듯 노려보는 눈길에도 전혀 굴하지 않으며, 한술 더 떠 서영의 포크를 뺏어 스테이크를 먹으며 히죽거렸다.

"삼 년 만에 봤는데 달라진 건 하나도 없는 거 같다? 특히 네 정신 연령 말이야."

그러다 힐끗 서영을 본 은호가 입을 딱 벌리며 감탄했다.

"아, 달라진 거 있다. 서영이 너, 얼굴은 더 못나진 것 같은데?"

"야!"

은호의 이죽거림에 숨이 꽉 막힌 게, 역시나 괜히 따라왔다.

"그만들 해. 사람들 다 보는데, 심하게 부끄럽다."

그들이 처음 만난 중학교 1학년 때부터 전혀 나아지지 않은 실랑이에 정우가 냉정한 어조로 끼어들었다.

"하지만 정우야. 진짜 서영이 더 못나졌어."

두 눈을 동그랗게 뜬 은호가 순진하게 소리치자, 정우가 힐끔 서영을 보며 고개를 끄덕거렸다.

"흠…… 그건 그렇다."

하…… 기가 막혀서.

"이것들이 사람 중간에 앉혀두고 뭐 하는 짓이래?"

서영은 정우와 은호의 등을 아프게 내려쳤다. 정말이지 어린 시절 했던 유치한 말장난을 이 나이가 돼서 그대로 할 수 있는지, 의문만 가득할 뿐이었다.

"형진이만 있으면 금상첨화인데."

삼 년 만에 만난 그들은 입을 모아 미국에 있는 또 다른 친구 형진을 그리워했다. 대학 재학 시절 유학을 떠나 그곳에서 아직 공부 중인 녀석은 은호와 정우의 죽고 못 사는 친구다. 더불어 서영에게도 너무나 그리운 친구였다. 잔을 하나 더 시켜 형진 몫의 위스키를 따라두고 그 잔에 서로의 잔을 부딪쳤다. 시작은 살벌했으나 또 술이 오가는 동안은 화기애애한 분위기로 유쾌했다.

그녀야 아직 면접 결과가 나오지 않아 상관없지만, 정우와 은호는 다음날 출근을 해야 했기에 가볍게 마시고 헤어지자고 했다. 심하게 마시진 않았으나, 이 상태로 운전을 할 수는 없었기에 대리운전을 부르고 기다리는 동안, 서영이 메뉴판을 뒤적거렸다.

"나 아이스크림 하나 먹고 싶은데."

그러자 한 번도 그녀를 도발하지 않고 넘어가지 못하는 은호가 톡 끼어들었다.

"살찔 텐데?"

하지만 서영은 메뉴판을 소리 나게 접으며 환하게 웃었다.

"강 검사님. 그런 걱정은 하지 마시고요, 당신은 여기 스페셜 아이스크림이나 하나 시켜주세요."

"흠, 아이스크림 살 그거 무서운데. 이봐요."

구시렁거리던 은호가 마지못해 웨이터를 불렀다.

"참, 나 망고 빼야 해."

"그냥 주면 주는 대로 먹어. 망고도 먹어야 얼굴이 고와지지."

"싫어, 강은호. 나 절대 망고 안 먹거든?"

"애도 아니고 아직도 그런 걸 가려?"

"그거 썩은 고구마 맛이 나서 싫다니까. 이 심술대왕 강은호야."

하지만 은호는 동요하지 않은 채 웨이터에게 주문했다.

"망고만 한 바가지 주세요."

심술궂은 은호의 주문에 서영이 발을 동동 구르며 정우의 팔을 잡아당겼다.

"정우야, 쟤 좀 어떻게 해봐. 나 망고 싫어. 응?"

"정말…… 따로 다니든지 해야지, 원."

그들의 유치한 실랑이에 진저리를 치던 정우가 은호를 향해 말했다.

"어이, 강 검사야. 못난이 망고 진짜 싫어한다. 그거 시키지 마라."

유치하기 짝이 없는 말씨름에 종지부를 찍는 정우의 말에 은호가 삐쭉거렸다.

"하여튼 골고루 하셔."

결국 웨이터가 망고 대신 딸기 맛 아이스크림을 서영에게 건넸다.

"아우, 강은호 네가 이런 성격으로 어디 검사 짓 해먹겠어? 상사한테 밉보여서 내일 당장 잘릴 거야."

"웃기지 마셔라. 나 연수원 성적 최상위권이다."

서영과 은호가 서로를 잡아먹을 듯 으르렁거리자 정우가 진저리를 쳤다.

"내가 니들 때문에 굉장히 부끄럽거든? 그만들 좀 하지?"

정말 스물아홉 살 먹은 정상적인 사회인 같지 않은 대화들이 난무하는 관계, 그들은 바로 친구였다.

2 이보다 황당할 순 없다

아침 여덟 시. 알람 소리보다 더 정확한 지호 목소리가 그녀를 깨웠다.

"이모, 이모—오!"

간만에 면접 보고, 저녁에 술도 마신 피곤을 풀려면 정오까지는 자야 하건만, 서영은 부스스한 머리를 들어 지호를 보았다.

"배신자. 나 다 기억해서 너랑 안 논다고 했지?"

서영은 엄마에게 파리채를 건네던 조카의 모습을 똑똑히 기억하고 있었다. 그러자 지호가 애교를 가득 담아 예쁘게 웃었다.

"이모, 속 좁게 그러지 말고 그만 잊어. 그리고 나랑 개구리 중사 비디오 빌리러 가자, 응?"
"싫어. 너랑은 이제 안 놀아."
서영은 이불을 머리끝까지 뒤집어썼다.
"이모, 이모오."
평소 같으면 이렇게 매몰찬 이모 모습에 지호가 서러운 울음을 터뜨려야 정상이지만, 저도 어제 잘못한 게 있는지라 지호의 목소리가 더욱 은근해졌다.
"오늘 아침에 말이야. 엄마가 아빠한테 이모 예쁜 옷 사줘야겠다고 했어."
지호는 비밀 이야기를 털어놓듯 그녀에게 속삭였다.
"네 엄마가 무슨 일로? 너 공장 안 보내려고 공룡 장난감도 하나밖에 안 사준다며?"
여전히 베개에 머리를 묻은 서영이 웅얼거렸다.
"웅, 이모가 나 봐준다고 너무 고생해서 그러겠지. 그리고 이모, 내가 말이야. 할머니한테 파리채 준 건 사실이지만, 사실은 얼마나 이모를 자랑하는데. 엄마랑 아빠한테도 내가 이모 이따~만큼 사랑한다고 그래."
후훗. 서영은 결국 웃고 말았다. 여섯 살배기지만 얼마나 말을 잘하는지, 그렇지 않아도 예뻐 죽는 조카지만, 오늘은 애교가 철철 넘쳐흘렀다.
"그래서 아빠가 이모 최고 좋은 걸로 옷 사준대. 고맙지?"
몸을 일으킨 서영이 지호의 머리를 헝클어뜨렸다.

"그래, 고맙다. 이모 씻고 내려갈 테니까 넌 아래층 내려가 있어."

"알았어."

지호를 내려보낸 서영은 앉은뱅이 화장대 앞에 털썩 주저앉아 휴대폰을 들었다. 그동안의 구직 경험상, 마음에 든 지원자는 그날이나 다음날 바로 연락을 한다. 어제 면접을 봤으니 오늘 연락이 없으면 미역국이라고 봐야 한다.

"그냥 괜찮은 것 같은데, 잘됐으면 좋겠다."

서영은 기지개를 켜며 중얼거렸다.

아래층으로 내려가자 주방에서 엄마의 목소리가 들렸다.

"밥 먹어라."

"네."

식탁에 앉은 서영이 지호의 머리를 어루만져 주며 막 수저를 들 찰나, 트레이닝복 바지에 넣어둔 휴대폰이 울렸다.

"여보세요."

밥을 씹으며 대답하자, 낯선 남자의 목소리가 들렸다.

[정서영 씨 휴대폰입니까?]

"네, 그런데요?"

남자가 전화할 리가 없는데, 의아한 서영이 수저를 내려놓으며 묻자 수화기 너머에선 반갑게 말을 이었다.

[아, 안녕하세요. 저 김정민입니다. 어제 면접 봤던.]

"아, 네, 네."

갑자기 서영의 가슴이 두근거리기 시작했다. 그녀의 긴장이 느껴졌던지, 지호와 엄마가 덩달아 침을 꼴깍 삼키며 그녀를 보았다.

[정서영 씨가 괜찮으시다면 저희와 함께 일을 했으면 하는데요.]

"네?"

저도 모르게 목소리가 높아졌다. 면접과 취직이 이렇게 쉬울 수도 있다는 것이 놀라울 따름이었다.

[저희가 사정이 급해서 서영 씨에게 시간적 여유를 드릴 수가 없어요. 오늘 당장 출근하셨으면 좋겠는데, 괜찮을까요?]

당근 괜찮지! 아유, 별걸 다 묻는다.

[저희와 같이 일할 수 있는 거죠?]

"네, 지금 가겠습니다."

서영은 애써 목소리를 가다듬어 대답한 뒤 전화를 끊었다.

"누구냐? 남자냐?"

"이모 누구야? 이모부 될 아저씨야?"

언뜻 들렸던 남자 목소리에 엄마와 지호의 호기심이 증폭됐다.

"아니, 남자보다 더 좋은 거야. 엄마, 지호야. 나 취직했어!"

자리에서 일어난 서영이 콩콩 뛰며 기뻐하자, 엄마도 환호성을 질렀다.

"아이고, 잘됐다. 잘됐어."

추운 겨울이 지나고 봄이 오듯, 일 년 동안의 춥고 힘들었던 백수 생활이 끝나고 이제 꽃 피는 봄이 오려나 보다.

"엄마, 나 어때? 이 정도면 괜찮겠지?"

"괜찮다니까 자꾸 그러네. 너무 늦으면 밉보이니까 얼른 가, 얼른."

괜찮다는 엄마의 말에도 서영은 거울 앞에서 쉽게 떠날 수가 없었다. 왜 아니겠는가. 지난 일 년 동안 면 트레이닝복으로 살았는데, 오늘부터 직장인이 된 것이다. 일 년 전에는 매일같이 입었던 검은 재킷과 팬츠가 어색해 도저히 거울 앞을 벗어날 수가 없었다.

"늦는다니까, 얼른 가!"

결국 서영은 엄마가 꽥 소리를 질러서야 현관을 나섰다.

일을 그만두고 첫 두, 세 달은 새 직장을 구하기 위해 이력서도 쓰고 했었다. 그때 쓴 이력서만 해도 이십여 통은 족히 될 것이다. 하지만 연거푸 고배를 마시자 서영은 차츰 자신감을 잃었다. 침대에 누워 천장 벽지 무늬를 익히는 시간이 길어질수록, 어쩌면 다신 예전 생활로 돌아갈 수 없을 거란 절망감이 엄습했었다. 집 밖으로 나가는 것이 두려움으로 다가설 무렵, 다시 출근을 하게 된 것이다.

미리 통보 받지 못했던 출근이라 시간을 엄수하지 않아도 됐지만, 서영은 헐레벌떡 뛰어 버스를 타고 숨을 몰아쉬었다.

버스를 타고 이십여 분이면 새 직장에 도착한다. 손에 진땀이 나도록 긴장감이 들 찰나, 백에 넣어둔 휴대폰이 울렸다. 백을 뒤져 전화를 찾아내 액정을 확인하자, 전화를 건 사람은 다름 아닌 정우였다. 서영은 반갑게 전화를 받았다.

"어, 정우야."

[출근하기로 했다면서?]

"응. 들었어?"

[조금 전에 들었다. 면접 볼 때 인상이 좋았나 보다. 바로 합격이 되네, 못난이?]

여전히 '못난이'로 이죽거리는 이정우였지만, 오늘은 모든 것을 용서해 줄 수 있을 것 같았다.

"내가 또 한다면 제대로 하잖니. 큭큭."

괜한 짓 했다고 펄펄 뛴 게 바로 어제건만, 마음이 참 쉽게도 변한다.

[하여튼 잘하고. 앞으로 종종 보겠다.]

"응, 내가 부탁한 건 아니었지만 그래도 너 때문에 취직됐으니까 월급 타면 한턱 쏠게."

[그래. 나 진료해야 돼. 끊자.]

"알았어."

서영은 전화를 끊었다.

"처음엔 모두 어색해서 힘들 테지만, 그래도 우리 잘해봅시다."

어제 본 김정민 주임은 오늘도 역시나 꽃미남, 게다가 친절 그 자체였다.

"소개부터 하자면, 여긴 우리 윤 주임님이시고, 저긴 미정 씨. 앞으로 서영 씨는 미정 씨와 차트실 관리 업무를 주로 담당하게 될 거예요."

"네, 안녕하세요, 정서영이라고 합니다."

"그래요, 난 윤도군 주임이오. 우리 앞으로 잘해봅시다. 김 주임님. 서영 씨 일 잘할 거 같아요. 우리가 사람 보는 눈이 있다니까요."

"그렇죠?"

어제 본 윤 주임이란 사람은 김 주임보다 한참은 나이가 더 들어 보였다. 하지만 김 주임에게 깍듯이 존댓말을 하는 것을 보건데 김 주임이 전산실의 실질적인 책임자인 것 같았다.

서영이 자신의 자리로 지목된 곳으로 가자, 옆 책상에 앉아 있던 미정이란 여자가 수줍게 인사를 건넸다.

"반가워요. 사무실에 남자 직원뿐이라서 좀 답답했는데 언니오니까 너무 좋아요."

스스럼없이 언니라고 부르는 어린 아가씨의 환영 인사에 서영이 어색하게 대답했다.

"아, 네."

"저도 언니 이력서 봤는데, 저보다 나이가 두 살 많으시더라고요. 언니라고 불러도 되죠? 혹시 기분 나쁘시다면……."

"아니요. 기분 안 나빠요. 오히려 제가 영광이죠."

막내딸로 항상 소영을 언니라고 불렀던 서영은 미정의 수줍은 제안이 무척 마음에 들었다. 그때 김 주임이 그녀의 자리로 왔다.

"모니터부터 볼까요? 이게 우리 병원 프로그램이에요."

가까이 있던 의자를 끌어다 그녀 곁에 앉자, 그의 스킨 냄새가 은은하게 퍼졌다.

"이건 이렇게 하면 돼요. 사실 이게 좀 단순한 작업인데, 그래서 오류가 더 많이 나요. 하다가 졸리거나 그러면 쉬다가 해요. 우린 그렇게 비인간적인 집단이 아니거든요."

"네."

어쩐지 부끄러워져 서영은 고개를 숙여 들릴 듯 말 듯 대답을 했다. 말갛게 웃는 남자의 얼굴에 시선을 줄 수가 없었다. 곁눈으로 힐긋거리자 역시나 독특한 눈동자가 너무 매력적이었다. 항상 배 볼록 나온 아저씨들뿐인 사무실에서 일했던 서영의 눈이 지나친 호사를 누리고 있었다.

"앞으로 우리 잘해봐요. 서영 씨, 파이팅."

부드러운 음성으로 파이팅을 외쳐 주는 김 주임. 어쩐지 그녀의 직장 생활이 너무 행복해질 것 같았다.

전혀 힘들지 않았던 직장에서의 첫날, 퇴근을 하고 돌아오자 엄마가 찬란하게 웃는 얼굴로 그녀를 반겼다.

"우리 막내딸 왔어? 어땠어, 괜찮았어?"

어디서든 처음은 어색하고 힘들기 마련이다. 하지만 처음 하는 일에서 오는 어색함을 빼면 그녀를 따뜻하게 맞아주었던 사무실 사람들로 인해 오히려 서영의 자신감은 충족된 상태였다. 무엇이든 잘할 수 있을 거란 작은 희망.

"뭐, 조금 힘들었어."

하지만 서영은 엄마 앞에서 그런 내색을 하지 않았다. 그것보라며, 사람은 역시 일을 해야 한다는 둥, 정우가 최고라는 둥 그런 말을 빠뜨리지 않으실 양반이기에 말이다.

"그래, 그래. 얼른 밥 먹어. 엄마가 갈비찜 해놨어."

아무리 그렇지만, 엄마 참 너무한다. 지나친 환대를 하는 엄마를 보며 서영이 코를 찡긋했다. 놀고먹을 땐 그렇게 구박을 하시더니, 딱 하루 출근했다고 갈비찜이라.

"아버지는?"

"아, 오늘 모임 있으셔서 늦으신다더라. 지호도 소영이가 데려갔고. 우리 먼저 먹자."

"네, 잘 먹겠습니다."

마냥 기뻐만 할 수 없는 갈비찜이나, 먹음 앞에서 주저함은 죄받을 짓. 젓가락을 살포시 내려놓은 서영은 신의 선물, 손가락을 이용하여 갈비찜을 뜯기 시작했다.

한참 동안 신이 나서 갈비찜을 뜯는데 그녀의 눈치를 보던 엄마가 은근한 어조로 말을 시작했다.

"서영아."

"응?"

고기만으로는 허한 뱃속을 달래지 못하기에, 대충 양념 묻은 손을 닦은 서영은 밥을 한 숟가락 가득 떠 입에 넣었다.

"저기 있잖아. 최 서방네 사돈집 팔촌 총각이 있다는데."

"뭐?"

밥을 씹으며 서영이 고개를 갸웃거렸다.

"형부네 사돈집 팔촌 총각이면 형부랑은 촌수가 어떻게 되는데? 소영 언니랑은 어떻게 되는 거야? 지호랑은?"

그러자 영 관계의 정리가 안 되는 서영을 보며, 엄마가 혀를 찼다.

"이것아, 그게 중요하냐? 다른 건 다 필요없다. 글쎄, 그 총각이 서울대 나와서 벤처기업 한다더라. 최 서방이 그 총각 정말 남 주긴 아깝다고 너 보라는데, 이번 주 토요일로 날짜 잡았다."

컥, 잘 넘어가던 밥이 목구멍에서 반란을 일으켰다. 목구멍이 꽉 막힌 서영이 서둘러 물을 들이키고 소리쳤다.

"엄마!"

"왜, 좋아 죽겠지?"

남의 속도 모르는 엄마는 얼굴에 화색이 만발했다. 눈엣가시

같은 노처녀 백수 막내딸이 취직도 하고, 선도 본다니 즐거우실 만하다. 자리에서 벌떡 일어난 서영이 그런 엄마를 보며 항변했다.

"엄마, 나 오늘 취직했어. 어디든 처음 가면 적응하는 게 얼마나 어려운데 그래? 그런데 또 무슨 선이야?"

학벌 따지고, 집안 형편 따지고, 아버지, 어머니, 언니의 직업과 성격을 쭉 나열해야 하는 지긋지긋한 맞선. 서영은 그 자리에 앉아 있으면 팔 시기를 놓친 젖소가 된 기분이 들어 견딜 수가 없었다.

"그리고 나 선 안 본다니까."

"그러게 선보기 싫으면 윤 군한테 잘했어야지."

"또 그 소리!"

'윤 군'을 들먹거리자 서영이 꽥 소리쳤다. 그 망할 '윤 군'과 어떻게 헤어졌는지 자세히 이야기하지 않았다. 가족들 중 그 누구에게도. 그러니 이유를 모르는 엄마로서는 좋은 짝을 놓쳤다며 그녀를 타박했다. 하지만 서영으로서는 죽어도 듣기 싫은 이름이 바로 '윤 군'이었다.

"이게 어디서 하늘같은 어미한테 소리를 질러?"

그녀의 반항에 엄마의 눈이 세모꼴로 변했다.

"최 서방이 그 총각이랑 너 맞선 보여준다고 백화점에서 원피스도 사준다더라. 잔말하지 말고 나가."

오호라, 아침에 지호가 말한 그 비싼 옷? 어쩐지…… 다 꿍꿍이가 있었구나.

"왜 다들 나 시집 못 보내서 안달이야? 때 되면 가겠지. 결혼이 인생의 종착역도 아닌데, 내가 좋아하는 사람하고 결혼을 해야지."

서영이 얼굴을 붉히며 자신의 생각을 말했지만 엄마는 단호했다.

"그러게 그 최 서방네 사돈의 팔촌 총각이랑 선봐서 좋아지내면 되지. 이번 주 토요일이다."

엄마는 단정적으로 말한 뒤 주방을 빠져나갔다.

"엄마!"

"시끄러워."

아휴, 서영은 머리를 거칠게 쓸어 넘겼다.

우울한 토요일. 텅 빈 사무실에 들어선 서영은 안도의 한숨을 푹 내쉬었다. 이제 출근을 한 지 삼 일째. 격주로 휴무를 하는 병원의 특성상, 오늘은 사무실 제일 신참인 서영과 김 주임이 근무하는 날이었다. 추운 겨울 아침, 즐기지도 않는 백화점 원피스를 입고 나온 서영은 추워서 죽을 것만 같았다.

중앙난방이 되는 사무실이라 훈훈했지만, 그 정도로 만족할 수 없어 구석에 있던 전기스토브를 켠 채 동동거리는데 사무실의 문이 열리고 정민이 들어왔다.

"좋은 아침입니다."

"네, 안녕하세요."

정민이 자신의 트레이드 마크인 환한 웃음으로 인사하는 것을 보자, 서영은 우울했던 기분이 확 가시는 것만 같았다.

"서영 씨, 커피 어때요?"

자신의 자리에 검은 가죽 가방을 내려놓은 정민이 물었다.

"안 그래도 마시려고요. 주임님도 드릴까요?"

"네, 그럼 같이 타요."

서영이 커피메이커 앞에 서자, 정민이 다가왔다. 그가 곁에 다가오자 은은한 스킨 향기가 감돌았다.

"겨울이지만 날씨 참 좋죠?"

서영은 주책스럽게도 심장이 몹시 두근거려 갈라진 음성이 나올까 침을 꿀꺽 삼킨 뒤 대답했다.

"……네."

미정의 설명에 의하면 올해 서른두 살인 정민은 너무나 다행스럽게도 아직 미혼이며, 이 병원 실세인 원무과장의 하나뿐인 조카라고 했다. 호남형인 외모에, 사계절 스포츠를 즐기는 만능 스포츠맨이라 군살 하나 없이 탄탄한 몸매는 병원 여직원들의 가슴을 설레게 하기 충분했다.

"서영 씨 먼저 드세요."

게다가 이 자상함이란. 누구든 이 남자의 피앙세가 되는 여자는 참 행복할 것이다. 서영은 정민이 건네는 머그잔을 받으며 생각했다.

"서영 씨, 이리로 와요. 토요일인데 우리 게으름 좀 피워요."
"네."

그녀는 정민이 창가로 다가가 손짓하자 수줍게—스스로가 듣기에도 무척 가증스러웠다—대답했다. 아…… 멋진 남자가 한 사무실에 있으니까 너무 좋다. 정민에 취한 서영과 볕좋은 겨울 태양과 커피 향에 취한 정민이 잠시 침묵했다.

"저 서영 씨한테 궁금한 거 있는데, 물어봐도 돼요?"

한동안 침묵하던 정민이 그녀를 보며 말했다.

"네? 아, 예, 물어보세요."

뭐든 물어봐라. 내가 다 대답해 주마.

"이정우 선생님하고는 어떤 사이인지 궁금해요."

어머, 어쩌니! 이 남자 나한테 관심있나 봐!

"그게 무슨 말씀이신지……?"

호들갑스러운 탭 댄스를 추고 싶은데, 가식적인 수줍음을 유지하려니 너무 힘이 든다.

"이 선생님이 그럴 성격이 아닌데, 서영 씨 잘 부탁한다고 직접 말씀하시더군요."

"그랬어요?"

흠, 설명을 하려니 좀 부끄럽다. 막내딸이 백수로 노는 걸 보다 못해 어떻게든 사회생활을 시키려는 엄마의 말에 정우가 복종했노라 어찌 말한단 말인가! 그녀가 난감함에 괜히 이마를 긁적거리자 정민이 주저하며 물었다.

"혹시, 이 선생님이랑 사귑니까?"
"아니요!"
아, 대답이 너무 빨리 나왔다. 갑작스런 질문에 서영이 당황하며 마구 고개를 저었다.
"절대 아니에요. 아유, 농담도 잘하세요. 이정우 선생님이랑은 그냥 친구예요. 집안끼리 잘 아는. 저얼대 사귀는 거 아니에요."
그러니 절대 오해하지 마세요. 상심도 하지 마시고요. 저 애인 없어요. 멋진 애인 사귀는 것에 아무 문제도 없다고요.
그녀가 열정적으로 정민을 보며 고개를 젓자, 정민이 싱긋 웃으며 그녀의 손을 토닥거렸다.
"네, 알았어요. 고마워요."
뭐가, 뭐가? 내가 혼자인 게 고마워요? 아유, 너무 티낸다. 흐흐흐.
"우리 이제 열심히 일할까요?"
"네."
서영은 기쁜 마음으로 고개를 끄덕거렸다.

"주말 잘 보내고 월요일 날 봐요."
화기애애한 분위기 속에 짧은 토요일 근무가 끝이 났다.
"네, 안녕히 가세요."
왜 토요일에는 오전 열두 시까지밖에 진료를 안 하는 거야!

서영은 아쉬움에 쉽게 돌아설 수 없었다. 정민의 차가 검은 점으로 멀어질 때까지 지켜보던 그녀가 중얼거렸다.

"서영아, 어쩌니? 저 남자 너무 멋진 거 아니야? 아우, 제대로 멋져. 어떡해, 어떡해!"

혼잣말이라도 너무 좋다. 서영이 얼굴을 붉히며 제자리를 콩콩 뛰는데, 빠앙! 갑자기 요란한 경적 소리가 들렸다.

"아구, 깜짝이야."

그녀가 화들짝 놀라 돌아보자 빨간 지프차 창문으로 정우가 고개를 내밀었다.

"어이, 정신과 진료를 받아야 할 것 같은데? 데려가 줄까?"

저놈 자식이!

"상관하지 말고 당신 갈 길이나 가셔라."

평소 같으면 저 거만한 얼굴에 매서운 혹을 날려주었겠지만, 오늘은 세상이 아름다워 참겠다. 비록 미운 녀석이긴 하나 너무나 멋지고 자상한 김 주임과 그녀를 만나게 해주었으니, 흐흐. 서영의 입이 자꾸만 옆으로 벌어졌다. 그러자 정우가 진심으로 걱정스런 어조로 말했다.

"뭐야, 증상이 너무 심각한데? 그렇게 허공 보며 웃으면 입원 치료야."

하지만 서영은 정우 말에 동요되지 않은 채, 조수석의 문을 열었다.

"병원은 됐고, 차나 좀 태워줘."

"네 차는?"

"흐흐, 백일 면허 정지."

능청스러운 서영의 말에 정우가 인상을 썼다.

"또 술 마시고 운전했어? 죽으려면 너만 죽든지, 너 때문에 다른 사람 다치면 어쩌려고 그래!"

정우의 목소리가 점점 높아지자 서영이 황급히 변명을 했다.

"나 술 먹고 바로 운전한 거 아니거든? 전날 언니랑 형부랑 엄청 퍼 마시고 다음날 아침 운전하는데 그게 음주 측정기에 걸려서 그런 거지."

"술도 안 깼는데 운전은 왜 해?"

어휴, 그러려니 하지, 꼭 따져요. 서영은 고개를 설레설레 흔들었다.

"그런데 어째 오늘은 옷에 신경 좀 썼다. 웬 원피스?"

허, 맞다. 서영은 정우의 지적에 오전 내내 잊고 있던 형부네 사돈집 팔촌 총각을 떠올렸다. 정서영, 돌머리. 그녀는 자신의 머리를 아프게 때렸다.

"그래, 뭔가 허전하다, 했어. 정우야, 나 오늘 집에 바로 안 가, 저기 사거리 지나면 내려주라."

"어디 가는데?"

"선보러."

정말이지 가기 싫은데, 서영은 인상을 쓰며 중얼거렸다.

"선?"

"그래, 선."
"그 사람은?"
"그 사람 누구?"

정우의 말을 되묻자, 그가 그녀를 힐끗 보았다. 도통 영문을 모르겠다는 그녀의 표정 앞에서 정우가 헛기침을 했다.

"너 만났던 사람. 윤상희 씨."

그의 말이 끝나기가 무섭게 서영이 어색하게 앞을 보며 중얼거렸다.

"어? 아…… 그 사람? 헤어졌어."

벌써 일 년도 더 전에. 휴…… 갑자기 그녀의 가슴에 우울함이 파도처럼 밀려들었다. 서영은 이유든 뭐든, 아무것도 묻지 말라는 제스처로 눈을 감고 조수석 깊이 몸을 묻어버렸다. 다행이 그녀의 기분을 눈치 챘는지 정우는 더 이상 묻지 않았다. 드르륵, 갑자기 들리는 소리에 옆을 보니 정우가 안전벨트를 풀고 있었다.

"야, 운전 중에 왜 안전벨트를 풀어? 경찰한테 잡히려고 그래?"

"잡으면 잡히지 뭐."

그답지 않는 호기를 부리며 크게 숨을 쉬었다.

"갑자기 숨이 차고 심장이 두근거려서 그래."

"갑자기 왜?"

정우는 앞을 응시한 채, 궁금함을 감추지 못하는 그녀의 머리를 쓰다듬었다.

"있다, 그런 게."

뭐라니? 하여튼 알 수 없는 영혼. 서영은 홀로 구시렁거렸다.

됐다고 만류를 해도 정우는 그녀를 맞선 장소인 그랜트 호텔까지 데려다 주었다.

"넌 뭐 할 거야? 아직 해가 많이 남았는데?"

서영이 안전벨트를 풀며 묻자, 예의 삐딱한 웃음을 머금은 정우가 어깨를 으쓱거렸다.

"뭐, 은호나 불러내든지."

"넌 선 안 봐? 영우 오빠는? 오빤 애인 있어?"

그녀는 정우의 세 살 많은 형, 영우에 대해서도 물었다.

"몰라. 갈 때 되면 가겠지. 결혼이 인생의 마지막 장도 아닌데, 안간힘을 쓰고 달려갈 필요 있어?"

어라? 차 문을 열려던 서영이 정우를 돌아보았다.

"왜?"

"결혼이 인생의 종착역이 아니란 생각을 너도 하니?"

"무슨 의미냐?"

반색을 한 서영의 얼굴을 보며 정우가 의아해하자, 그녀는 활짝 웃으며 정우의 어깨를 마구 두드렸다.

"이정우는 역시 정서영 친구."

"야, 아프다."

영문도 모르고 어깨를 두드려 맞은 정우가 인상을 썼지만, 서영은 미소를 지우지 않고 차에서 내렸다.

"태워다 줘서 고마워."

"그래, 잘해라."

"뭐, 잘할 것까지야. 숨 막히는 자리에 앉아 밥이나 먹고 차나 마시는 거지."

늙은 젖소처럼 구겨져 앉아 있을 걸 상상하자 벌써 기운이 빠졌다. 어깨를 축 늘어뜨린 서영을 보며 정우가 웃었다. 창문을 통해 그녀의 머리를 툭 쳐준 그가 시동을 걸며 말했다.

"후훗, 간다."

"응, 고마워."

휴…… 이제 정말 지긋지긋한 선을 보는 시간이 다가왔다. 정우의 차가 사라지는 것을 보며 호텔 카페로 들어선 서영은 주위를 두리번거렸다.

"찾으시는 분이 있으십니까?"

"네, 김필모 씨라고……."

그녀는 다가온 웨이터에게 이른바 팔촌 총각의 이름을 말했다.

"이쪽으로 오십시오."

서영은 웨이터의 안내로 구석진 테이블로 다가갔다. 테이블로 다가가자 팔촌 총각은 이미 와 그녀를 기다리고 있었다. 남자를 본 첫 소감은 헤어무스를 무척 사랑한다는 것이었다. 이마 위로 한 올도 흐트러짐없이 반들반들 빗어 넘긴 머리는 올리브 오일을 바른 듯 반짝거렸다.

"정서영이라고 합니다."

"김필모요."

거부감 백배가 생기며 인사를 하는데, 팔촌 총각은 자리에서 일어나지도 않은 채 거만하게 중얼거렸다.

"앉아요."

마치 자신에게 결제를 받으러 온 부하직원을 다루듯 팔촌 총각은 성의없이 건너편 의자를 가리켰다. 서영은 아무 말 없이 의자에 앉으며 이를 갈았다. 제법 반들반들하게 생겼으나, 인색하고 옹졸한 남자의 전형적인 모습.

젠장, 형부. 남 주기가 아까워요? 혹시 남도 안 가져가는 폐기물 아닙니까?

절망감이 엄습했다.

"이번에 내가……."

무슨 증시 설명회장도 아니고, 코스닥 상장이니 미국 월가의 증시니, 서영은 돌아버릴 지경이었다. 그녀는 그저 간간히 대답으로 남자의 장단을 맞추며 주스 잔에 온 관심을 집중시켰다.

"그런데 결혼식 말입니다."

정민의 따뜻했던 미소를 딱 서른네 번째 회상할 무렵, 남자가 불쑥 주제를 전환했다.

"뭐, 그거 꼭 해야 합니까?"

뭐라는 거니, 이 남자?

"시끌벅적하고 내 돈 풀어 하객들 밥 먹이는 그런 결혼식을 꼭 해야 합니까? 그런 결혼식 한 번 해보니까 너무 덧정 없던데. 인륜지대사라고 꼭 해야 한다고 해서 하긴 했는데, 서로 손 흔들고 헤어지니 그만이던데요? 생략하죠, 우리?"

"저, 무슨 말씀이세요?"

서영이 남자를 보자, 팔촌 총각이 건방을 떨며 말을 이었다.

"이봐요, 정말 몰라서 물어요? 우리 딱 까놓고 말해봅시다. 나 강남에 칠억짜리 아파트 있어요. 좋습니다. 결혼식, 그거 까짓것 하죠. 귀찮은 결혼식 한 번 더 하는 게 지긋지긋해서라도 이번엔 똑바로 해야 할 거 같아요."

정말 무슨 말을 하는 거야? 한 번 더 하다니? 서영은 주스 잔을 든 채, 남자를 뚫어져라 쳐다보았다. 그러자 밥맛없는 얼굴이 또 이죽거린다.

"저번엔 그냥 알아서 해오겠거니 했는데, 싸구려 예단에, 싸구려 가구에. 날 무시해도 분수껏 했어야죠. 재수없게."

기억을 더듬기만 해도 기분이 나쁜 듯, 팔촌 총각은 냉수를 들이켰다. 재수는 어찌 당신이 더 없는 것 같아.

"정서영 씨, 생긴 거나 스타일은 그 정도면 됐어요. 대학이 나보다 좀 딸리긴 한데, 여자 똑똑한 건 귀찮기만 하니까 그건 그냥 넘어가죠. 우리 집보다 재력은 딸리겠지만 당신 아버지가 또 알아주는 양반이니 그 정도면 괜찮아요. 날 잡읍시다."

이런 개도 안 물어갈 싸가지를 보았나!

서영은 어이가 없어 아무 말도 할 수가 없었다. 말은커녕 콧구멍 두 개로도 숨을 쉴 수가 없었다. 그리 오래 산 것은 아니지만 서른 해 가까이 살면서 이렇게 무례한 사람은 처음이었다.

"사주를 보니 내 생일 전에 결혼을 해야 내가 승승장구를 한답니다. 날짜는 다음달……."

"이봐요. 잠깐만요."

그녀는 도저히 더 듣고 있을 수가 없어 남자의 말을 중단시켰다. 그리고 들고 있던 주스 잔의 빨대를 빼고 단숨에 마신 뒤 탁, 소리 나게 내려놓았다.

"내가 정리를 해볼게요. 그러니까 내 학벌과 우리 집 재력이 딸리긴 한데, 그냥저냥 나랑 결혼하겠다는 겁니까?"

"바로 그거죠."

그녀의 말에 남자가 흡족한 듯 고개를 끄덕거렸다. 서영은 그 건방진 얼굴을 보며 이를 갈았다.

"저번 여자란 뭐죠? 혹시 결혼을 했었다는 겁니까?"

"아, 결혼식만 했어요. 한 보름 만에 결혼 취소하고 돌려줄 거 돌려주고, 돌려 받을 거 받았어요. 신혼여행 갔다가 돌아온 날 헤어져서 혼인신고도 안 되어 있어요. 난 여전히 총각이죠."

하…… 형부 뭡니까? 이거 다 알고 있으면서 감히 날 개 싸가지에게 소개시킨 거라면 아무리 형부라 해도 절대 그냥 넘어가지 않습니다!

그때 기가 막히고 황당해서 견딜 수가 없어 연신 손 부채질을 해대는 그녀 쪽으로 남자가 자리를 옮겨 옆에 붙어 앉았다.

"여기 스위트룸이 엄청 좋은데 알고 있어요?"

묘하게 말끝을 흐리던 남자가 그녀의 무릎에 손을 올렸다.

어쭈, 개 싸가지에 폐기물 팔촌 총각. 무시를 하다가, 하다가 이제 성추행까지 해? 서영은 남자의 건방진 얼굴과 손을 번갈아 보며 이를 악물었다.

"손 치워."

"아이고, 제법 앙칼진 게 귀여운데."

하지만 아직 사태를 파악하지 못한 남자가 뻔뻔하게 웃으며 그녀 귓가에 속삭였다. 서영은 곁에 두었던 가방을 들어 남자의 머리를 쳤다.

"이 자식이 아주 제대로 미쳤네!"

가죽 재질이라 가방은 그 자체로 무기였다. 퍽 소리를 내며 머리를 맞은 남자가 의자 뒤로 쓰러졌다.

"어디서 손을 대니?"

"아…… 아이고…… 이년이 사람을 치네."

"이년? 하! 야, 이 자식아. 내가 살다 살다 너처럼 웃긴 자식은 처음이거든? 완전 인간 말종이잖아."

"이. 이……."

사람들의 시선이 모두 그들에게 쏠리며 졸지에 망신을 당한 남자가 분해서 파르르 넘어가는 것이 보였다.

"네가 사람을 쳐? 당장 경찰서 가, 가서……."

자신의 잘못은 전혀 자각하지 못한 팔촌 폐기물이 길길이 날뛰자, 그에 질세라 서영은 그의 멱살을 움켜잡고 소리쳤다.

"그래. 가자, 이 자식아. 넌 성추행이고 난 정당방위로 너 한 대 친 것뿐이야. 그래, 어디 한번 해보자!"

호텔 카페를 들었다 놓을 만큼 소란이 있고, 소동에 달려 나온 지배인의 신고로 그들은 경찰서로 가야만 했다. 머리를 맞아 뇌압이 증가됐다나 어쨌다나, 헛소리를 지껄이며 뇌 사진을 찍어야 한다는 남자를 보며 경찰들도 그저 고개만 설레설레 흔들었다. 안하무인 고래고래 소리를 지르는 남자가 밖으로 끌려 나가고 나서야, 담당 경찰이 그녀 곁으로 왔다.

"일단은 사건 접수됐으니 보호자 부르세요. 보호자 분 오시면 귀가 조치될 겁니다."

"다 큰 성인인데 무슨 보호자요? 저 혼자 갈 수 있어요."

멀쩡한 정신으로 봉변을 당한 서영이 퉁명스럽게 말하며 자리에서 일어나자, 경찰이 그녀의 팔을 잡았다.

"여기 규정이 그렇습니다. 보호자 오지 않으면 여기 계셔야 합니다."

그 말에 발끈한 서영이 소리쳤다.

"아니, 뭐 이런 법이 다 있어요? 왜 피해자가 여기 있어야 해요?"

"그러니까 여기 있기 싫으면 보호자 불러요."

성깔 사나운 여자를 보듯, 경찰이 혀를 차더니 제 자리로 쏙 돌아가 버렸다. 정말 젠장이다. 아악! 날 좋은 토요일 날, 폐기물을 만난 것도 미치고 팔짝 뛸 노릇인데, 경찰서라니. 하지만 서영은 죽으면 죽었지 집에 전화하지 않을 생각이었다. 감히…… 하나뿐인 언니와 하나뿐인 형부와 하나뿐인 엄마가 모두 한 통속이 되어 저런 폐기물에 그녀를 팔아치우려 했다는 것이 용서가 되지 않았다.

입술을 잘근거리며 휴대폰을 만지작거리던 서영은 결국 제일 만만한 사람에게 전화를 걸었다. 세 번의 신호가 가고, 상대방이 전화를 받았다.

"저기, 정우야. 나, 나 경찰서야. 나 좀 데리러 와."

[선보러 간다더니, 경찰서는 왜 가 있는 거야?]

"그럴 일이 있었어. 빨리 좀 와."

[나 지금 술 마시는 중이다.]

수화기 너머 정우는 귀찮은 듯 성의없이 대답했다. 서영은 이를 갈며 말했다.

"이정우야. 너 소싯적에 헬멧도 안 쓰고, 오토바이 운전하다 걸리면 누가 너 데리러 갔어? 얼른 기억해 봐."

[협박하냐? 나도 이젠 그런 거 알아서 해결하니까 너도 알아서 해결해. 혼자서도 잘할 나이 됐잖아.]

상대가 가소롭다는 듯 중얼거린다. 감히 이 상황을 비웃으며. 정서영 제대로 열 받았다.

"야!"

바락 소리를 지르다, 한껏 눈치를 주는 경찰과 눈이 마주치자 서영은 작은 목소리로 빠르게 쏘아댔다.

"잘 들어, 이정우. 너 정확히 십 분 내로 안 오면 십 년 전에 진순이 훔쳐다 판 거 다 불어버릴 거야."

그러자 정우가 소리쳤다.

[야, 그건 무덤까지 가져가기로 한 비밀이잖아!]

그래, 이제야 제대로 약발 받으셨구나.

"그건 네가 내 인생에 협조적일 때 무덤까지 가져가는 비밀이야. 당장 뛰어와."

서영은 전화를 끊어버렸다.

'십 년 전 진순이' 사건은 그녀와 정우만이 아는 비밀이었다. 개를 유난히 좋아하시는 정우 아버지가 진도까지 가서 어렵게, 어렵게 구해온 순종 진돗개를 아들이란 자식이 날름 팔아먹었다. 3박 4일 스키장에서 열아홉 청춘을 불사르기 위해.

그것도 모르는 정우 아버지는 일주일이 넘도록 '진순이'를 부르며 골목골목을 누비다 끝내 몸져눕고 말았다는 가슴 아픈 사연이 있었다. 아직도 '진순이' 이름만 생각나면 눈시울을 적시는 분이다. 그런 분이니만큼 개 도둑이 다름 아닌 작은 아들임을 아는 날에는, 정우 발에 돌 매달아 인천 앞바다에 던지시고도 남으실 것이다. 서영은 정우가 올 거라는 것을 믿어 의심치 않았다.

"암, 오고말고."

그래, 이 추운 날 인천 앞바다가 웬 말이냐. 그녀는 의자에 몸을 기댔다.

"아우, 이게 정말."

정우는 이마 위로 흘러내린 머리를 거칠게 쓸어 올리며 구시렁거렸다.

"누구냐, 서영이?"

곁에 앉아 술을 마시던 은호가 묻자, 정우는 마지못해 고개를 끄덕거렸다.

"그래. 경찰서에 있다고 찾으러 오란다."

은호는 맥주병을 내려놓으며 고개를 절레절레 흔들었다.

"정서영, 또 시작이네."

"그러게."

정우는 의자에 걸쳐 둔 재킷을 들고 일어났다.

"정우, 너 어디가?"

은호는 성질을 내면서도 자리를 털고 일어나는 친구를 보며 황급히 그의 손을 잡았다.

"야, 이거 시킨 지 십 분도 안 됐어. 그런데 가? 진짜?"

"그럼 그 물건 경찰서에 넣어두고 술이 넘어가니?"

정우는 벗어두었던 재킷을 들고 성큼성큼 걸어갔다.
"저 자식, 웃긴 자식일세."
술과 안주를 고스란히 두고 가야만 한다는 것이 너무 황당한 은호가 구시렁거렸다.
"명색이 친구가 검사라는데, 안 갈 거냐?"
"간다, 가."
하지만 그는 정우가 매서운 눈으로 돌아보자 서둘러 자리에서 일어나야만 했다.

이대로 경찰서 벤치 망부석이 될지도 모른다고 생각할 무렵, 정우와 은호가 나타났다.
"이제 가도 되죠?"
서영은 팔짱을 끼고 경찰을 노려본 뒤 돌아섰다. 서영이 남자를 때렸다란 말을 막 듣는 순간이었던지라 은호가 다급히 그녀 뒤를 따라 나왔다.
"야, 정서영."
서영을 부르며 은호가 도끼눈을 하고 노려보았다.
"이게 간덩이가 부었구나. 사람을 팬 주제에 반성의 기미가 없어. 쾌씸죄가 얼마나 무서운 건데 그래! 그리고 네가 깡패냐? 사람을 왜 패? 그게 얼마나 무서운 건데 그런 짓을 한 거야?"
"팰 만하니까 팼지!"

은호의 타박에 바락 성질을 낸 서영은 휑하니 앞서 가기 시작했다. 그때 신원보증을 하고 나온 정우는 저 혼자 성큼성큼 걷는 서영의 뒷모습을 가리켰다.

"저게 왜 저러냐? 사람도 팬 주제에?"

"몰라, 무슨 일 있었던 거 같은데?"

"그래? 야, 못난아. 같이 가."

"너는 너 구하러 온 정의의 용사들에게 이게 뭐…… 어?"

은호가 심술궂게 타박하다 불쑥 돌아선 서영을 보며 순간 입을 다물었다.

"너, 왜 그래? 구박했다고 우냐?"

서영의 눈물에 놀란 은호만큼 당혹스러운 정우가 서영에게 다가갔다.

"나 술 사줘."

"응? 어…… 어. 알았어."

"야, 얼른 가, 얼른."

그녀의 온몸에서 풍기는 억울한 슬픔을 눈치 챘는지 그들은 아무것도 묻지 않고 서영을 근처 포장마차로 데려갔다.

"아줌마, 여기 소주 한 병이요."

서영은 의자에 앉자마자 크게 소주 한 병을 주문했다. 그리고 주인이 준 소주를 잔에 따르지도 않고 병째로 벌컥벌컥 들이켰다.

"이게 어디서 병나발이야!"

"야야, 급하게 먹으면 죽어."

그녀가 병나발을 불자, 곁에 앉았던 정우와 은호가 병을 뺏었다.

"그래, 먹고 죽을 거야. 살아서 뭐 해. 술병 이리 내."

서영은 정우의 손에 들린 소주 병을 뺏으려 허우적거렸다.

"못난아, 대체 이유나 좀 알자. 너 왜 이러는 거야?"

"이유? 하······."

차마 말하기 부끄러웠으나, 이대로 속에 담고 있다간 가슴이 뻥 터져 죽을 것만 같았다. 그녀는 눈을 흐릿하게 만드는 눈물을 닦으며 말하기 시작했다.

"우리 형부네 사돈의 팔촌 총각이랑 선을 봐서 그래."

그러자 곁에 앉았던 은호가 마구 머리를 흔들었다.

"정우야, 애 뭐라는 거니?"

"우리 엄마가 나 미워하는 건 알았지만, 이 정도인 줄은 몰랐어."

설움이 북받친 그녀가 꺽꺽거렸다.

"어어엉. 그 남자가 자긴 호적이 총각이라서 괜찮대."

그러자 이번엔 정우가 인상을 쓰며 고개를 저었다.

"은호야, 대체 애가 뭐라는 거야? 호적만 총각이라니?"

자꾸만 설명을 요구하는 친구들을 보며 서영이 눈물을 닦으며 말했다.

"잘 들어. 딱 한 번만 더 설명할 거니까. 내가 때렸다는 그 남자, 오늘 나랑 선본 남자야. 그런데 그 남자가 지금으로부터 딱 석 달 전에 양가 하객 불러서 결혼식도 하고, 신혼여행도 갔다 왔는데…… 세상에, 신부랑 혼수로 싸우고 결혼 취소를 했단다."

"흠."

그녀의 간단명료한 설명에 정우와 은호는 일시에 침묵했다.

"나, 술 줘봐."

"그래, 얘기 들어보니 마셔야겠다. 얼른 마셔."

서영은 정우가 따라 준 술을 단숨에 마시고 입을 닦았다. 그러자 은호가 당근을 그녀의 손에 쥐어주며 다그쳤다.

"그래서, 그래서?"

"결혼 보름 만에 파투내서 혼인신고도 안 되어 있대. 호적이 말짱한 총각이라서 자긴 선봐도 괜찮다고…… 괜찮다고 그러는데. 나보고 이런다? 서영 씨는 집이 좀 살아서 혼수 많이 해올 수 있죠? 학벌도 딸리고 집안도 딸린다면서……. 어어엉, 내가 왜 그런 소리를 들어야 하는 건데! 내가, 내가 아무리 노처녀라도 그렇지…… 흐흑, 호적이 총각이라서 괜찮다니…… 나이가 들었지만 혼수만 많이 해오면 다 용서가 된다니……. 어엉, 그리고 그놈이 내 다리 먼저 어루만졌단 말이야."

서영은 당근을 들고 그대로 울어버렸다. 그러자 정우와 은호가 동시에 분노하기 시작했다.

"완전 개자식 아니야? 그걸 가만뒀어? 아주 죽여 버리지!"

"너 아까 왜 그런 이야기 안 했어, 이 바보야, 그때 이야길 했으면 내가 그놈 잡아다 확 유치장에 잡아 처넣잖아!"

그래도 이것들이 친구라고, 그녀가 당한 일에 분노해 준다. 그녀더러 바보라고 욕하지 않고 그 나쁜 자식을 욕해준다. 귀찮다고 구시렁거리면서도 결국은 그녀를 구하러 와준 고마운 녀석들.

"어어엉."

눈물범벅이 되어 울고, 또 우는 그녀를 보며 얼굴 가득 인상을 쓴 정우가 빈 잔에 술을 따랐다.

"자자, 마셔라. 너 오늘 마시고 죽으면 내가 데려다 줄 테니까 오늘은 마음껏 취해도 된다."

"그래, 마시고 잊어. 그 자식 내가 꼭 잡아넣어 줄게. 마셔, 마셔."

"응, 응."

서영은 눈물을 닦으며 정우와 은호의 위로 속에 잔을 들었다.

"건배."

술잔이 허공에서 요란하게 부딪쳤다.

여전히 황당함이 가슴에 미적지근 남아 있었지만, 실컷 하소연을 하고 나니 좀 살 것 같았다. 은호는 하늘로 뛰어오를 듯 껑충거리는 그녀의 머리를 꾹 눌러 벤치에 앉힌 뒤, 차를 가지러 갔고, 정우는…….

"음, 우리 정우는 어디 갔을까?"

술에 취한 서영이 웅얼거리자, 불쑥 하얀 봉투가 내밀어졌다. 천천히 고개를 들자, 얼굴 가득 인상을 쓴 그가 보였다.

"이거 사 오라고 그렇게 난리를 쳐댔으면서, 뭐? 우리 정우는 어디 갔을까?"

호빵이다! 서영은 그의 손에 들린 호빵을 뺏어 들었다.

"이 나이에 편의점 들어가 '호빵 주세요' 하는 거 정말 쪽팔리거든? 그런데 그걸 잊고 있어?"

그래, 포장마차를 나오며 호빵을 못 먹으면 죽는다고 소리쳤던 기억이 그제야 났다.

"안 들려, 안 들려."

하지만 서영은 딴청을 피며 김이 모락모락 나는 호빵을 한 입 베어 물었다.

"아우, 맛있다."

추운 겨울날, 뜨끈한 호빵 한입을 베어 물지 못한 자여, 인생을 논하지 말라. 알딸딸한 취기와 달콤한 호빵에 기분 좋은 서영이 구시렁거렸다. 정우는 그런 서영을 보며 혀를 찼다.

"하여튼."

"조금만 줄까?"

"됐네, 당신이나 얼른 드셔라."

삐딱하게 그녀를 흘려 본 정우가 벤치 등받이에 손을 기대며 밤하늘을 올려다보았다.

"제발, 정서영, 이 못난이가 남들처럼 눈치있게 살게 해주세요."

밤하늘을 올려다본 정우가 소원처럼 구시렁거리자 서영이 톡 끼어들었다.

"야, 그러지 말고 팔촌 총각보다 더 멋지고 잘난 남자 만나게 해달라고 빌어줘."

"시끄러. 얼른 먹기나 해."

결국 인내의 한계를 느꼈던지 정우가 인상을 빡 썼다.

"알았어. 취소."

뭐, 인상 쓴 정우가 겁나는 건 아니었지만, 저 녀석이 이 추운 밤 그녀를 길바닥에 버리고 갈 수도 있다는 것을 알았기에 서영은 아무 말 없이 호빵만 먹었다.

3

스물아홉 살이나 먹어선...

3 스물아홉 살이나 먹어선…

"**이**것아, 얼른 안 일어나?"

엄마가 매서운 목소리로 이불을 들추며 엉덩이를 때렸다. 숙취에 머리가 깨질 듯 아픈 서영이 베개를 머리 위로 누르며 엎드렸다.

"왜 그래. 그냥 좀 둬."

"네가 잠이 와? 당장 일어나."

"아우, 오늘 일요일이잖아."

"일요일도 일요일 나름이야. 뭘 잘했다고 해가 중천에 뜨도록 퍼질러 자?"

도저히 말만으로 안 되겠던지, 엄마는 그녀의 옷깃을 잡아 일으켰다.

"너 어제 대체 무슨 짓을 했는데 최 서방네 총각이 그 난리야?"

"뭐가?"

억지로 자리에서 일어나 앉은 서영이 아픈 머리를 꼭 잡고 물었다. 그러자 엄마가 도끼눈을 하고 팔짱을 꼈다.

"밤새 생각했는데 자기가 넓은 마음으로 참고 고소는 안 하겠다고 하더라. 대체 그게 무슨 소리냐?"

뱅글뱅글 어지러운 머릿속에 엄마의 말이 차곡차곡 쌓여 해석되자, 서영은 그만 어이가 없었다.

"넓은 마음? 웃기지도 않아."

새삼 황당한 남자의 속 터지는 말들이 생각났다.

"좀 잘하지 그랬어!"

하지만 속사정을 알 길 없는 엄마가 꽥 소리를 질렀다.

"네가 깡패야? 왜 사람을 치고 난리야, 왜!"

"그 팔촌 총각이 내가 왜 때렸는지는 이야기해?"

"그게 중요하냐? 어떤 경우든 사람을 때리면 안 되는 거야. 여섯 살배기 지호도 아는 건데, 남자를 때리면 어떡해."

"내가 그 자식 때릴 만하니까 때렸지, 엄마는 딸을 그렇게 못 믿어?"

"이게 어디서 큰 소리야?"

아픈 머리임에도 고개 빳빳이 들고 소리치는 그녀의 기세에 엄마가 주춤했다.

"엄마 딸, 그 자식한테 성추행당했어. 그래서 한 대 쳐줬어. 억울하게도 한 대밖에 못 쳐줬어."

"뭐야!"

순간 엄마가 경악했다.

"세상에, 뭘 했다고?"

그나마 다행이다. 엄마가 저렇게 놀라주니. 만약 그 모든 걸 알고서도 선보란 거였다면, 서영은 혀 깨물고 죽어버릴 생각이었다.

"그 자식이 자긴 강남에 아파트 있다고, 아파트 값만큼 혼수 해오래. 학벌, 집안 다 자기보다 딸리지만 아버지가 유명해서 괜찮다고, 나보고 그냥 스위트룸 올라가자고……"

"뭐야? 이런 후레자식을 보았나! 다리몽둥이를 분질러도 시원찮을 놈!"

"어……?"

엄마의 갑작스런 흥분에 서영의 눈이 동그래졌다.

"네 아버지가 그 말을 들었으면 석유통 들고 그놈 찾아가시지. 암, 그러고도 남을 양반이지. 감히 내 막내딸한테 그딴 소리를 지껄여?"

활화산처럼 터진 엄마의 분노는 상상을 초월했다.

"내가 널 어떻게 낳았는데. 임신 육 개월 만에 자궁이 열려서 너 안 놓치려고 내가 꼬박 넉 달을 자리보전하고 누워 겨우겨우 낳은 딸이건만. 그렇게 힘들게 낳은 내 새끼한테 뭐야? 내 이놈의 자식을 그냥!"

"저기, 엄마. 혀, 혈압 올라."

서영은 벌떡 일어나 그녀가 숙취도 잊어버릴 만큼 펄펄 뛰는 엄마의 손을 잡았다.

"그런데 엄마, 더 히트는 그 사람 결혼도 한 번 했었대."

그 말은 엄마의 혈압을 더 상승시키는 것이었으나, 잊어선 안 될 말이었다.

"그래도 혼인신고 안 해서 자긴 총각이라고 막 그랬어."

"뭐야? 아이고, 이것아! 그랬으면 재깍 집에 전화를 해야 할 거 아니야. 그랬으면 엄마가 다듬이라도 들고 뛰어갔잖아."

엄마는 그녀의 등을 때리며 분노했다.

"아야."

분명 벌겋게 손자국이 남을 테지만, 서영은 그냥 등을 문질렀다.

"엄마, 나 감동 먹었어."

"감동을 왜 먹어, 내려가서 밥이나 먹어!"

꽥 소리를 지른 엄마가 그녀 방의 무선 전화기를 들고 번호를 눌렀다.

"어디다 하게?"

하지만 엄마는 대꾸하지 않고 수화기에 대고 소리쳤다.

"지호 어미냐?"

수화기 너머 언니가 웅얼거릴 틈도 주지 않았다.
"너 당장 최 서방 데리고 와, 당장!"
뚝, 전화를 끊은 엄마가 비장하게 중얼거렸다.
"다 죽었어."
"엄마."
서영은 어쩐지 이제 다 괜찮다고 말을 해야 할 것 같아 엄마를 불렀지만, 비장함에 불타는 엄마는 이미 방을 나간 후였다. 괄괄한 엄마를 상대해야 할 순둥이 언니와 그보다 더 순한 형부가 슬며시 걱정이 됐지만, 서영은 히죽 웃고 말았다.

거참, 기분 괜찮네.

머리를 울리던 숙취는 어느새 엄마의 흥분을 따라 사라졌다. 이렇게 편을 들어주는 엄마가 있어 좋기만 했다.

"자네가 그러고도 이 집안 큰사위인가? 자네 장인이 서영이라면 얼마나 끔찍하게 생각하는데, 감히 그런 사람을 서영이 짝으로 소개시켜 줘?"

서영은 주방 식탁에 앉아 북어 국을 홀짝거리며 엄마의 목소리를 즐겼다.

"내가 자네를 얼마나 믿었는데. 나한테 없는 아들, 그게 바로 자네다 싶어 얼마나 믿고 의지했는데. 그래서 선 보기 싫다는 애 억지로 등 밀어 보내놨더니, 뭐야? 스위트룸? 결혼도 한 번 했어?"

팔촌 총각의 진실을 몰랐던 형부와 언니는 당혹감과 민망함, 그리고 서영에 대한 미안함으로 죽을상이었다.

"장모님, 제가 정말 큰 실수를 했습니다."

"엄마, 우리가 잘못했어. 그러니까……."

"시끄러!"

형부와 언니의 사과에도 엄마의 화는 가라앉지 않았다.

"촌수는 멀었어도 저랑 어릴 때 같은 동네 살았습니다. 그땐 나무랄 데 없는 녀석이었던지라 전 지금도 그런 줄로만 알았습니다. 장모님. 제가 그걸 다 알았다면 하나뿐인 처제를 설마하니 선보라고 했겠습니까?"

성격 순한 형부가 억울하다는 듯 말했다.

그래, 하나뿐인 처제. 북어의 가시를 발라내던 서영의 손이 딱 멈췄다. 하나뿐인 처제라고 형부가 얼마나 예뻐하는데. 식구들 다 말리는 여행 떠날 때면 꼭 비행기 표 끊어주고, 백수면 지갑이 더 든든해야 한다고 언니 몰래 용돈도 두둑이 찔러주는 형부인데…….

식구들 전부를 기만한 폐기물 총각의 잘못으로 언니와 형부가 혼이 날 필요는 절대 없었다. 서영은 주방을 나와 거실로 갔다.

"엄마. 그만 하세요. 이미 지난 일인데 뭘 자꾸 그래."

"저기, 처제. 진짜 미안해."

"아유, 서영아. 언니랑 형부가 진짜 미안하게 됐어. 응?"

넉넉한 살집의 사람 좋은 형부와 역시 동글동글 순하기만 한 언니의 사과에 서영이 황급히 손을 저었다.
"괜찮아, 괜찮아요. 언니랑 형부도 몰랐던 건데 뭐. 엄마 이제 그만 해. 내가 괜찮다는데 그만 해요. 응?"
정말 오랜만에 가족 모두의 관심이 집중되자, 서영은 어색하기만 했다.
"내가 그놈 아주 혼내줄게."
그러자 미안함에 얼굴이 달아오른 형부가 주먹을 불끈 쥐며 대답했다. 그 모습에 엄마가 돌아앉았다.
"아휴, 불쌍한 내 새끼. 그런 놈한테나 걸리고."
한숨 가득한 엄마의 말에 거실이 침묵했다.
"서영아, 엄마가 미안하다. 제일 잘못한 사람이 난데, 최 서방이랑 소영이 잡으면 뭐 하니. 너 싫다는 거 등 떠민 사람이 난데."
"이그, 엄마. 그만 하셔."
서영은 엄마에게 다가가 등에 손을 올리며 씩씩하게 말했다.
"내가 백으로 머리 처줬어."
"서영아, 너 일하기 싫으면 하지 마라."
"응?"
그녀의 손을 꼭 잡은 엄마의 말에 서영이 놀랐다.
"하기 싫으면 관두라고."
이야…… 우리 엄마 진짜로 많이 미안하셨네.

"그래, 처제. 용돈은 내가 많이 줄게. 억지로 하지 마."
"그렇게 해, 서영아."
형부와 언니마저 맞장구를 치자, 감동이 물결치듯 밀려들었다.
내가 이렇게 사랑을 받는구나. 그래도…… 일을 그만두면 우리 김 주임님을 볼 수 없으니까…… 일은 계속 다녀야겠지?
"그러니 막내딸아."
"처제!"
"서영아!"
감동에 젖어 허우적거리는 그녀의 손을 잡은 세 사람이 동시에 서영을 불렀다.
"아이고, 놀라라. 왜 그래?"
서영이 화들짝 놀라 바라보자, 세 사람이 한꺼번에 소리쳤다.
"아버지께 말하면 안 돼!"

저녁.
"우리 서영이, 일은 할 만하냐?"
동료 교수들과의 등산 모임에서 돌아온 아버지가 식탁 머리에서 물었다.
"네, 정우가 전산실 책임자께 잘 부탁한다는 말까지 해놓아서 무척 편해요."
"그래. 그런데 어제는 왜 그렇게 늦었어?"

난을 치며 막내딸의 귀가를 기다렸던 아버지 정 교수의 물음에 식탁에 둥그렇게 모여 있던 사람들 전부 침묵했다.

"할아버지. 이모 어제 이모부 만나러 간다고, 읍……."

재잘거리던 지호 입에 소영이 네모 반듯한 두부를 밀어 넣어 버렸다.

"하하, 지호야, 두부 먹어."

"소영아, 지호 목 막히게 그렇게 큰 걸 넣으면 어떡하니. 그런데 이모부라니? 나도 모르게 너 결혼했냐?"

두부로 입이 막힌 지호가 캑캑거리자, 정 교수가 손수 물을 먹이며 물었다.

"아, 어제 서영이 선봤어요. 상대가 별로라 당신한테는 말 안 했나 봐요. 그렇지, 서영아?"

엄마가 황급히 끼어들자 그것을 신호로 식탁 아래 세 쌍의 다리가 서영의 다리를 건드렸다.

"네."

확 진실을 말하고 싶은 욕구가 샘솟았으나, 서영은 지갑 안에 곱게 든 수표 세 장을 떠올리며 순순히 대답했다.

"선보기 싫으면 억지로 나가지 마라. 그렇게 엮지 않아도 만날 사람들은 다 만나게 되어 있단다. 마음이 맞는 사람도 아닌데, 그저 나이가 됐으니 적당한 사람 만나 결혼해야겠다 말하는 사람들이 제일 한심하단다. 평생을 함께 살아야 하는데, 적당이라니. 알았니?"

"네, 아버지."

아버지의 따뜻한 조언에 서영이 미소를 지으며 대답했다. 그러자 지호를 제외한 나머지 식구들도 눈에 보이지 않는 안도의 한숨을 내쉬었다.

국문학과 교수이자 유명한 시조 시인이신 정 교수의 소영, 서영 자매 사랑은 주위에서 모르는 사람이 없었다. 로맨틱하고 서정적인 아버지이나, 한번 노여우시면 바닥에 구르는 돌조차 몸을 사릴 정도였다. 그런 분이니만큼 어제의 사실 모두를 알게 되시면…… 그 파장은 누구도 예측할 수 없었다.

용돈도 두둑이 받은 데다 앞으로 선보란 일은 없을 테니, 이래저래 손해 보는 장사는 아니었다. 기분 좋게 방으로 들어온 서영은 침대 위로 풀썩 누웠다. 참 오랜만에 세상이 아름다워 보였다. 흐뭇한 미소를 머금고 다리를 들어 까닥거리는데, 휴대폰이 울렸다.

"네."

[서영아.]

은호였다.

"오호, 강 검사. 웬일로 전화를 다 하셨소? 죽어도 먼저 전화 안 할 사람이 자네 아닌가?"

그녀가 다리 운동을 하며 느긋하게 말했다.

[너 어디냐?]

"집이오."

[그럼 너 정우 좀 데리러 가라.]

"정우? 걔를 왜?"

은호의 뜬금없는 말에 서영이 침대에서 일어나 앉았다.

"왜, 정우 경찰서 갔어?"

[농담하냐? 경찰서는 네가 자주 가는 곳이잖아.]

이게. 삐딱한 은호의 말에 서영이 전화를 귀에서 떼고 노려보았다.

[정우네 집 들어가는 사거리 골목 알지? 사거리 골목 포장마차에 정우 있어. 전화해 보니까 술이 머리끝까지 된 거 같은데.]

"잉?"

서영이 눈을 찡그렸다. 음주 가무에 아주 능통한 녀석이라 어지간해서는 술에 취하지 않는데.

"청하 마셨다니?"

[그런 건 모르겠고, 사건이 터져서 오늘도 검찰청 나왔거든? 그래서 못 데리러 가. 집에 전화하니까 부모님 모두 안 계시고, 영우 형이랑 마셨다는데 형은 호출 받아서 병원 갔다나 어쨌다나. 하여튼 네가 집에다 좀 넣어주라.]

"뭐냐? 이 추운 겨울밤에 정우 데려다 주라니."

[야, 빨리 가봐. 완전 상태 메롱이야.]

"아니, 영우 오빠는 왜 애를 취하게 하고 자기만 간 거래?"

서영은 투덜거리면서도 의자에 걸쳐 둔 노란 점퍼를 들었다.

[모르지. 그 집 형제들이 좀 독특하잖아. 부탁한다.]
"알았어."
전화를 끊은 서영은 서둘러 집을 나왔다. 정우네 집 들어가는 사거리 골목은 그녀가 의식 불명 상태에서도 찾을 수 있었다. 워낙 제 집만큼 들락거린 동네라 눈 감고도 찾을 수가 있었다.
주홍빛 천막을 친 포장마차 안으로 들어가자 구석진 자리에 앉은 정우가 보였다.
"이정우, 너 뭐야."
가까이 다가간 서영이 그의 등을 툭 치자, 정우가 천천히 고개를 돌려 그녀를 보았다.
"아우, 우리 서영이 왔어?"
살짝 혀 꼬인 목소리. 정우 앞에는 청하 빈 병이 세 개나 있었다.
"야, 그걸 어쩌려고 세 병이나 마셔!"
그 모습에 경악한 서영이 서둘러 다가갔다. 언제인가 정우가 말하길, 청하 두 잔이면 눈에 힘이 풀리고 한 병이면 세상에 두려울 게 없다 했으며, 두 병이 넘으면 몸 구석구석에 힘이 전혀 들어가지 않는다 했다. 그런데 세 병이라니!
"청하 마시면 정신 잃는 애가 왜 청하를 먹어!"
그러자 정우가 두 눈에 웃음을 가득 매달고서 웅얼거렸다.
"형이 마시라고 해서. 그런데 어~엄청 맛있다?"
상태가 메롱이라더니 틀린 말이 아니었군. 서영은 고개를 절레절레 흔들었다.

"나, 나, 한 잔 따라줘 봐."

이미 기운을 잃은 고개가 힘없이 까딱거리는 것을 막기 위해 왼손으로 턱을 괸 정우가 빈 잔을 턱 내밀었다. 그리고 모델 뺨치게 잘생긴 얼굴 가득 웃음을 띠며 애교를 피웠다.

"응응?"

정말이지 살면서 흔하게 볼 수 없는 모습이다. 삼 년 주기로 한 번 있으면 많이 있는 일. 얘가 절대 이럴 애가 아닌데, 꼭 청하만 마시면 이렇게 사람 마음 설레게 애교를 피운다.

"알았어. 대신 딱 한 잔만 마셔야 해."

저 예쁜 자식의 재롱을 보려면 계속 청하를 먹여야 하지만, 정우가 다음날 이른바 '청하 숙취'에 머리도 제대로 못 들 것을 잘 알기에 서영이 으름장을 놓았다.

"알았어."

말도 잘 듣는 우리 정우. 신랄하게 삐딱하기만 한 녀석이지만 술에 취해선 그냥 웃기만 한다. 예쁘게.

"술만 먹으면 어떡해, 자, 이것도 좀 먹어."

서영은 젓가락으로 골뱅이를 집어 정우의 입에 가져다 댔다.

"응."

"아유, 우리 정우는 말도 잘 들어."

정우가 말 잘 듣는 아이처럼 고분고분 받아먹자, 칭찬을 아끼지 않았다.

"서영아. 2차, 2차 가자."

"2차는 무슨. 집에 가자. 내일 출근해야지."

 농구와 등산을 즐기는 정우의 몸에는 군살 하나 없지만, 큰 키에 마른 근육으로 탄탄하기만 녀석을 부축하려니, 서영은 마라톤 완주를 한 것처럼 힘들기 짝이 없었다.

"그래, 어쩌겠니. 이렇게 술 취한 녀석을 바닥에 던지고 갈 수는 없잖아. 택시!"

 커다란 버드나무에 붙은 매미처럼 정우를 지탱한 서영은 마침 앞을 지나가는 택시를 세웠다. 집으로 들어가는 골목이라 하나, 걸어서 십오 분이나 되는 거리였다. 그 거리를 부축하고 가야 한다면 서영은 정우를 버리고 갈지도 몰랐다. 역시나 짧은 거리에 인상을 쓴 택시 기사가 마구 눈치를 줬지만 서영은 얼른 정우를 태우고, 자신도 차에 올라탔다.

 뒷좌석에 나란히 앉자 힘없이 까딱거리던 정우가 결국 그녀의 어깨에 기댔다. 그러다 차가 덜컹거리자 그만 고개가 아래로 떨어지고 말았다.

"아구, 괜찮아?"

 긴 목이 기댈 곳이 없어 다칠까 봐, 서영은 재빨리 정우의 머리를 자신의 어깨에 다시 기대게 했다.

"흐음……."

 술과 잠에 취한 정우가 편한 자리를 찾기 위해 자꾸만 머리를 움직이자, 서영이 그의 머리를 꽉 누르며 위협했다.

"목 꺾이거든? 깁스하기 싫으면 내 어깨에서 떨어지지 마."

"흐음……."

어찌 대답을 하는 폼이 건성이다. 서영은 도끼눈을 하고 으름장을 놓았다.

"떨어지면 본드로 확 붙여 버릴 거야."

"걱정 마, 걱정 마."

말은 잘한다. 서영은 입을 삐죽거리며 녀석의 머리를 꼭 잡았다. 이상했다. 청하에 약한 만큼 어지간하면 청하를 마시지 않는 녀석이었다. 죽을죄를 지어 사과할 일이 있든지(이를테면 열아홉 살 때, 영우 형 오토바이를 타고 나갔다 사고 낸 날), 아니면 정말 믿기 힘들 만큼 좋은 일이 있다든지(치대 합격했다고 운전면허도 없던 스무 살, 아버지로부터 지프를 선물 받았을 때)를 제외하고는 좀처럼 입에 대지 않았다. 무슨 일일까? 서영은 잠이 든 정우를 물끄러미 보았다. 한 가지 알 수 있는 건 정우에게 무슨 일이 있었다는 거다. 그러니 청하를 마셨다. 그녀는 그것이 부디 좋은 일이었으면 했다.

월요병이 온몸에 몸살처럼 내려앉은 아침, 자리에 앉은 서영에게 정민이 커피를 건네주었다.

"서영 씨, 좋은 아침입니다."

"아, 제가 커피를 드려야 하는데 번번이 죄송해요."

실질적인 사무실 책임자가 손수 건네는 커피를 받아 든 서영이 몸 둘 바를 몰라 하자, 정민이 환하게 웃으며 고개를 저었다.
"레이디께 커피를 드리는 것은 저의 영광입니다."
우아하게 한 팔을 들어 올린 채, 영화 속 귀족처럼 인사를 하는 정민은 놀랄 만큼 멋있었다.
"아우, 주임님도."
서영은 수줍게 입을 가리며 웃었다. 나이 서른의 고지를 눈앞에 두고 보니 내 남자가 아니라 해도 잘생긴 남자는 그저 다 좋았다. 그 눈부신 파릇함이란. 그녀의 웃음에 같이 웃던 정민은 사무실 안으로 미정이 들어오자, 얼른 자리에 있던 서류함을 들었다.
"저 원무과 갑니다."
"네, 다녀오세요."
영문을 모르는 미정이 지나치게 쾌활한 정민을 향해 인사했다. 설레는 마음을 숨긴 서영도 고개를 살짝 숙였다.
"다녀오세요."
행간에 너무 많은 의미를 두지 말자 해도 다른 사람이 있을 때와, 없을 때 확연하게 다른 정민의 태도는 사람의 마음을 들뜨게 하는 뭔가가 있었다. 드디어 정서영 앞날에도 봄이 오려나 보다.

서영은 수북이 쌓인 차트를 들고 차트실을 찾았다. 규모 면이나 진료 수준 면에서 대학병원을 버금가는 미 치과병원에 내원하는 환자는 그 수가 어마어마했다. 따라서 작성해서 보관해야 하는 차트 수도 만만찮았다. 입력을 모두 마친 차트를 들고 일련번호에 맞게 꽂아야 하는 일은 단순 노동이었지만, 있어야 할 번호에 차트를 넣어야 하기에 정신을 바짝 차려야 했다. 자칫 딴생각이라도 할 시에는 이 커다란 방의 진료 기록을 다 뒤져야 하기에 말이다.

"우리 병원 캡이잖아."
"그렇지?"

키가 닿지 않는 높은 책장에 진료기록부를 넣기 위해 낑낑거리는데 어디서 작은 목소리로 수군거리는 소리가 들렸다. 차트 사이로 쳐다보자, 노란 유니폼을 입은 치위생사 두 명이 이야기하고 있었다.

"오층에 박 선생님이 삼 년 동안 보유했던 킹카 자리를 이번에 이정우 선생님이 쟁탈했다는 거 아니니."
"아우, 정말 보기만 해도 좋아. 이정우 선생님 진료실에 메인 어시스트 된 지원이가 아주 좋아 죽더라."

오호라, 정우 이야기인가 보다.

같은 병원 건물 안에서 하루 종일 일을 한다지만, 정우와 서영이 마주칠 일은 거의 없었다. 정우는 삼층 진료실에서 하루를 보냈고, 서영은 전산실과 차트실이 있는 사층에서 하루의 대부분을 보냈다.

거의 얼굴도 못 보는 생활 중 들리는 이야기. 그래, 내 친구이

긴 하지만 정말 잘생겼다. 키만 커도 반은 먹어준다는데, 얼굴까지. 게다가 머리는 또 얼마나 좋냐. 서영은 나름 흐뭇함에 고개를 끄덕거렸다.

"그런데 성격이 영 까칠하대. 왜, 그 도도한 영채 있잖아."

"아, 이번에 상담실장 시험 본다던 재수탱이?"

"응, 걔가 미쳤지. 세상에, 이 선생님한테 고백을 했다지 뭐니?"

"어머, 고백?"

오, 빅뉴스다. 절대 그런 기색없는 녀석의 사생활에 서영의 귀가 쫑긋해졌다. 그래서, 그래서? 어떻게 됐는데? 서영은 애가 탔다.

"이 선생님이랑 사귀기로 했대?"

"미쳤니? 영채가 도도하게 '선생님, 관심있어요. 그러니 저 잘 부탁드려요' 이러니까 이 선생님이 그랬대. '병원에 연애하러 옵니까? 관심 끄고 일이나 똑바로 해요'. 야, 그게 어디 고백받은 남자가 할 말이니?"

"어머, 정말? 웬일이니? 그래도 재수탱이가 당했다니까 시원하기만 하다. 하하하."

치위생사들은 배를 부여잡고 웃었다. 덩달아 서영의 입도 씨익 벌어졌다. 이정우 싸가지면 그러고도 남지. 아니, 그만큼에서 끝난 게 어디냐.

학창 시절 정우나 은호, 그리고 지금은 미국에 있는 형진 모두 노골적인 유혹을 많이 받았다. 그래도 이 녀석들, 아주 싹수 노란 메주 콩잎은 아니라 여자들의 유혹에 태연했다.
"암, 바람둥이는 정서영의 친구 될 자격이 없지."
서영은 의기양양 무겁게 들린 차트를 꽂으며 말했다.

그 많던 진료기록부를 다 정리하고 사무실로 돌아가려던 서영은 문득 멈춰 서서 자신의 머리를 때렸다.
"어우, 넌 어떻게 그걸 잊어버리니."
어제 정우에게 숙취해소 드링크를 사준다는 걸 잊어버렸다. 청하 먹는 날은 술 먹은 후에 바로 먹여야 하는 것을. 커다란 녀석을 집 안에 던져 넣는 것에만 온 신경을 집중하다 보니, 그걸 잊어버린 것이다.
"아구, 큰일났네. 어제 바로 먹였어야 했는데, 이 자식 오늘 머리도 못 드는 거 아니야? 집에 아저씨랑 아줌마도 없다던데. 큰일났다."
안 되겠다. 지금이라도 사다 먹여야지. 서영은 서둘러 병원 아래 약국으로 갔다.
"숙취 해소 드링크 하나랑 알약 하나 주세요."
"네."
서영은 약사가 드링크와 알약을 챙기는 것을 보았다. 그때 웬 여자가 그녀 곁으로 다가왔다.
"여기 숙취 드링크 하나 주세요."

여자가 뿌린 향수인 듯, 장미향이 풍기자 서영은 코끝이 간질거렸다. 좀 적당히 뿌리지. 예민한 코가 장미향을 맡지 않도록 살짝 코를 움켜쥐는데, 곁에 섰던 여자가 그녀를 흘깃거렸다.

"여기 있습니다."

서영은 약사가 건네는 봉투를 들고 얼른 약국을 나왔다. 그리고 정우 휴대폰으로 문자를 날리려는데 누군가 그녀를 불렀다.

"저기요, 잠깐만요."

"네?"

뒤를 돌아보니, 아까 그 여자가 서영과 똑같은 비닐 봉투를 들며 다가왔다. 미용실 신부화장처럼 완벽한 화장에 흐트러짐 하나 없이 어깨 위에 내려앉은 생머리. 백화점 마네킹이라 해도 손색없을 옷차림의 여자는 어쩐지 주위 사람들 위에 군림하는 느낌을 들게 했다.

"저 부르셨나요?"

또각또각 하이힐 소리를 내며 다가온 여자가 들고 있던 손바닥만한 검은 백에서 명함을 꺼내주었다.

"난 강주희예요. 여기 닥터죠."

"그런데 무슨 일로?"

"네, 정서영 씨죠?"

여자가 도도하게 물었다. 어라? 내 이름을 어떻게 알고 있대? 명함을 받아 든 서영의 눈이 동그래지자, 그림 같은 여자의 입가가 살짝 비틀어졌다.

"이 병원에서 정서영 씨 모르는 사람 없을 거예요. 이 선생님이 소개했다는 걸 모르는 사람이 없거든요."

순간 얼굴이 달아올랐다. 이유도 알 수 없게 확 달아오른 얼굴로 강주희라 자신을 밝힌 여자를 보자 여자는 서영의 손에 들린 드링크를 가리켰다.

"술 마셨어요?"

무슨 소리 하는 거야? 내가 술을 마시든 말든 당신이 웬 참견? 어쩐지 여자에 대한 반감에 서영이 말없이 바라보았다.

"지금 근무 시간인데 공공연히 그런 거나 사고, 이 선생님 얼굴에 먹칠하는 거 아닌가요? 소개로 들어왔으면 처신을 잘해야죠. 하긴…… 머리가 안 되니 그 나이가 되도록 친구 덕이나 보는 거겠지만."

"이봐요."

여자의 말을 더 들어줄 수가 없었다. 서영이 얼굴을 붉히며 다가들자, 여자가 한 손을 들어 저지했다.

"잘 들어요, 정서영 씨. 여기 병원에서 당신이 하는 모든 행동들이 이정우 선생님 평판과 상관있다는 걸 알아둬요. 득이 되지 못하겠으면 누가 되지는 말아야죠."

제 할 말만 마친 여자가 서영 앞으로 지나갔다.

우와, 뭐 저런 여자가 다 있어? 서영은 기가 막혀 말도 나오지 않았다. 그래, 말이야 바른 말로 이정우 소개로 들어오긴 했다. 하지만 실력만큼은 누구보다 좋다고 자부한다 이 말이다.

그깟 진료기록 입력 업무에 필요한 자판 능력보다 더 많은 것을 할 수 있었다. 정보처리 능력뿐만 아니라 홈피 제작, 웹디자인도 수준급인데, 뭐라고? 득이 되지 못하면 누가 되지는 말아야죠?

"아, 나 요즘 이상한 꼴 너무 많이 당하는 거 아니니?"

서영은 분통에 꽉 틀어 막힌 가슴을 팡팡 쳤다.

"에잇, 괜히 샀어. 술 취한 녀석 집에 데려다 준 것만 해도 어딘데. 내가 미쳤지. 뭐 하려고 이런 걸 사 먹이려고 사러 나왔다가 이 봉변을 당해? 에잇."

그녀는 손에 들고 있던 봉투를 쓰레기통에 확 던져 넣었다. 그리고 씩씩거리며 엘리베이터 앞에 서서 사층 버튼을 눌렀지만, 망할 엘리베이터까지 사람 염장을 지르려는지 도통 칠층에서 움직이지 않았다.

"뭐 하나 되는 게 없어, 되는 게."

사람들이 보든 말든 굳게 닫힌 엘리베이터 문을 발로 뻥 찬 서영은 비상구 계단으로 올라가기 시작했다. 운동 부족으로 딱 일층 계단을 오르자, 발이 묵직해졌지만 그보단 가슴이 더 묵직했다. 생면부지인 여자에게 당한 그 말이 분했지만, 미친 소리라고 치부하기엔 그녀 처지가 너무 한심했다.

"망할…… 그래, 나 공부 못했어. 그래서 이정우 치대 가고, 강은호 법대 갈 때, 나 그냥 찍어서 아무 대학이나 갔어. 그게 뭐? 나 공부도 못했지만 그보다 더 중요한 건 내가 치과의사 하기 싫었다는 거야. 그런데 뭐 하러 치대를 가니? 그래도 나, 이정우만큼 행복해. 아니, 이정우보다 더 행복할 걸?"

숨이 턱 끝까지 차 올랐지만 서영은 분함에 중얼거리는 것을 멈추지 못했다. 왜 이야기가 그녀의 행복까지 치닫는 것인지 모르겠지만…… 하여튼 그렇다.

"자, 마셔요. 머리 아파서 진료도 제대로 못하잖아."

막 삼층 계단을 올라갈 찰나, 비상구 계단 벽을 울리며 여자의 목소리가 들렸다.

"누구랑 마셨어요? 나랑 술 한 잔 하자고 할 땐 바쁘다더니."

짐짓 투정까지 부리는 애교 어린 목소린…….

"그냥."

어랏, 이 목소린 이정우다. 서영은 난간을 통해 삼층 비상구를 바라보았다. 과연 정우와 아까 그 강주희란 여자가 서 있었다. 로비에서 그녀를 무시하던 여자의 얼굴에는 그저 환한 미소만이 가득했다.

그래, 그런 거였니? 하, 기가 막혀서.

비상구 계단에서 오지도 가지도 못하고 선 서영이 이를 갈았다.

"선배, 저 먼저 들어갈게요. 사람들이 오해할 수도 있으니까."

한동안 수군거리던 여자가 새침하게 먼저 들어갔다. 서영은 비상구 문이 닫히는 소리와 동시에 정우를 노려보았다.

"이정우."

카랑카랑 울리는 목소리에 막 비상구 문을 열려던 정우가 난간 아래를 내려다보았다.

"못난아, 너 거기서 뭐 하냐? 아, 머리야."

목소리가 까칠한 게, 영 숙취로 괴로운 모양이었다. 그래서 뭐! 강주희란 여우가 사다 준 숙취해소 드링크 마셨잖아!

씩씩거리며 계단을 올라간 서영은 다짜고짜 정우의 가슴을 쳤다.

"아야, 못난이 너 왜 그래?"

매서운 철썩임에 정우가 인상을 쓰며 묻자, 서영이 소리쳤다.

"누가 너더러 나 여기 취직시켜 달랬어?"

이렇게 사람 비참하게 만들면서?

"왜 꼭 너처럼 의사 하는 사람만 행복해? 너처럼 잘생긴 사람만 행복해? 왜? 왜 그래야 하는 건데?"

"서영아."

갑작스런 서영의 말에 정우가 놀라 굳어졌다.

"너, 왜 그래?"

그래, 정우한테 이렇게 화풀이할 이유가 하나도 없다. 그것을 알지만 이렇게라도 하지 않으면 가슴이 뻥 터질 것만 같았다.

"항상 너와 함께 거론되면서 비교당하는 거 정말 싫어. 너랑 끊임없이 비교당하는 것도 싫고, 너보다 못하단 말 듣는 것도 싫어!"

"서영아, 너……."
"난 정말 네가 싫다고."
서영은 정우가 내민 손을 뿌리치며 계단을 뛰어올라 갔다. 뒤에 남은 정우가 얼마나 황당할 지 돌아보지 않아도 알 수 있었다. 그래도 말이다. 지금 이 순간, 그녀보다 모든 것이 월등한 저 녀석이 싫었다.

항상 이런 식이었다.
같은 학군 소속이라 중, 고등학교를 같이 다니는 동안, 서영은 정우와 끊임없이 비교당했다.
"엄마들끼리 그렇게 친하다면서, 왜 넌 성적이 이러니? 좀 분발해야겠다."
학교 선생님, 선배, 친구, 그리고 후배들에게까지.
녀석이 잘난 건 사실이라 새삼스러울 것 없었지만, 한 번씩 이렇게 당치도 않는 소리를 들으면 울컥할 수밖에 없었다. 저마다 소질이 다른 것이 사람인데, 왜 사람들은 정우와 그녀가 줄줄이 비엔나처럼 똑같기를 바라는 건지 모르겠다. 그리고 자신은 왜 정우에게 열등감을 느끼는 건지.
어쩌면 말이다. 스물아홉이나 되도록 진정 자신이 원하는 게 무엇인지 모르기 때문은 아닐까? 잘하는 건 무엇이며, 도전하는 것은 또 무엇인지.
서영은 머리가 지끈거려 왔다.

"자, 오늘 회식인 거 아시죠? 좀 일찍 마치고 우리 모두 나갑시다."

음울한 하루가 가고 저녁 퇴근시간이 되어서야 오늘 회식이 있다는 것을 떠올렸다. 이 기분으로 사람들과 술 마시고 떠들 자신은 없었지만, 그래도 어디 신입이 회식 자리를 빠진단 말인가. 이정우 선생님 얼굴에 먹칠하게.

서영은 여전히 삐딱하게 생각을 하며 사람들의 뒤를 따랐다.

워낙 덩치기 큰 집단이라 회식도 부서끼리만 했다. 김 주임, 윤 주임, 그리고 서영과 미정까지 네 사람의 조촐한 회식은 병원 근처 한우 갈비를 뜯는 것으로 시작됐다.

정갈한 밑반찬들이 테이블 위에 세팅되는 것을 보며 정민이 물었다.

"여기 괜찮죠?"

정민의 질문에 서영이 고개를 끄덕거렸다. 그러자 그가 안도의 한숨을 쉬며 말했다.

"다행이다. 서영 씨가 회는 못 먹는다고 해서 여기로 왔죠."

"네? 누가 저 회 못 먹는다고······."

순간 서영은 말을 멈췄다. 그거야 당연히······.

"이정우 선생님이 그러죠. 우리 오늘 회식한다니까 서영 씨가 회 먹으면 배탈 나서 입원까지 한다고 말해주더군요. 안 그래도 윤 주임님이 오늘 광어회가 먹고 싶다고 해서 일식집 예약했다가, 이 선생님 말 듣고 얼른 여기로 옮겼어요."
 정민이 친절하게 설명해 주었다.
 "참, 이 선생님이 서영 씨 냉면에 절대 고추냉이 넣지 말라고 신신당부하시더군요. 그건 왜 그래요?"
 "그, 그거요? 예전에 제가 고추냉이 먹고 바로 병원 응급실에 실려 갔거든요. 위경련으로……."
 더듬더듬 설명을 하는 순간 알 수 없는 파장이 가슴을 울렸다. 서영은 지끈거리는 정수리를 꼭 눌렀다. 그래도 녀석…… 정말 신경 많이 써준다. 그녀도 모르게 이력서 써 넣어주고, 그 까칠한 성격에 친구 잘 부탁한다는 말까지 하는 것만 해도 어딘데, 이렇게 사소한 것까지 챙겨주다니.
 수없이 비교당한 것도 사실이지만…… 그렇지만…….
 얼렁뚱땅 사고뭉치인 그녀를 항상 곤경에서 구해주는 건, 어린 시절 항상 붙어 다닌 이정우였다. 술 마시고 포장마차에서 덩치 큰 아저씨와 시비가 붙어 경찰서라도 갈라치면, 언제나 정우가 데리러 왔었는데. 정우의 순수한 호의에 못된 말이나 하고…….
 "미쳤어. 내가 정말 왜 그랬을까?"
 서영은 머리를 쥐어박았다.
 "네? 서영 씨, 왜 그래요?"
 곁에 앉아 있던 정민이 놀라 그녀의 손을 잡았고, 건너편에 앉아 있던 윤 주임과 미정도 놀라서 그녀를 바라보았다.

"언니, 왜 그래요?"

"아, 하하. 아니요. 아니에요."

서영은 어색하게 웃으며 손을 저었다.

"고기 다 익었네, 우리 먹어요."

그녀가 호들갑스럽게 젓가락을 들자, 사람들도 하나둘 젓가락을 들기 시작했다.

정우네 집 차 두 대는 이미 얌전하게 주차되어 있지만, 정우의 빨간 지프차는 아직 없었다.

싸움을 하고 하루를 넘기면 다음날 어색함은 눈덩이가 된다. 정우의 집 앞을 서성거리며 서영은 집으로 돌아가고 싶은 충동을 잠재워야 했다.

"그러게 누가 그러래? 왜 괜한 사람한테 성질을 내선. 아유, 추워 죽겠는데 얘는 왜 이렇게 안 와?"

그녀는 2월, 겨울 추위의 밤바람을 고스란히 맞으며 발을 동동 굴렀다. 노래방까지 간 회식 자리에서 3차 장소로 자리를 옮길 때, 서영과 미정이 자리를 빠지겠다고 하자 회식은 자연 끝이 났다. 밤늦은 시간, 집으로 곧장 가 잠을 자고 싶었지만 오후의 일을 사과하지 않고는 잠을 이룰 수가 없을 것 같았다. 서영은 뽀얀 입김을 내뿜으며 연신 중얼거렸다.

"하하, 정우야, 내가 굉장히 미안하거든?"

아니다. 이건 진심으로 사과하는 거 같지가 않다. 서영은 눈가에 손을 대 아래로 쭉 늘어뜨리고 다시 말했다.

"정우야, 내가 미안해. 잠시 내 이성이 개구리 중사와 함께 놀러갔었나 봐. 아이, 아니라니까!"

절망한 서영이 고개를 마구 저었다.

"진심으로 내 마음이 전해져야지. 뭐, 개구리 중사? 정서영, 너 너무 웃긴다."

대체 어떻게 해야 미안함을 진심으로 전달할 수 있을까 고민하는데, 차가운 목소리가 귓가를 스쳐 지나갔다.

"뭐냐."

헉, 정우다.

추위에 코끝이 빨갛게 물든 서영이 차에서 내리는 정우를 향해 다가갔다.

"저기 정우야, 내가 아까 있잖아. 그게…… 그게 있잖아. 미안해."

"잘 가라."

어렵게 사과를 했지만 정우는 쳐다보지도 않고 제 집으로 들어가 버렸다. 쾅 닫히는 대문 소리에 정신이 번쩍 들었다.

"저게……."

사람 말을 무시하고. 평소 같았으면 녀석의 머리를 쳐주었을 텐데……. 하지만 서영은 정우의 싸늘한 시선에 기가 죽어버렸다. 녀석, 어지간히 화가 났나 보다.

"그러게 왜 그랬어. 마음에도 없는 소리를 지껄여서 이렇게 원수지니까 좋니, 좋아? 아유, 이 밥통아. 나가 죽어라, 나가 죽어."
 서영은 자신의 머리를 아프게 쥐어박았다.

4 김 주임님, 너무해요!

정우의 성질은 생각보다 오래갔다. 옛날부터 그랬다. 쿨한 척은 혼자 다 하면서 꽁하기는 제일 오래 꽁하다.

"안녕히 가세요."

"네."

서영은 앳된 치위생사의 인사에 간결한 대답만 한 정우가 로비를 벗어나는 것을 멀찌감치 떨어져서 지켜보았다. 워낙에 신랄한 녀석이지만 최근 들어 얼굴이 더 경직되어 있었다.

"세상 시름 다 짊어진 것처럼 왜 저래? 군대도 갔다 왔겠다, 알아주는 병원에서 인기도 한 몸에 독차지하는 녀석이 시름은 무슨."

아무 일 없을 거라 생각은 하지만 그래도 걱정이 되는 것은 사실. 평소 같으면 저 넓은 어깨에 손을 올리고 소주나 한잔하러 가자고 하고 싶지만, 지금은 '평소'가 아니다. 지난 일주일 동안 은근슬쩍 가까이 다가가 툭 치며 말을 걸었지만, 녀석은 뻣뻣하기만 했다.

"참 세상 살기 힘든 성격이야. 그러려니 하면 될 것을……. 어머나!"

구시렁거리며 뒤로 돌아서던 서영은 그만 화들짝 놀라고 말았다.

"퇴근하십니까?"

로비 창으로 마구 쏟아져 들어오는 겨울 석양을 후광처럼 받은 정민이 환하게 웃고 있었던 것이다. 아고, 심장이야. 서영은 마구 뛰어대는 심장을 꼭 눌렀다.

"네, 안녕하세요."

"저녁인데도 날씨가 안 춥죠? 곧 봄이 오려나 봅니다."

"네."

내 심장 과부하 걸려서 병나면 당신 책임이니까 봄이 오면 나 책임져야 해. 히힛. 서영의 입가가 슬며시 벌어졌다.

어깨를 나란히 하고 로비를 벗어나는데 정민이 멈춰 서며 물었다.

"서영 씨, 내일 저녁에 뭐 하세요?"

"내일요? 별 약속은 없는데요."

"그럼 우리 저녁이나 같이할까요? 제가 근사한 곳 알고 있는데."

이거 데이트 신청이다. 어머나, 이 일을 좋아서 어찌할까!

"네."

생각 같아선 머리에 꽃을 꽂고 온 동네방네 다 뛰어다니고 싶었지만, 서영은 최대한 차분히 고개를 숙이며 대답했다.

어떻게 집으로 왔는지, 머릿속은 온통 정민으로 꽉 들어차 있었다. 좀비처럼 기계적인 발놀림으로 무사히 집에 도착해 방으로 들어가자, 주인 없는 방에 지호가 앉아 색칠공부를 하고 있었다.

"이모, 왔어?"

이모의 퇴근을 반갑게 반기는 지호를 보며 정신이 든 서영이 외쳤다.

"지호야, 어쩌면 이모부 생길지도 모른다?"

캬캬. 스스로 말하고도 너무 부끄러워 견딜 수가 없었다. 서영은 두 손에 얼굴을 묻고 그대로 침대에 쓰러졌다.

"어떡하니, 어떡해."

생각만 해도 좋은 서영이 버둥거리는 것을 보던 지호가 어른스럽게 말했다.

"이모, 일이 많이 힘들구나. 내가 우리 엄마한테 전화해서 최고로 좋은 영양제 가져다 달라고 할게. 조금만 기다려 봐."

뭐야? 지호의 침착한 말에 서영이 정신을 차리고 일어나 앉앉다. 그래, 이제 겨우 여섯 살인 애 앞에서 망신스럽게 그러지 말자.

"지호야, 이모 이제 괜찮아. 정신 차렸으니까 약 필요없어."

"흠, 그래도 비상약으로 가지고 있는 게 좋을 것 같아."

누가 약국 집 아들 아니랄까 봐, 집요하긴.

"괜찮다니까."

그때 아래층에서 지호를 부르는 소리가 들렸다.

"지호야, 할아버지가 군고구마 사 오셨다. 얼른 내려와."

"네!"

아무리 영악하다 해도 먹을 것에 약한 여섯 살 지호가 신이 나서 달려나갔다.

"휴. 하여튼 주책이야, 정서영."

서영은 자신의 머리를 쥐어박았다.

다음날 아침, 서영은 특별히 공을 들여 치장을 했다. 팔촌 총각 사건으로 받았던 수표로 산 핑크빛 퍼 재킷에 다리가 슬림해 보이는 검은 스키니 진 차림으로 거울에 서자 자신이 좀 괜찮아 보였다.

"그런 날이 드문데 말이야."

서영은 거울 속 자신을 향해 히죽 웃어주며 집을 나왔다.

하지만 좋던 기분은 딱 거기까지였다. 병원 로비를 들어서는 순간, 하필이면 정우와 딱 마주쳤다.

"하하. 정우, 안녕."

서영은 어색하게 웃으며 손을 흔들었다. 그러자 말없이 고개만 까딱거린 녀석이 그녀의 위아래를 살펴보았다.

"또 선보러 가냐?"

"저기, 그게. 아니야, 나 이제 선 안 봐."

당치도 않은 말이라는 듯 황급히 손을 흔들었지만, 관심도 없다는 듯 정우가 홱 돌아섰다. 꽁한 게 너무 오래간다. 정말 왜 저런데? 저렇게 싸늘한 녀석은 낯설기만 해 서영은 어색함에 몸부림쳤다.

"나 먼저 간다."

정우는 쉽게 다가서지 못하고 동동거리는 그녀를 본 척도 안 하고 엘리베이터 문을 닫아버렸다.

"으응. 그래, 잘 가."

아휴, 화해의 길은 멀고도 험하다.

"서영 씨, 뭐 해요?"

하지만 뒤에서 들리는 정민의 목소리는 좋기만 하다. 그녀는 환한 미소를 머금은 뒤 돌아서 인사했다.

"안녕하세요."

참 오랜만에 설레보는 것이다. 한 일 년 됐나? 그 일 있고 백수로 지낸 지가 일 년이니까……. 서영은 은은하게 타오르는 촛불을 보며 생각했다.

그 무렵은 세상이 온통 절망스러웠다. 무례한 사람들이 싫었고, 그것보다 더 무력한 자신이 싫었던 시간이 지나니 이렇게 다시 가슴 설렐 수 있는 날이 오는구나.

"서영 씨, 많이 기다렸어요?"

그녀는 숨을 몰아쉬며 선 정민을 향해 웃었다.

"아니요."

"이거 받으세요."

그는 한 손으로 잡을 수 없을 만큼 화려한 꽃다발을 내밀었다. 그녀더러 먼저 예약해 놓은 레스토랑으로 가 있으라더니, 꽃다발을 사려고 그랬던가 보다.

"고마워요."

이렇게 큰 꽃다발을 다시 받을 수 있을지 몰랐는데……. 감동이 물결을 친다.

"우리 뭐 먹을까요? 이 집은 스테이크가 정말 맛있는데 그거 먹을까요?"

"네, 좋아요."

서영은 순순히 고개를 끄덕거렸다. 뭘 먹든, 심지어 모래를 먹는다 해도 이 기분이라면 남기지 않고 맛있게 다 먹을 수 있을 것 같았다.

주문한 음식이 나오고 한참 동안 두 사람 사이에선 말이 없었다. 어쩐지 주저하는 기색이 역력한 정민과 그가 얼른 무슨 말이라도 해주길 바라는 서영 사이는 팽팽한 긴장감이 맴돌았다. 그렇게 맛있는 스테이크라는데, 이 긴장 속에서 아무 맛도 느낄 수 없음이 원통할 따름이었다. 고기가 입으로 들어가는지 어디로 들어가는지도 모르게 사라진 뒤, 향긋한 커피가 나오고 나서야 정민이 어렵게 말을 시작했다.

"저…… 서영 씨께 할 말 있어요. 정말 많이 고민했는데…… 그래도 해야 할 것 같아요."

여기서 더 침묵했으면 정말이지 숨 막혀 죽을 거라 믿었다. 서영은 냉수를 벌컥벌컥 마셨다.

"저로선 정말 힘들게 말하는 거라는 걸 아셨으면 좋겠어요."

괜찮아요, 괜찮아. 내가 다 들어줄 건데 뭐 하러 고민을 했어요? 그의 긴장에 서영은 그저 고개를 끄떡거렸다.

"네, 말씀하세요."

그러자 정민이 침을 꿀꺽 삼키며 말했다.

"한눈에 반했습니다."

아우, 너무 단도직입으로 말씀하신다. 그만 웃음을 참을 수 없어 서영은 고개를 푹 숙였다. 그리고 너무 좋다는 것이 느껴지지 않도록 그저 차분히 고개를 끄덕거렸다.

"네."

"정말입니다. 이런 게 사랑인 줄 몰랐는데…… 그냥 한눈에 느꼈습니다. 아, 이 사람이구나."

"네에."

열정적인 정민의 고백에 얼굴이 달아올랐다. 서영은 오른 손으로 얼굴을 어루만지며 계속 고개만 끄덕거렸다.

"혹시 그 짧은 시간 동안 어떻게 사랑인 줄 아냐고 물으신다면 말입니다. 사랑하는데…… 그 사랑을 알아차리는데 긴 시간이 필요합니까?"

다급하고 초조한 물음에 서영도 덩달아 다급히 고개를 저었다.

"그건 아니죠."

"그렇죠?"

그녀의 말에 정민은 눈에 띄게 안도했다.

"그래서 힘들지만 서영 씨께 말하는 겁니다. 정말 진지한 제 마음을 알아주셨으면 해서요."

"네, 사실은 저도……."

사실은 저도 당신이 좋아요. 이 진솔한 문장을 다 말하지도 못했는데 정민이 두 눈을 빛내며 속삭였다.

"제발 제 마음을 이 선생님께 잘 말씀드려 주세요."

잉?

수줍은 얼굴을 감싸며 고개를 들지 못했던 서영은 난데없는 '이 선생님'에 놀라 정민을 쳐다보았다. 나, 난 정서영인데? 잘못 들은 거 맞지?

"서영 씨, 부탁해요."

'서영 씨, 사랑해요'가 아닌 '서영 씨, 부탁해요?'라니. 우와,

이게 대체 무슨 일이니?

그녀의 눈앞이 황당함으로 하얘졌다. 하지만 말이다. 귀가 미쳐서 잘 못 들은 것일 수도 있으니, 다시 한 번 물어봐야겠다.

"김 주임님, 저기 다시 한 번 말씀해 주시겠어요?"

"얼마든지 말해 드릴 수 있어요. 이정우 선생님께 제 말을 꼭 좀 전해주십시오. 전 정말 이 일에 모든 것을 걸었습니다. 제 명예, 제 직장. 그만큼 이 선생님이 좋습니다. 서영 씨."

오, 하나님. 정민의 확인사살에 서영의 가슴이 무너졌다.

그래, 다 좋다. 미친 듯이 억울하긴 하지만, 혼자 김칫국 마시고 좋아서 설쳤던 것도 좋고, 남자 친구 안 생겨도 좋단 말이다.

"서영 씨가 이정우 선생님의 절친한 친구라면서요. 제발 잘 부탁드립니다."

흑심을 품었던 남자가 외려 그녀의 배꼽친구─남자라는 것을 잊어선 안 된다. 여기서는 그녀의 배꼽친구 이정우가 남자란 것이 가장 중요하다─에게 연정을 품는다? 책이나 드라마에서 보면 종종 그림처럼 멋진 남자가 게이로 나와 여자들을 실망시켰다. 그녀도 분명 그것을 보고 함께 안타까워했지만 실제로 겪어보니 안타까움의 수준을 훨씬 넘어섰다. 그 멋진 남자가 대체 왜! 아고, 아까워라. 정말 미치고 팔짝 뛸 노릇이었다. 그런데 그 상대가, 세상에 정우라니.

"우와, 뭐냐? 세상에 라이벌이 없어서, 어떻게 내가 이정우와 사랑의 라이벌이 된단 말이니?"

320㎞로 달리던 스포츠카와 정면충돌을 하면 이런 기분일까? 정말 환장하겠다. 살면서 이보다 더 당황스러웠던 기억은 없다. 얼마나 당황했으면 내일 옥상으로 정우를 불러내 달라는 정민의 말에 주술에 걸린 사람처럼 고개만 끄덕거렸겠는가! 정녕, 이정우와 김 주임의 사랑을 그녀가 이루어주어야 할까?

"죽어도 그 꼴은 못 봐! 미쳤어, 미친 거야. 정서영. 정우를 불러내 준다니, 너 제정신 아닌 거지?"

서영은 자신의 머리를 아프게 쥐어뜯었다.

"내 눈에 흙이 들어가기 전에는 그 꼴 못 봐. 왜 멀쩡하고 잘생긴 남자 둘을 그렇게 보내? 결사반대. 절대 NO."

그녀는 베개를 물어뜯으며 살벌하게 중얼거렸다. 그다지 오래 산 것 같지도 않은데, 참 별일을 다 겪는다. 사랑 고백받는 줄 알고 룰루랄라 나간 자리에서 정우에게 관심있다는 남자!

"정말 돌아버리겠네!"

이 사태를 어떻게 헤쳐 나가야 할지…… 서영은 긴긴 겨울밤을 하얗게 보낼 수밖에 없었다.

하지만 다음날, 황당함과 헛꿈을 꾼 비참함 등등…… 그녀의 분노한 감정 따윈 정민의 얼굴을 보는 순간 스르륵 사라져 버렸다.

"서영 씨, 저하고 한 약속 안 잊으셨죠?"

저 영롱한 눈에 어린 간절함을 보라!

사람 가지고 노는 것도 아니고, 그만 정신 차리라고 김 주임의 머리를 때려주겠다던 다짐은 언제 그랬냐는 듯 사라지고, 정민의 어깨를 다독이며 다 잘될 거라 위로해 주고만 싶었다. 아무리 고개를 흔들고 허벅지를 쥐어뜯어도 말이다. 그만큼 정민은 애절해 보였다. 정신 차려, 정서영.

"우리 옥상에서 봐요."

"아, 저기……."

서영이 더듬거리며 정민을 불러 세우자, 정민이 두 손을 가슴으로 모았다.

"부탁해요. 난 서영 씨만 믿어요."

제발 믿지 마아! 서영은 정민을 향해 가슴속으로 울부짖었다.

"얼른 전화해요. 얼른."

정민이 눈을 빛내며 말하자, 이미 출근해 있던 미정이 호기심 어린 눈으로 그들을 보았다.

"어디다 전화를 하세요?"

"서영 씨가 좋은 일 있다고 해서요."

그러자 정민이 서영보다 먼저 대답을 했다. 저 얼렁뚱땅. 서영은 고개를 설레설레 흔들었다. 어떻게 해야 할까……. 자꾸만 재촉을 하는 정민을 보며 서영은 깊은 갈등에 휩싸였다.

아무리 김 주임이 그녀 떡이 아니라 해도 정우를 소개시켜선 안 될 말이다. 아무리 간절하고, 간절하다 못해 삭힌 간장이 된다 하더라도 정우는 안 된다. 그 물건이 좀 싸가지없고 삐딱한 건 사실이지만 그녀의 친구가 아니던가. 세상의 편견에 맞서는 아픈 사랑을 하도록 둬선 안 된다. 절대.

'김 주임을 생각하지 말고, 정우를 생각해.'

뭐 좋은 방법이 없을까?

'생각을 좀 해봐, 이 밥통아!'

이성이 매섭게 호통을 치는 가운데 정우의 전화번호를 누르는 서영의 손이 마구 떨렸다.

옥상.

"무슨 일이냐?"

일주일 전의 일로 여전히 마음 상한 정우는 협조적이지 못했다. 서영은 최대한 이상한 눈치를 채도록 커다란 눈을 가자미처럼 치켜뜨며 김 주임을 흘깃거렸다.

"저기 정우야, 인사해. 우리 전산실 주임님 알지?"

알아채라. 이 자리, 절대 좋은 자리 아니다.

"아, 안녕하십니까?"

하지만 이정우 둔한 놈. 서영뿐이라 생각했던 정우는 물탱크 뒤에서 고개를 빼죽 내미는 정민을 보며 고개를 숙였다.

"무슨 일이신데……."

그녀가 또 사고를 쳤나 싶은지, 서영과 김 주임을 번갈아 보는 정우는 긴장한 기색이 역력했다. 저 순진한 영혼을 어떻게든 구해야 하는데, 도무지 방법이 생각나지 않는다. 서영의 초조감은 극에 달했다.

"이 선생님, 제가 드릴 말씀이 있어서……."

"저기, 정우야!"

도저히 이들의 사이를 허락할 수 없다. 서영은 정우의 손을 잡고 그녀 쪽으로 잡아당겼다.

"왜 그래?"

정민과 서영의 어색한 시추에이션에 당황한 정우가 둘을 번갈아 보았다.

"서영 씨, 이제 그만 내려가셔도 됩니다."

간절한 희망을 담은 정민의 눈초리를 보았지만 서영은 허락할 수 없었다. 서영은 앞뒤 잴 것도 없이 서둘러 정우의 얼굴을 잡았다.

"뭐 하는 짓이야?"

질색을 한 정우가 그의 얼굴을 잡은 서영의 손을 뿌리치려 하자, 서영이 으름장을 놓았다.

"가만있어."

"너 대체 뭘 잘못 먹었는데 이래?"

서영은 자꾸만 손을 털어내기 위해 짜증을 내는 정우의 얼굴을 꼭 잡았다. 이놈아, 나한테 고맙다고 절할 날이 반드시 있을 거다. 이 한 몸 희생해서 널 구해주는 것이다.

서영은 두 눈 찔끔 감고 정우의 입술에 자신의 입술을 박았다.
"헉!"
들리는 것은 정민의 놀란 한숨과 차가운 바람 소리뿐. 이상하게 고요하다. 굳은 듯 멈춰 선 정우의 입술에서 고개를 들고 정민이 있던 자리를 돌아보자, 정민은 사라진 후였다. 정말 미안했지만, 그래도 정우는 안 된다. 우리 정우, 예쁜 아가 놓고 사는 게 윤희 아줌마, 아저씨의 꿈이니까.

그가 얼마나 상처를 받았을지, 서영의 마음도 아팠지만 정우가 우선이었다. 착잡함을 가눌 길 없는 서영의 손에서 풀려난 정우가 자신의 입술을 닦아냈다.

"야, 너 이게 무슨 짓이냐."

졸지에 봉변을 당한 정우가 그녀의 손을 떨쳐 내며 살벌하게 말했다.

"내 한 몸 희생해서 너 구하는 짓."

건성으로 대답한 서영은 정민에 대한 미안함과 그럴 수밖에 없는 자신의 행동을 스스로에게 납득시키기 위해 안간힘을 썼다.

"정말…… 돌아버리겠다."

정우는 자신의 머리를 거칠게 헝클이더니 그녀를 노려보았다. 쟤, 왜 저러는 거니? 그 격한 반응에 놀란 서영이 그를 보았다.

"뭐, 뭐! 난 정말 너 구해주려고…… 뭐야? 그럼 너도 김 주임 좋아했던 거야?"

순간 머리를 스친 생각에 서영이 경악했다. 서, 설마 정우도 게이? 그럴 리가!

"미친 거 아니야? 왜! 많고 많은 게 여자인데, 왜 하필 김 주임이야!"

그러고 보니 이정우가 만난다는 여자는 없었다. 결벽증 있는 자식이라 그러려니 했거늘, 아이고, 윤희 아줌마. 이 일을 어찌합니까!

"너 지금 무슨 말 하는 거야! 정신 좀 차려."

앞뒤 상황을 알 길 없는 정우가 바락 소리를 쳤지만, 망상이 돌아갈 수 없는 강을 건넌 서영은 정우의 팔을 잡고 애원했다.

"정우야, 그러지 마. 응? 내가 내 친구들 중에 최고로 예쁘고 날씬하고 애교 많은 애로 소개팅 시켜줄 테니까 정신 차려, 이 눔아!"

그녀의 손에 잡혀 몸이 흔들거리던 정우는 한숨을 푹 쉬며 하늘을 쳐다보았다. 그러더니 냉정하게 그녀의 손을 떨어냈다.

"쇼를 해라."

정우는 그녀를 노려보며 뒤돌아섰다.

"젠장……."

녀석은 더 어쩔 수도 없게 성질을 내며 옥상 문을 닫았다. 서영은 발을 동동 구르며 중얼거렸다.

"아니, 저게 진짜 김 주임 좋아하는 거 아니야?"

아, 진짜 복잡하다. 앞으로 김 주임의 얼굴을 어떻게 봐야 하나, 라는 문제보다, 이정우의 성 정체성에 대한 고민이 더 심각했다.

"야, 이정우! 너 아줌마한테 다 이를 거야!"

서영은 정우의 뒤를 따라가며 소리쳤다. 그 말에 발끈한 정우가 옥상 문을 열고 소리쳤다.

"그건 내가 할 말이야! 내가 너 무슨 짓 했는지 아줌마한테 이를 거다. 아주 파리채에 죽어나가게 해줄게!"

"저게!"

그녀가 주먹을 쥐며 뛰어갔지만 정우는 이미 사라진 후였다. 그녀의 의도와는 전혀 다르게 전개되어 버린 어제와 오늘. 서영은 휴대폰을 꺼내 은호에게 전화를 걸었다.

[네. 강은호…….]

그리고 은호가 미처 다 말하기도 전에 빽 소리를 질렀다.

"야! 너 오늘부터 내가 됐다고 할 때까지 밤마다 정우 만나. 정우 만나 매일 청하 먹여서 집에 데려다 놔. 알았어?"

[아침부터 웬 헛소리?]

진정 의아한 듯 어리둥절한 은호가 되물었다.

"시키는 대로 해!"

[어이, 정 양. 애인도 아니고 친구 놈을 뭐 하러 매일 밤 만나서 술을 먹여. 잠꼬대하나?]

"오늘 밤부터야!"

서영은 은호의 대답도 듣지 않고 전화를 끊어버렸다.

이제 정우는 됐고…… 김 주임이 남았다. 그렇게 애절한 눈빛으로 부탁했는데, 그 앞에서 정우 입에 뽀뽀를 했으니…… 그 상심을 어이할까.

새삼 앞뒤 잴 거 없이 나름 긴박했던 상황을 떠올리던 서영이 배시시 웃고 말았다.

"그래도 정우 고놈, 입술 참 부드럽네."

옥상을 내려가 마주해야 할 현실을 잠시 잊게 만들 뽀뽀.

"아우, 부끄럽게 왜 자꾸 생각이 나는 거야."

서영은 달아오른 자신의 얼굴을 감싸 쥐고 발을 동동 굴렀다.

하지만 이제 전산실로 내려가 전쟁을 시작해야 할 터. 나가자, 싸우자, 이기자! 서영이 비장한 각오로 옥상을 내려갔다.

최신식 건물이라 전산실의 문을 열어도 삐걱거리는 소리조차 들리지 않는다. 서영은 문 안으로 목을 넣고 잠시 사무실 안의 동정을 살폈다.

그때, 어깨를 가볍게 치는 손길.

"뭐 해요?"

헉. 뒤에서 들리는 정민의 목소리에 서영이 소스라치게 놀라 돌아섰다.

"아, 주임님……. 그게……."

준비되지 않은 상황에서 마주한 정민의 얼굴, 무슨 말을 어떻게 해야 할지 서영의 단순한 머릿속이 일대 파란을 일으켰다. 정민의 눈앞에서 정우에게 뽀뽀를 했으니, 아마 그가 서슬 퍼런 눈으로 그녀를 잡을 거라 믿었다.

그런데 웬걸. 정민은 평소와 다름없는 말간 미소를 띠며 그녀를 내려다보았다.

"저기, 주임님. 아까는요. 제가 못한 말이 있는데…… 그게 사실 저도 좋아했거든요."

서영이 더듬거리며 말을 시작했다.

"비록 제 마음을 표현하지는 못했는데, 그래도……."

뭔 말이냐. 서영은 두서없는 거짓말을 잇지 못한 채 머리를 긁적거렸다. 그러자 정민이 그녀의 말을 받았다.

"마음대로 하십시오."

정민은 여전히 웃으며 말했다. 그동안 따뜻하고 친절한 미소라 생각했건만, 이 순간 정민의 웃음은 너무 섬뜩하다.

"그게 무슨 말이신지……."

서영이 침을 꼴깍 삼키며 조심스럽게 묻자, 정민이 어깨를 으쓱거렸다.

"우리 이 선생님에게 서영 씨가 마음이 아주 없을 거란 생각은 안 했습니다. 상상이 맞아서 좀 그렇긴 한데, 뭐 서영 씨랑 우리 이 선생님이 결혼한 건 아니지 않습니까? 오히려 승부욕이 샘솟는데요. 잘해봅시다, 우리."

정민은 황당함이 가득한 서영의 어깨를 툭 치며 사무실로 들어갔다. 우와…… 서영은 벌어진 입을 다물 수가 없었다. 최고로 무서운 사람이다, 김정민 씨. 저렇게 반들반들 웃으면서 잘 해보잔다.

"진짜 잘못 걸렸다……."

올무보다 더 지독하게 정우를 포섭할 생각인 것 같은데……. 서영의 팔에 소름이 돋았다.

정민이 차를 타고 병원 주차장에서 나가는 것을 본 서영이 주차장 기둥에서 홀연히 모습을 드러냈다. 퇴근 시간에 맞춰 나와, 혹시 정민이 정우를 납치라도 할까 걱정이 되어 정민이 퇴근하는 것을 훔쳐보고 있었던 것이다.

"휴, 진짜 힘들다."

그녀의 고충 따윈 전혀 몰라주는 이정우를 위해 추운 저녁, 이 짓까지 해야 되나 싶다가도 윤희 아줌마의 얼굴을 생각하면 모른 척할 수가 없었다.

버스를 타고 동네에 도착한 서영은 터덜터덜 집으로 걸어갔다. 인생 참 웃긴다니까. 그렇게 잘난 남자가 그녀를 위해 웃는다고 생각할 땐 행복하더니, 그 웃음이 모두 이정우를 위한 것이었다고 생각하니 이렇게 힘이 쭉 빠진다. 그녀는 점퍼 주머니에 넣었던 휴대폰을 꺼내 전화를 걸었다.

[왜?]

싸가지없는 녀석은 전화 매너도 이 모양이다. 서영은 심호흡을 한 뒤 은호에게 물었다.

"너 정우랑 같이 있지?"

그러자 수화기 너머 은호가 발끈했다.

[어이, 정 양. 너 모르나 본데 나 발령 받은 지 며칠 안 됐거든? 할 일이 얼마나 많은데 정우랑 같이 있냐? 나도 먹고 살아야지!]

"뭐야? 야, 강은호. 너 왜 내 말 안 들어? 정우 청하 마시게 해야 한다니까!"

[왜 그래야 하는데? 당최 이유나 좀 알자.]

결국 포기한 듯 은호가 물었다.

"정우를 사랑하는 남자가 생겼어."

[그래? 뭐 잘됐…… 뭐야? 남자?]

그녀의 말에 대수롭지 않은 듯 대답하던 은호가 당황하기 시작했다.

[왜 남자야, 여자 아니야?]

"야, 여자면 내가 너한테 정우 만나 청하 먹이라고 하겠니? 남자야, 남자! 우리 전산실 주임이 정우를 사랑해서 나한테 소개시켜 달라잖아!"

정말 다시 생각해도 어이없음이다.

[우와…… 나이스…….]

어지간한 일엔 놀라지 않는 은호가 말을 잇지 못했다.

"맞지? 너도 놀랐지?"

서영은 은호를 채근했다.

[그래, 삼 년 만에 처음 듣는 빅뉴스다.]

그래도 말이다. 강은호야, 네가 나만큼이야 놀랐겠니? 꽃다발 주고, 맛있는 스테이크 먹여놓고, 정우를 소개시켜 달라는데, 내가 숨 막혀 안 죽은 것만 해도 다행이란다.

서영은 자조 어린 생각을 멈출 수가 없었다.

[그래서? 어떻게 됐는데?]

그녀는 어깨를 으쓱이며 대답했다.

"내가 주임 보는 앞에서 정우 입술에 뽀뽀했어."

아무리 생각해도 그것보다 적절한 방법은 없었다. 다만 문제는 뽀뽀를 했음에도 물러서지 않는다는 김정민 씨 아니던가.

[뭐야?]

하지만 은호의 생각은 달랐던지, 녀석이 경악하는 것이 눈에 훤히 보일 지경이었다.

[뭘 했다고? 정우 입에 뭘 해?]

"뽀뽀. 참고로 혀는 안 넣었다."

[우와…… 진짜 나이스다.]

이 녀석, 정우를 사랑하는 남자가 생겼다는 말보다 어찌 더 놀라는 것 같다.

"야, 그래도 전산실 주임이 정우 포기 안 한대."

서영이 통통거렸지만, 은호는 여전히 충격에서 깨어나지 못하는 듯했다.

[이정우. 대박났군, 대박났어…….]

"그게 대박이냐? 그런데 은호야. 더 웃긴 게 뭔지 아니? 내가 정우를 위기에서 구해준 거잖아. 맞지? 내 한 몸 희생해서 뽀뽀했는데, 왜 자기가 더 성질을 내니? 걔, 혹시 남자 좋아……."

[어이, 거기서 그만.]

"알았어."

은호의 엄숙한 목소리에 서영이 말을 순순히 멈췄다. 그래, 생각만 해도 윤희 아줌마의 슬픈 얼굴이 떠오른다.

[아무리 그래도 그렇지, 그냥 말로 하지 왜 뽀뽀를 했어? 정우가 의외로 심약한데, 너한테 당했으니 오늘 밤 정우 악몽 꾼다. 하여튼 정서영 오버는.]

이게. 서영은 은호의 빈정거림에 귀에서 수화기를 떼어 수화기를 은호인 양 한없이 노려보았다. 오버라니, 얼마나 머리 터지게 고민했는데. 고백 받는 줄 알고 좋아라 했다가 김칫국 마신 것은 그만두고라도 배꼽 친구 구하겠다는 일념으로 직속상관한테 찍히는 것도 무릅썼건만!

그렇지 않아도 마음을 몰라주는 정우 때문에 심란한데, 타박을 해대는 은호의 말에 울컥해진 서영이 바락 소리쳤다.

"몰랐니? 내 인생이 오버인 거?"

그녀는 전화를 확 끊어버렸다.

"망할 자식. 뭐, 오버? 그래, 내가 정서영이 아니라 정오버다.

됐냐?"

서영은 발 아래 돌멩이를 뻥 차며 씩씩거렸다.

"아이, 추워 죽겠는데 집은 왜 이렇게 먼 거야! 버스 정류장 앞에 바로 집이었으면 좋겠어."

찬바람을 맞으며 통화를 한 탓에 손이 꽁꽁 얼어버렸다. 그녀는 점퍼 주머니에 손을 넣고 동동거리며 집을 향해 걸었다.

전형적인 주택 단지라 버스 정류장에서 집까지는 십오 분 정도가 걸렸다. 버스 정류장과 집 중간에 있는 놀이터를 지나는데, 익숙한 빨간 지프가 보였다. 어둠에 잘못 보았나 싶어 눈을 찡그리며 보자 앞좌석 문에 나른하게 기대서 하얀 입김을 뿜으며 통화 중인 사람은 정우가 분명했다. 눈밭에 굴러도 얼어 죽지 않을 만큼 두꺼운 오리털 파카를 입은 그녀와는 다르게 짙푸른 재킷에 은회색 머플러 차림인 녀석, 확 동상이나 걸려 버려라. 서영은 투덜거리며 걷기 시작했다.

"있다가 전화할게."

그녀가 다가가자 정우가 전화를 끊었다.

"이제 와?"

쳇, 아깐 그렇게 잡아먹을 듯 성질을 내더니 왜 저렇게 천사처럼 웃는데? 서영은 도끼눈을 하고 정우를 노려보았다.

"은호하고 통화했어?"

"그래."

오호라, 사정을 다 전해 들었다 이거지? 흥이네.

서영은 새침하게 고개를 돌린 뒤 정우 앞을 스쳐 지나갔다. 그러자 정우가 그녀의 팔을 잡았다.

"왜!"

이제야 미안한가 보네? 서영은 정우를 사정없이 노려봐 주었다.

"넌 이 추운 밤에 그렇게 입고 안 춥냐?"

이게 뭐? 재킷보다 두 배는 두툼한 오리털 파카인데. 서영은 불퉁한 눈으로 정우의 멋들어진 재킷과 자신의 파카를 차례로 쳐다보았다. 그러자 웃음을 머금은 정우가 자신의 머플러를 풀어 서영의 목에 감아주었다.

"추운데 든든하게 입고 다녀야지."

아무리 미안했어도 이런 닭살 짓을 할 녀석이 아닌데, 머플러를 감아주는 정우를 보며 서영은 불안해졌다. 왜, 왜 이렇게 다정한 건데? 사람 무섭게…….

"컥!"

순간 서영이 컥컥거렸다.

"네가 날 희롱해? 아무리 그래도 그렇지, 네가 감히 내 키스를 훔쳐? 못난이, 네가?"

과연 천사의 웃음이란 간데없이 정우는 악마처럼 눈썹을 꿈틀거렸다.

"야…… 야."

서영이 버둥거렸지만 이 얼어 죽을 녀석이 머플러를 꽉 잡고 놓아주지 않았다.

"컥, 야…… 나, 나 죽어!"

"아까 나도 숨 막혀 죽을 뻔했어, 알아?"

"그, 그만! 진짜 숨 막혀!"

그러자 그녀의 얼굴이 빨갛게 달아오르는 것을 즐기며 머플러를 풀어준 녀석이 선언했다.

"그러게 사람은 항상 생각을 하고 행동을 해야 한다."

아이고, 목이야. 망할 놈! 분명 빨갛게 자국이 남았을 것이다. 서영은 목을 부여잡고 정우를 노려보았다.

"그게 다 너 생각해서 한 짓이었다고. 나라고 좋았겠냐? 내 입술이 키스 백만 번도 못해본 순결한 입술이다 이거야. 왜 이래, 이거?"

서영이 목소리 높여 정우를 원망했다. 그러자 정우가 하늘을 보며 절망스럽게 외쳤다.

"하나님, 제발 저 물건, 딱 한 번만 때리면 안 되겠습니까? 그럼 앞으로 정말 착하게 살겠습니다."

"야!"

그녀는 정우의 팔을 아프게 때렸다.

"너 정말 죽었어."

정우는 그녀의 머리를 잡아 팔 아래에 끼고 때리는 시늉을 했다.

"아이고, 사람 살려요!"

"한 번만 더 그랬다간 아주 죽을 줄 알아!"

아이들이 사라진 놀이터가 서영과 정우의 소란에 시끌벅적해졌다.

한바탕 소란이 있은 뒤, 서영과 정우는 약속이라도 한 듯 근처 포장마차로 발을 옮겼다.

정우의 단골 메뉴 골뱅이 무침과 서영이 죽고 못 사는 순대를 나란히 시킨 뒤, 빈 잔에 맑은 소주를 따랐다. 아무 말 없이 서로의 잔을 부딪친 그들은 단숨에 술을 마셨다. 시리도록 알싸한 소주가 식도를 타고 넘어가는 느낌에 전율한 서영이 잔을 내려놓으며 말하기 시작했다.

"그때 내가 너 싫다고 한 거, 그거 진심 아니었어."

그건 분명 그녀가 잘못한 일이다. 여러모로 배려해 준 녀석에게 짜증을 냈으니. 그러자 정우가 툭 던지듯 대답했다.

"알아."

그 불여우 같은 강주희인지 뭔지가 사람 열 받게만 안 했어도 이런 일은 없었을 거다. 그래도 결국 불여우의 도발에 넘어가 정우한테 성질을 낸 건 자신.

"정말 미안해. 괜한 자격지심이었어. 하지만 너한테 그거 한 건 진짜 순수한 마음이야! 난 내 눈에 흙이 들어가기 전에 네가 김 주임이랑 얼레리 하는 거 못 봐. 절대!"

서영이 비장하게 말했다.

"알았으니까 술이나 마셔라."

그래도 안심이 안 된다.

"김 주임이 너 절대 포기 안 한대. 어떡할 거야, 응?"

"뭘 어떡해? 좋아한다고 다 사귀고 그럼, 세상 너무 문란해진다."

하지만 녀석은 너무 태평했다. 서영은 정우의 손을 꼭 잡고 말했다.

"정우야. 그래, 너만 믿어. 김 주임이 뭐라고 꼬셔대도, 너 절대 김 주임이랑 사귀면 안 돼. 응? 절대 사귀면 안 되는 거야. 알았지?"

"사람 말을 좀 믿어라."

너무나 애절한 서영의 눈을 보며 정우가 한숨을 푹 쉬었다.

"한 번만 더 말한다. 잘 들어, 정서영. 나 진심으로 남자 싫어해. 됐냐?"

"응, 너무 고마워!"

서영은 정우의 손을 꼭 잡고 말했다.

"고마울 것까지야."

녀석이 인심 쓰듯 어깨를 으쓱거리며 빈 잔에 술을 따랐다. 어찌…… 감사를 전하는 자와 받는 자가 바뀐 것 같긴 한데…….

"건배."

서영은 고개를 갸웃거렸지만, 뭐 어떤가. 술이 있고, 친구가 있는데.
"그래, 건배."
두 사람의 잔이 허공에서 맑은 소리를 내며 부딪쳤다.

5 새살이 돋은 흉터 자국

5 새살이 돋은 흉터 자국

퇴근 후 어느 저녁.

"우웩, 냄새!"

방으로 들어서던 지호가 질색을 해 코를 막았다. 거울을 보며 혼자서 염색 중이던 서영이 그 모습을 보며 태평하게 말했다.

"참아야 하느니, 이게 다 이모가 예뻐지는 냄새거든."

"그냥 미장원 가서 해. 우리 엄마는 미장원 가서 한단 말이야."

냄새가 난다면서도 지호는 방을 나가는 대신 그녀의 침대에 앉아 잔소리를 늘어놓기 시작했다.

"우리 엄마가 그러는데, 집에서 염색 잘못하면 머리가 막 간

지럽대."

"너네 엄마는 피부가 약해서 그렇고, 이모는 괜찮아요."

2월이다. 아직 살 떨리게 추운 건 1월이나 다름없지만 3월의 길목에서 변화를 시도하고 싶었다. 여자에게 제일 변화를 주기 쉬운 것이 머리이나, 몇 시간씩 앉아 있는 것을 질색하는 서영은 선뜻 미장원에 갈 용기가 나지 않았다. 궁여지책으로 마트에서 제일 염색이 잘된다는 염색약을 사다가 대대적인 작업을 감행하는 중이었다.

"지호야, 봐봐. 이모 머리색이 금갈색으로 바뀌고 있어?"

어깨까지 내려오는 머리에 온통 염색약을 바르고 앉은 서영이 지호에게 물었다. 진지하게 약 범벅이 된 그녀의 머리를 내려보며 지호가 고개를 저었다.

"음, 아니. 아직도 시커매."

"그래? 이상하네. 삼십 분만 있으면 된다고 했는데."

지호의 말에 서영이 고개를 갸웃거리며 사용 설명서를 다시 확인했다. 한참 동안 깨알같이 작은 글씨를 읽다 설명서를 휙 던져 버렸다. 워낙 머리가 검어 미장원에서도 두 시간은 기본인데, 하물며 집에서 하는 것이니 더 하겠지? 두피가 조금씩 따끔거리기 시작했지만 원래 그러려니 무시한 서영은 자라처럼 앞으로 드러누워 버렸다. 그러자 깜빡깜빡 눈앞이 가물거리기 시작했다. 잠이 들면 안 되는데, 그녀는 잠들지 않기 위해 고개를 저었다. 잠들면 끝장이다, 절대 눈을 뜨고 있어야 한다. 주문을 외듯…… 중얼중얼. 잠깐만 눈을 감고 있어야지. 아주 잠깐만…….

하지만 다음날 아침.

"아악, 따가워!"

독한 염색약에 두피가 발라당 뒤집어져 버렸다. 가렵고 따가워서 죽을 것만 같았지만 출근을 위해 어쩔 수 없이 머리를 감고 거울 앞에 앉은 서영의 얼굴은 울상 그 자체였다. 그러자 아침부터 이어지는 서영의 곡소리에 이층으로 올라온 엄마가 그 모습을 보며 쯧쯧 혀를 찼다.

"그러게 그 독한 걸 바르고 잠을 자긴 왜 자? 아예 대머리 되라고 고사를 지내지 그랬냐."

"자려고 한 게 아니었는데, 좀 깨워주지 그랬어."

마치 머리에 숯불 화로를 이고 있는 기분이었다.

"그래도 엄마, 염색은 참하게 잘된 것 같아. 한번 봐봐."

서영은 엄마에게 평가를 부탁했다.

"아이고, 이 화상아. 염색 잘돼서 좋기도 하겠다. 연한 살 다 짓물러 아프다면서 그게 눈에 들어오긴 하냐? 출근하는 대로 당장 병원 가서 주사 맞아."

나이 서른을 코앞에 두고도 아직 애 같기만 한 서영이 한심한 엄마는 그녀의 등짝을 아프게 내려치고 방을 나갔다.

"으, 주사 맞으면 괜찮아질까?"

생각 같아선 손톱으로 머리를 박박 긁고 싶었으나, 그랬다간

새살이 돋은 흉터 자국 147

질펀한 피바다가 될지도 모를 일이라 애써 참아야 했다.
"뭐, 죽을 것 같긴 해도 이 고통 속에 염색마저 안 된 것보단 낫다."
부정적인 상황에서도 위안 거리를 찾아내는 것, 인생은 그런 거다.

차가운 겨울바람이 화끈거리는 머리에 도움이 됐다. 머리가 쓰라린데 왜 걸음이 엉거주춤한지, 오리 궁둥이 모양으로 병원 로비를 향해 걸어가는데 뒤에서 빵빵거리는 소리가 들렸다. 힐끔 돌아보자 예의 빨간 지프차를 탄 정우가 차 안에서 손을 흔들었다. 서영은 왼손으로 뒷머리를 꾹 누른 채 마주 손을 흔들었다.
"얼굴이 왜 그 모양이냐? 가뜩이나 못난이 주제에 인상이나 쓰고?"
주차장 빈자리에 주차한 정우가 다가와 그녀를 툭 쳤다.
"너도 화로를 이고 있어봐라. 인상이 안 써지나."
그러자 아침부터 무슨 소리냐는 듯 정우가 그녀의 위아래를 살펴보았다.
"화로? 무슨 화로?"
서영은 정우가 열어주는 로비 문 안으로 들어서며 퉁퉁거렸다.
"어제 염색약 바르고 나도 모르게 그냥 자서, 피부가 다 뒤집어졌어. 짓물렀나 봐."

"으이구, 골고루 한다. 골고루 해."

그러자 정우가 한심하단 듯 고개를 저었다.

"타박은 우리 엄마한테 배부르게 들었으니까 그만 하고, 커피나 한 잔 뽑아줘."

그들은 로비에 위치한 자동판매기로 걸어갔다.

"어흐, 따가워."

"그러게 뭐 하러 그런 걸 하냐? 난 염색하는 여자랑 눈썹 미는 여자는 정말 이해불능이다."

정우의 얼굴을 보니 진심으로 하는 말인 듯했다.

"그게 여자와 남자의 차이인 거야. 나야말로 일요일에 낮잠 안 자고 한강변 달리는 남자가 이해되지 않거든. 대표적인 예로 이정우 너."

"적절한 비유가 아니라고 본다."

그는 시니컬하게 웃으며 커피를 건넸다. 타박은 하지만, 잠시도 가만히 있지 못하고 서영이 머리를 꾹꾹 누르며 인상을 쓰자 결국 정우가 걱정스럽게 물었다.

"그나저나 그대로 둬도 돼?"

"조금 있다가 피부과 가서 주사 맞아야지."

"무슨 주사?"

"언니한테 물어보니까 보통 이럴 때 항생제 주사를 맞는대."

서영은 커피를 홀짝거리며 말했다. 그러자 정우가 제안했다.

"그럼 피부과 갈 필요 없겠네. 내가 놔줄게."

그러고 보니 여기도 병원이라 항생제쯤은 있겠다. 하지만 서영은 정우의 말을 믿을 수 없다는 듯 두 눈을 게슴츠레 떴다.

"흠……."

모호한 의성어에 자신으로부터 한 발짝 물러서기까지 하는 서영을 보며 정우가 물었다.

"뭐냐, 그 표정은?"

"혈관은 찾을 수 있냐?"

그녀의 의심에 정우가 황당하단 듯 고개를 흔들었다.

"너 지금 나 엄청 모욕한 거 맞지?"

"치과의사한테 맞아도 돼? 혈관도 못 찾으니까, 나 마루타 삼아서 혈관 찾는 연습하려는 거 아니…… 아악, 야, 하지 마!"

말을 채 끝내지도 못한 서영이 정우를 피해 도망갔다. 자존심이 짓밟힌 정우가 그녀의 머리를 손가락으로 콕콕 찌르는 것으로 복수했기 때문이다.

"한 마디만 참았으면 됐을 것을, 왜 그랬냐. 응?"

"아프다니까!"

질색을 해 팔짝거리자, 그것이 재미있었던 듯 정우는 더 집요하게 그녀의 머리를 톡톡 치기 시작했다.

거의 대부분 예약제로 운영되는 병원이라 아침 시간은 조용한 편이었다. 더구나 대부분 출근이 끝난 시간이라 인적이 드문 로비에서 정우가 체면을 유지하려 근엄한 척할 필요가 없었다.

"야, 사람들이 볼지도 몰라. 그만 해."
"날 모욕한 건 너잖아. 대가를 치러야지."
"야, 난 그냥 사실을 말한 거였다고."
 정우를 피해 로비 정문까지 도망간 서영이 혀를 날름거리며 돌아섰다. 그러다 보게 된 사람들.
"저 못난이가 끝까지 날 모욕하네. 야, 정서영 너……."
 그런데 발끈한 정우가 씩씩거리며 다가오는데, 무슨 일인지 서영은 꼼짝도 하지 않고 로비 밖 주차장을 응시하고 있었다. 마치 구명줄처럼 손에 들린 종이컵을 구겨진 채.
 너무나 갑작스런 변화였다.
"왜 그래?"
 장난기를 감춘 정우가 천천히 서영의 뒤로 다가갔다.
"서영아."
 그녀의 이름을 부르며 시선을 따라가던 정우의 얼굴 역시 굳어졌다. 파란색 BMW에서 내린 사람들, 정확히 젊은 남자와 예정일이 얼마 남지 않은 듯 만삭인 젊은 아내. 정우에게도 너무나 익숙한 얼굴이었다.
"저 사람들, 윤상희 씨 아니야? 그리고……."
 기명진.
 단지 상희와 명진을 보는 것만으로 정우는 모든 사태를 파악할 수 있었다. 그가 배꼽친구인 정서영의 대학 동창 명진을 모를 수는 없었다. 상희를 서영에게 소개시켜 준 사람이 명진이었다는 것도 알고 있었다. 정우는 더 이상 말을 잇지 못한 채 얼음처럼 굳은 얼굴로 만삭인 명진을 응시하는 서영을 보았다.

"서영아."

걱정스러운 듯 정우가 동그란 어깨에 손을 올렸지만 서영은 아무 대답도 할 수가 없었다. 괜찮다고, 이젠 저런 모습 따윈 그녀의 아무것도 무너뜨릴 수 없다고 자신 있게 말하고 싶었지만 목소리가 나오지 않았다. 저들을 마주한 순간, 잊었다고 생각했던 지난 일 년의 악몽이 고스란히 눈앞에 펼쳐졌다. 사랑한다고 생각했던 남자와 가장 친하다고 생각했던 친구, 그들······. 거대한 바위가 가슴을 짓누르는 느낌에 숨을 쉴 수가 없었다.

"나, 나····· 일하러 갈게."

서영은 꽉 막힌 목소리로 겨우 말한 뒤 서둘러 비상구 계단으로 들어가 버렸다. 바로 눈앞에 엘리베이터가 있었지만 감히 그곳으로 갈 엄두가 나지 않았다. 안개가 낀 듯 뿌연 눈으로 미친 듯이 계단을 올라가노라니 잘못한 것은 그들인데, 왜 그녀가 도둑처럼 비상구 계단으로 몸을 피해 숨을 몰아쉬어 가며 계단을 올라가는지······ 스스로가 한없이 바보 같았다.

"머리도 화끈거리고, 가슴도 화끈거리네······."

세상이 좁다고들 한다. 나이 서른 코앞인 서영도 그것을 인정하는 바였지만 이 병원 주차장에서 그들을 보게 될 줄은 꿈에도 생각하지 못했다. 죽을 때까지 그들을 다시 보는 일만은 없게 해달라고 기도까지 드렸건만.

"정말 너무하세요."

어디를 향해 가는지도 모른 채 무작정 계단을 올라가며 울분을 터뜨렸다. 부처님, 하나님, 알라신 전부들 정말 너무하신다. 그들의 얼굴을 보지 않기 위해 직장도 그만뒀고, 대학 동창회도 나가지 않는다. 연락하지 않으면 친구 관계를 끊겠다는 친구들의 협박에도 지난 일 년 동안, 사람들과의 접촉을 피했는데. 그런데 하필이면 여기서 그들을 보게 됐다. 그것도 정우 앞에서.

"멍청이, 세상에서 제일 멍청한 정서영."

그러니 아직도 이 모양이지. 갑자기 스스로에 대한 분노가 걷잡을 수 없이 솟구쳤다. 계단에 멈춰 선 서영은 콘크리트 벽에 쿵, 머리를 찧었다.

"살 필요가 없어. 죽어버려."

아직도 살아 있는 이 감정까지 모두 가진 채, 죽어…… 죽어. 한 번, 두 번. 서영은 계속 머리를 박았다.

그러다 갑자기 뒤로 돌려졌다. 놀람의 의성어도 내지르지 못한 채 멍하게 보자 언제 왔는지, 정우가 그녀의 팔을 잡고 서 있었다. 그는 서영의 이마를 어루만지며 말했다.

"이마에 멍 들어."

멍하게 정우를 올려다보던 서영의 눈에 그만 뜨거운 눈물이 고이고 말았다. 이성이 이 이상 추태를 보여선 안 된다고, 절대 울지 말라고 소리쳤지만 설움이 북받쳤다.

"흐흑."

새살이 돋은 흉터 자국

저도 모르게 흐느낌이 새어나오자 깜짝 놀란 서영이 입을 틀어막았다. 그 모습을 보며 정우가 그녀의 이마에 흐트러진 머리를 쓸어 올려주었다.

"울지 마라."

너무나 걱정스럽고 다정한 말에 서영은 그의 어깨를 때리며 소리쳤다.

"어엉, 그냥 못난이 울면 죽어, 그러지, 흐흑, 왜 어울리지도 않게 다정이야, 어엉, 너 때문에…… 너 때문에 눈물이 나잖아."

"그래, 못난이 너 자꾸 울면 죽어. 그러니까 울지 마."

스스로 생각해도 억지주장인데, 정우는 순순히 그 말을 따라 했다. 자신의 말대로, 녀석이 눈물을 멈출 말을 해주는데…… 그래도 눈물이 나는 것은 왜일까? 서영은 그만 정우의 가슴에 얼굴을 묻고 흐느꼈다.

"잊었다고 생각했는데…… 아니야. 너무 화가 나. 자꾸 눈물이 나고 화가 나서 견딜 수가 없어."

눈물과 한숨이 섞인 그녀의 고백에 정우가 한숨을 쉬었다.

"그래, 그럼 울어."

품에 안긴 서영의 등을 토닥거려 주었다.

벌써 삼 년이다.

그를 만난 것이 벌써 그렇게 됐다.

어렵게, 어렵게 들어간 공기업을 딱 이 년 다니고 해외 배낭

여행을 떠난다고 했을 때 가족들의 반응은 예상대로였다. 배가 불러서 잘 다니던 직장 그만두고 여행이냐, 나이도 먹을 만큼 먹은 게 어디 겁도 없이 해외로 나간다고 설치느냐, 다녀오면 뭐 먹고 살 거냐 등등.

아마 그때 들은 욕만 해도 천수를 누리고도 남을 것이다. 하지만 넓고 넓은 세상, 젊고 힘 있을 때 여행하지 않으면 언제 하겠느냐는 무모한 정신이 자꾸만 그녀를 충동질해 댔다.

서영에겐 아침 일곱 시에 일어나 허겁지겁 출근하고, 일에 찌들려 점심도 미친 듯이 먹고 사무실로 돌아와야 하며, 서쪽 하늘이 어둑어둑 해질 때 지쳐 돌아와 쓰러지듯 잠드는 생활 속에 탈출구가 필요했다.

식구들의 반대를 모두 물리치고 육 개월 동안 일본, 중국, 대만, 홍콩을 돌아다녔다. 이 년 동안 번 돈 모두를 쓴 것은 굳이 말할 필요도 없었다. 언어도 안 통했고, 맞지 않는 기후에 배탈도 나 엄청 고생을 했지만 재미있었다. 벌거벗어 세상에 홀로 내동댕이쳐져도 죽지 않을 자신을 갖게 해준 여행이었다.

자외선에 그대로 노출되어 반 아프리카 인이 되어 돌아왔을 때, 그녀를 마중 나온 사람은 엄마도 아니고 아버지도 아닌 명진이었다. 대학 사 년 내내 붙어다닌, 죽고 못 사는 친구 명진이.

새침했고 누구보다 조용하고 여성스러워 서영의 무모한 여행을 무척이나 부러워했던 친구였다.

"잘 다녀왔어?"

"응, 죽지 않고 살아 돌아왔다!"

완벽한 화장에 완벽한 원피스 차림인 명진을 꼭 끌어안고 호들갑을 떠는데, 그들을 지켜보는 남자가 있었다.

"누구……?"

너무 어울리지 않는 서영과 명진의 모습의 재미있다는 듯 웃고 선 남자는 햇빛을 등지고 서 있었다. 그것이…… 서영의 눈엔 후광을 입은 남자의 모습 같았다.

"아, 저번에 내가 말한 상희 오빠야."

"누구?"

멍하게 기억을 더듬어도 딱히 떠오르는 얼굴이 없었다.

"기집애. 소개팅 시켜준다고 얘기했는데 네가 대만으로 날아버린 거잖아."

명진이 그녀의 옆구리를 아프게 꼬집었다.

"오늘 너 마중 간다니까 자기 바람맞힌 여자가 누군지 보러 온다잖아."

"야, 아무리 그래도 그렇지, 여길 데려오면 어떡해! 내 몰골을 좀 봐."

그제야 상희가 기억난 서영이 질색을 했다. 장장 육 개월의 여행 끝이었다. 까칠하고 태양 볕에 그을린 피부며 부스스한 머리, 꼬질꼬질한 옷차림 모두 신경이 쓰여 죽을 것 같았다.

그때 상희가 말했다.

"예쁜데요 뭘."

예쁜데요 뭘.
어떤 남자도 예쁘다고 해준 적이 없어서일까?
상희는 호탕했고, 언제나 사람을 웃게 만드는 능력을 타고난 남자였다.
175cm의 키에 커다란 얼굴. 실눈처럼 작은 눈에 볼록 나온 배마저 그렇게 좋을 수가 없었다.
상희가 왜 좋은지 이유도 없었다. 그냥 보고만 있어도 좋았다. 심장이 두근거렸고, 수줍어졌다. 한 번도 스스로를 여성으로 의식해 본 적이 없는데, 상희를 만난 뒤부터 서영은 스커트를 사기 시작했고, 면 셔츠 대신 블라우스를 사기 시작했다.
그녀보다 세 살 많은 나이인 그는 강남에서 커다란 컴퓨터 학원을 운영하고 있었다. 실업자 신세인 그녀를 자신의 학원에 취직시켜 주었다. 처음엔 그 제안을 받고 컴퓨터에 대해 아무것도 몰라 망설이는 그녀에게 명진이 예쁜 눈웃음을 치며 충동질했다.
"모르면 배우면 되지, 공유되는 이야기가 있어야 잘 맞대."
그 말이 서영을 얼마나 자극했는지는 신만이 아실 것이다. 수학과 과학이라면 질색이었는데, 고3 때도 하지 않던 밤샘과 형부를 졸라 눈물 나는 과외까지 받아가며 컴퓨터 운영 능력을 익혔다.

새살이 돋은 흉터 자국 157

상희를 만나는 이 년의 시간은 피눈물 나는 자신과의 싸움이었고, 한편으로 솜사탕보다 달콤한 시간이었다.
그런데 이상한 것은…… 서영이 한 발, 두 발 다가서도 상희와의 거리는 항상 그 자리였다. 커플링을 끼고, 손을 잡고 걸어도 상희는 스스로가 그어놓은 선을 넘지 않았다.
내가 부족해서 그런가……?
내가 너무 좋아해서…… 그래서 어쩌면 조심하는지도 몰라…….
조금 튕겨야 좋다던데, 그렇게 좋아하는 표를 내니 잘될 리가 없잖아…….

학원까지 찾아와 상희를 보고 간 엄마는 언제 아버지께 인사를 시킬 거냐며 성화를 부리시는데, 서영은 어떻게 해야 될지 알 수가 없었다.
학원생들 대신 접수시켜야 하는 원서를 깜박하는 바람에 퇴근길에 다시 돌아간 학원에서 상희의 말을 듣기 전까진 말이다.
"이래도 안 되겠어, 이만큼 했는데? 그래, 그럼 나 진짜 서영이랑 결혼할까?"
애절한 상희의 목소리. 그 말을 떠올리면 서영은 항상 뿌연 안개가 생각났다. 그들 모두를 길 잃게 만드는 안개. 한치 앞도 볼 수 없어 잘못 들어서면 영영 길을 잃어버리는…….
"내 프러포즈 거절하려고 서영이 소개시켜 준 거 알아. 날 사랑하는지 확신이 없다는 네 말, 충분히 이해했기에 난 지난 이 년 동안 서영이 만났다. 모두 널 위해서! 그런데 이젠 더 못하겠다. 사랑하는 사람 두고 다른 여자 만나는 거 정말 싫다고. 그러니 이제 네가 결정해. 지난 이 년 동안 어땠어? 내가 괴로웠던 만큼 너도 괴로웠어? 그럼, 넌 날 사랑하는 거야. 알아?"

"오빠……."

상희의 외침과 명진의 울먹거림. 그들의 눈물 나는 사랑에 어릿광대가 되어버린 정서영.

"서영아, 정말 미안해. 정말, 흐흑."

시체처럼 파랗게 질린 그녀를 발견한 명진의 눈물이 떠올랐고, 침통한 상희가 떠올랐다.

"미안하다."

글쎄, 아무리 사과를 해도…… 서영은 용서하지 않을 생각이었다. 서영이 아무 말 하지 않아도 얽히고설킨 사람 관계에서 그들의 일은 모두 소문이 났고, 서영은 가장 절친한 친구에게 애인을 잃은 불쌍한 여자가 되었다. 그들의 입소문에서 명진은 찢어죽일 년이었고, 상희는 바닷물에 빠뜨려 마땅한 남자가 되었지만 동정은 생기지 않았다.

그래도 그들은 행복한 해피엔딩일 테니. 외사랑에 가슴 찢긴 그녀와는 다르게…….

그들을 보내고 서영이 한 일이라곤 침대에 누워 눈물 흘리는 것밖에 없었다. 아무것도 할 수가 없었다. 무력했고…… 비참했다.

 저도 모르게 고인 눈물을 닦으며 고개를 들자, 어둠이 스민 창가를 환한 불빛이 밝혀주고 있었다.
 병원 프로그램에 소득공제 프로그램이 자동 설치되면서 수납된 진료비 기록을 수작업으로 입력해야 했다. 하루 내원 환자만 해도 대략 잡아 백오십여 명이 넘는데 일 년 동안 내원했던 모든 환자들의 진료비 수납 기록을 해야 하니 전산실은 전쟁터와 다름없었다. 딱히 어려운 일은 아니었지만 지독히 반복적인 일에 진저리를 쳤다.
 그래도 오늘 같은 날은 다행이다. 단순하지만 온 정신을 집중해서 일을 할 수 있으니. 어깨가 아파 잠시 자리에서 일어난 서영은 주위를 서성거렸다. 아무도 없이 적막한 차트실. 상희를 만나기 전까지 그녀 주위엔 사람들이 넘쳐 났는데……. 나쁜 자식, 나쁜 기집애. 사랑만 잃게 만든 게 아니라 좋은 사람들을 모조리 잃게 만든 나쁜 것들. 기운이 쭉 빠진 서영은 책장에 기대고 주저앉아 버렸다.
 배신당한 마음에 더 이상 흘릴 눈물이 없을 정도로 흘린 뒤부터는 걷잡을 수 없는 미움에 괴로워해야 했다. 누군가를 그렇게 미워한 적이 없었는데…… 그가…… 그가 죽어버렸으면 좋겠다는 생각을 하는 스스로를 발견한 뒤 또 얼마나 마음이 아팠는지 모른다. 정서영은 원래 그런 사람이 아닌데…… 누군가 죽기를 바랄 만큼 하염없이 미워하고 증오하는 사람이 아닌데…… 윤상희가 그녀를 그렇게 만들어 버렸다.

서영은 무릎을 굽혀 얼굴을 묻었다.

똑똑.

그때 누군가가 머리 위 책장을 두드렸다. 놀라서 위를 쳐다보자 정우가 그녀를 내려다보았다.

"여기 있을 줄 알았다."

정우는 하얀 의사 가운을 입은 채 그녀 옆에 주저앉았다.

"너, 너 왜 여기 있어?"

"받아라."

정우가 저녁 늦게까지 퇴근하지 않고 남아 있다는 것이 놀라워 멍하게 바라보노라니, 그녀의 물음엔 대답도 없이 들고 온 종이봉투를 내밀었다.

봉투와 정우를 번갈아 보며 어리둥절해하던 서영이 종이봉투를 뒤져 정체 모를 드링크와 알약을 꺼냈다.

"뭐야?"

"기억상실증 약."

"뭐?"

잘못 들었나 싶어 되묻자, 그가 인상을 쓰며 대답한다.

"진짜야."

"풉."

서영은 그만 웃고 말았다. 기억상실증 약이라니, 능청스러운 녀석.

"바보야, 세상에 그런 약이 어디 있냐?"

"뭐든 먹고 잊으라고. 뭐 기억 잊는 김에 머리 피부도 나으면 더 좋고."

정우가 어깨를 들썩거리더니 그녀 손에 들린 드링크를 뺏어 뚜껑을 열어주었다.

"주사 맞으러 올 줄 알고 하루 종일 기다렸다. 알아?"

"미안. 내려갈 수가 없었어."

서영은 정우가 내미는 드링크를 받으며 중얼거렸다. 상희를 마주칠까 봐, 명진을 보게 될까 봐.

"알았으니까 약이나 얼른 먹어."

"응."

퉁명스러운 정우 말에 서영이 알약 봉투를 뜯었다. 약을 먹고 빈 드링크 병을 닫는 동안 정우는 아무 말이 없었다.

"왜 아무것도 안 물어?"

"뭘?"

"상희 씨랑 명진이랑 나. 무슨 일이 있었는지 궁금하지 않아?"

서영이 그를 바라보자 묵묵히 앞만 보던 정우가 한참 만에야 되물었다.

"……궁금하다면 말해줄 거냐?"

"응."

"무슨 일이…… 있었는데?"

조심스런 그의 질문에 서영이 차분한 어조로 지난 일들을 말하기 시작했다.

"명진인 그런 의도가 아니었을 거야. 그랬으니 나한테 소개를 시켜줬겠지. 하지만…… 하지만 마음이 바뀌었을 땐, 그땐 나한테 말을 해야만 했어. 그게 나에 대한 예의인데, 난 많은 걸 바란 게 아니야. 내가…… 내가 더 들뜨기 전에 말을 했어야 했다고. 그랬으면……. 난 그것도 모르고 일방통행 돌진만 했었는데……. 날 싫어하는 줄 알고, 좀 더 노력하려고……."

긴 이야기를 털어놓는 동안 감정이 북받쳤다. 끝말을 잊지 못한 서영이 습기 찬 눈을 두 손으로 꼭 눌렀다.

"네 잘못이 아니야. 넌 그때 네 감정에 충실했고, 네가 할 일을 했을 뿐이야. 그러니 너무 비참해하지 마라."

정우가 그녀의 머리를 쓰다듬으며 말했다.

"응, 응."

두 손에 눈물을 떨쳐 버린 서영은 애써 씩씩한 미소를 지었다.

그래, 이제 더 울지 않아. 모두 잊는 중이었으니, 이제 그 일은 그녀의 슬픔이 되지 않을 것이다.

"그래도 뭐 전혀 손해 본 만남은 아니었어. 나 컴퓨터는 인터넷만 할 줄 알면 된다고 생각했거든? 그런데 상희 씨를 만나면서 컴퓨터 도사가 됐다? 참, 웃기지? 컴퓨터는 본체 파워만 켤

줄 알았던 내가 정보처리기사가 웬 말이니."

　오로지 상희의 관심을 끌기 위해서였다. 조금이라도 그의 세계에 들어가고 싶었고, 그의 대화에 동참하고 싶었다. 인터넷 홈 페이지의 구축과 웹디자인까지 모두, 서영에겐 너무 힘든 도전이었다.

　"하…… 말하고 보니 내가 너무 어리석었구나. 하기 싫은 걸 오로지 관심 한번 받아보겠다고 죽기 살기로 한 거였어. 난 정말 어리석었던 거야……."

　서영은 무릎에 얼굴을 묻었다.

　"그거야……."

　묵묵히 그녀의 말을 듣던 정우가 입을 열었다.

　"그건 사랑을 하는 사람이라면 누구나 그런 것 아닌가? 그 사람처럼 되고 싶고, 그 사람이 부러운 것. 그 사람에 비해 난 언제나 부족하고 모자라잖아. 사실은 그게 아니라 하더라도 사랑하는 사람 앞에선 그렇게 되지 않나?"

　뜻밖의 말에 서영은 두 눈이 동그래져 그를 보았다.

　"그 사람보다 못난 내가 한없이 싫은 느낌…… 그 사람을 향해 기를 쓰고 달려가도 언제나 나보다 한발 앞서 가는 사람. 결국 난 내가 싫게 돼."

　그의 말은 너무나 진지했다. 그녀의 가슴을 울리는 그 말은 정우도 똑같은 경험이 있다고 말하는 듯했다.

　"뭐야…… 너도 그래?"

의아함이 듬뿍 묻어나는 서영의 물음에 정우가 씩 웃었다.
"난 사람 아니냐?"
정말…… 뜻밖의 사실이다. 이 녀석이…… 이 잘난 녀석이 왜?
"네가 뭐가 부족해서 그런 생각을 하는 건데?"
서영은 믿을 수가 없었다.
"글쎄, 내가 부족해서 그렇다기보다 내가 더 많이 사랑해서 그런 거 아닐까? 너처럼 말이야."
사랑…… 사랑이란다. 이 녀석이 사랑을 말한다. 서영은 믿을 수가 없어 허공을 응시하는 정우에게서 눈을 뗄 수가 없었다.
"세상에서 제일 알 수 없는 게 말이야. 내가 사랑하는 사람이 날 사랑하는 거야. 그럴 확률은 정말 희박하잖아."
"그건 그래……."
그녀는 다른 곳을 보는 사람을 사랑하는 것, 그것이 얼마나 힘든 일인지 알기에 정우의 말에 공감했다.
"그래, 혼자서 사랑을 하면 그런 거야. 내 존재감은 한없이 작고 초라해지지만 반대로 그 사람은 크고 위대해 보여. 사랑에 설레며 보잘 것 없는 내가 그 사람에 어울리는 사람이 되기 위해 안간힘을 쓰는 것, 그게 혼자 하는 사랑인 거야. 마라톤을 처음 완주하는 초보처럼 가슴속에 꼭꼭 쌓인 사랑을 참고 또 참으면서 그 사람을 향해 달려가. 그러다 어느 날, 이런 내가 너무 비참해지기도 하지. 밤새 술을 마시고 진탕 취해서 그깟 사랑,

치사해서 하지 말자고 수없이 되뇌어. 하지만 그러면 뭐 해? 다음날, 그 사람이 의미없는 인사라도 던지면…… 난 또 그 사람을 사랑해 버리는 것을 말이야. 그만두자고 아무리 다짐해도 난 여전히 사랑을 하고 있어."

이보다 더 정확할 수가 없었다. 이 년 동안 상희를 바라봐야 했던 그녀의 마음이 정우에 의해 표현되고 있었다. 서영은 왈칵 서러움이 솟구쳐 깊은 숨을 들이쉬었다.

"넌…… 넌 누굴 좋아했는데?"

"……그냥 많이 좋은 사람."

정우는 씁쓸하게 말끝을 흐렸다.

"아직도 좋아해?"

"글쎄."

그는 대답하기를 거부했다. 좋아하는 거다. 싫고 좋음이 뚜렷한 녀석이 모호함을 남기는 것, 그것이 바로 아직 좋아한다고 말해주고 있었다.

발갛게 익기 전의 땡감을 베어 문 듯한 정우를 보노라니 문득 화가 났다. 홀로 하는 사랑이 얼마나 아픈지 이미 알기에 정우를 힘들게 하는 여자가 누군지, 그녀에 대한 분노가 솟구쳤다.

"바보야! 네가 뭐가 부족해서 그런 사랑을 해? 인물이 못해, 직업이 빠져? 왜 그래, 왜 그런데!"

서영이 정우의 팔을 툭 치며 화를 내자 그가 웃었다.

"그거 알아? 홀로 하는 사랑이 길면 길수록 용기가 없어지는 거? 바라보는 보는 것에 익숙해져서 다가가는 법을 잊어버려. 그저 내 마음을 알아주기를 바랄 뿐이지."

"아우, 답답해!"

누가 친구 아니랄까 봐…… 사랑하는 것마저 이렇게 닮았다. 그저 마음만 알아주기를 바라는 어리석음까지 꼭 닮아버렸다.

누군지 모르지만, 네 이년! 네가 우리 정우 눈에 눈물 내고 잘 살 거라 생각했다면 큰 오산이다! 다른 남자 만나서 가기만 해 봐라, 내가 아주 네년 머리채를 다 뽑아버리고 말 거다!

서영은 이를 오도독 갈며 저주를 퍼부었다.

"그만 내려가자. 로비 정문 닫을 시간이다."

정우가 먼저 바닥에서 일어나자 서영이 따라 일어서며 구시 렁거렸다.

바보같이, 왜 저 절절한 사랑을 눈치 채지 못하는 건데? 우리 정우가 너 때문에 힘들잖아. 네가 지금 뭐 하고 있는지 모르겠 다만 확 넘어져 코나 깨져라!

마치 정우의 사랑이 눈앞에 있기라도 한 듯 허공을 노려보며 주먹을 날리던 서영의 발이 삐끗했다.

"아이고."

정우는 꽈배기 도넛처럼 다리가 꼬여 넘어진 서영을 보며 혀 를 찼다.

"참 평지에서 그렇게 넘어지기도 힘들다고 본다."

새살이 돋은 흉터 자국

"그러게."

보약을 한 재 지어먹어야 할까 보다. 정우의 손을 잡고 일어선 서영은 뒷머리를 긁적거리며 차트실을 나왔다.

서영은 집 앞까지 데려다 준 정우에게 감사의 인사를 전했다.

"오늘 고맙다."

너무나 뜻밖의 사실―정우의 외사랑 사실―에 비록 놀라긴 했으나, 정우의 말에 큰 위로가 된 것은 사실이었다.

"우리에게도 밝은 날이 올 거야, 아자, 아자!"

그녀는 어쩐지 큰 소리로 이 모든 상황이 괜찮다고 말해주어야 할 것 같아 차에서 따라 내린 정우의 손을 잡고 마구 흔들었다.

하지만 정우는 반응이 없었다. 동의하거나, 마주 웃거나, 심지어 시니컬하게 타박조차 없이 가만히 바라보았다.

"왜 그래? 얼굴에 뭐 묻었어?"

녀석이 아무 말 없이 그녀를 뚫어져라 바라보자 머쓱해진 서영이 손을 놓으며 물었다.

"너 있잖아. 정말……."

여전히 그녀를 응시한 채, 한참 만에야 입을 연 정우는 말을 잇지 못했다.

"나 뭐?"

"너…… 너……."

몇 번인가 입술을 달싹거리며 할 말을 찾더니 뒷머리를 긁적거렸다.

"애가, 애가 누구 답답해서 숨넘어가는 꼴을 보고 싶어서 이러니? 얼른 말 못해?"

"너 정말 못났다."

이눔 자식이!

결국 한다는 말이 이거다. 말을 듣는 순간, 서영의 눈이 확 치켜떠졌다.

"그래. 나 못났다, 못났는데 보태준 거 있냐?"

그녀는 정우를 향해 가방을 휘둘렀다.

"아, 몰라. 나 갈 거야!"

서영의 백에 머리를 맞은 정우가 바락 성질을 내더니 차에 올라탔다. 그러더니 씩씩거리는 그녀를 두고 그대로 쌩하니 가버렸다.

"저눔 자식이, 성질을 누가 내야 하는데 지가 내는 거야? 저눔, 아주 웃긴 물건일세."

어이가 없어 콧구멍도 막히고 귓구멍도 막힌다.

"야, 이정우! 여자 얼굴 밝히다가 너 아주 큰코다친다, 꼭 알아둬라. 자고로 얼굴 반반한 것들이 꼭 인물값 해서 집안망신 시키는 거야, 뭘 알고 밝히길 밝히는 거냐? 에잇!"

서영은 정우가 사라진 골목을 향해 고래고래 소리 질렀다.

"이정우야, 네가 얼마나 예쁜 여자 만날지 모르겠다만 내가

새살이 돋은 흉터 자국　169

두 눈 똑바로 뜨고 주시할 거다. 못난 여자 만나기만 해봐라! 아주 자자손손 못나라고 저주를 퍼부어줄 거다."

동네 개들이 모두 깨서 컹컹거리는 것도 아랑곳하지 않고 분이 풀릴 때까지 방방거리는데, 대문이 열리고 그녀의 외침에 놀라 뛰어나온 엄마가 파리채로 그녀의 등짝을 내려쳤다.

"조용히 못해!"

철썩, 철썩.

"아야, 아파, 엄마."

미처 막지 못한 맹공격에 서영이 울상을 하자 엄마가 도끼눈을 하고 노려보신다.

"아이고, 이 화상을 노처녀로 너무 오래 묵혔어. 그러니 이 난리지, 정서영. 너 고성방가로 잡혀가고 싶냐? 콩밥 먹게 그냥 둘까?"

"아니."

서영이 고개를 도리도리 저었다.

"당장 들어와!"

서영은 결국 엄마의 파리채에 찍혀 들어갔다.

다음날, 정우의 진료실.

"아…… 아…… 아악!"

젊은 남자의 비명 소리가 진료실 밖 접수대까지 들려왔다.

"좀 조용히 하시겠습니까? 그렇게 소리를 지르면 진료에 방

해가 되지 않습니까."

냉정한 정우의 목소리가 들리자 접수대에 있던 치위생사들이 눈을 동그랗게 떴다.

"하지만 너무 아프잖아요!"

하지만 정우는 신경질적인 환자의 말을 차갑게 받아쳤다.

"미용실에 머리 하러 왔습니까? 거기선 아프면 안 되지만 치과에서 사랑니를 빼면 당연히 아픈 겁니다."

환자의 비명 소리에 질린 신참이 정우의 메인 어시스트 윤지원 선생에게 물었다.

"저기, 선생님. 오늘 이 선생님, 저 환자 분한테 너무 살벌하지 않아요?

"그러게, 원래는 안 저시는데 말이야."

"윤 선생님. 그런데 저분 원래 오층 박 원장님 환자 아니었어요? 보자, 이름이 윤상희…… 맞네, 완전매복 사랑니 발치의 초진을 오층에서 했는데 왜 우리 이 선생님이 발치를 하세요?"

신참의 지적에 윤 선생은 무심히 어깨를 들썩거렸다.

"이 선생님이 박 원장님께 저 환자 발치 직접 하고 싶다고 말씀하셨어. 이 선생님이 매복된 사랑니 발치 잘하는 거 모르는 사람 없으니, 박 원장님도 당연히 오케이하셨고. 아유, 그런데 저 환자, 소리 좀 그만 질렀으면 좋겠어. 대기 중인 환자들이 겁먹잖아."

진료실에서 계속되는 비명에 질린 윤 선생과 신참은 얼른 발치가 끝나기를 기도했다.
 "아악!"
 "소리 지르지 말고 왼손 드세요. 왼손."

6 역전의 용사들이 다 모였다!

6 역전의 용사들이 다 모였다!

모두들 각자의 업무로 자리를 비운 텅 빈 사무실. 봄에 있을 병원 홈페이지 개편안을 작성 중인데, 문이 요란하게 열리고 누군가가 들어섰다.

"정서영 씨."

책상 위로 어두운 그림자가 생기나 싶더니, 정민이 그녀의 어깨를 툭 두드렸다.

"네, 무슨 일이세요?"

그녀가 건성으로 대답하자 곧 정민이 심호흡하는 것이 느껴졌다.

"무슨 일이세요? 이봐요, 정서영 씨. 홈페이지 팝업 창 보고 그런 말을 해요."

정민은 눈썹 사이 내천(川) 자를 그리며 떽떽거렸다.

"구인광고 날짜가 틀렸잖아요. 숫자 못 읽어요? 어떻게 그런 기본적인 사항을 틀릴 수가 있어요? 정서영 씨, 프로 맞습니까?"

개인적인 프라이버시를 모두 털어놓고 갈구했던 정우의 애정을 퇴짜 맞은 정민은 사악하기 그지없었다. 항상 방글거리는 웃음도 서영에겐 제외였다. 윤 주임과 미정조차 뭔가 이상하다고 수군거릴 만큼 정민의 차별은 심각했다. 홈페이지 화면을 클릭하자, 정민의 말처럼 구인광고 팝업 창에 구인기간이 이틀 앞당겨 있었다.

"시정하겠습니다."

팝업 창을 만들 때 윤 주임의 호출로 마무리 작업을 미정이 했다는 말은 하지 않았다. 자신의 잘못이 아니었기에 정민의 지적에 전혀 동요되지 않은 모습으로 순순히 인정하자, 그것이 정민의 신경질을 더 부채질하는 듯했다.

"정신을 어디다 두고 일을 해요? 병원에 놀러와요? 그럴 거면……."

서영을 비꼬던 정민은 때마침 차트실 업무를 마친 미정이 사무실로 들어오자 말을 멈췄다.

"저 왔습니다. 오늘로 소득 공제 금액 입력이 다 끝났어요."

서영 옆의 책상에 앉던 미정은 두 사람 사이에 흐르는 싸한 기류에 영문을 몰라 눈을 동그랗게 떴다. 그러다 서영이 팝업창을 수정하는 것을 본 미정은 곧 사태를 파악하고 두 손을 그러모았다.

"어머, 어떡해요. 제가 날짜를 잘못 적었어요. 고쳐야 하는 걸 깜박하고 그대로 올려 버렸어요."

"수정하면 되지, 괜찮아."

서영은 정민을 똑바로 쳐다보며 말했다.

"그렇죠, 주임님?"

"험…… 그렇죠. 미정 씨, 걱정 말아요. 서영 씨가 아주 잘 고치고 있습니다."

생사람을 잡았다는 무안함은 들었던지 정민이 표정을 고치고 돌아섰다. 어떻게 저 남자를 천사라고 생각했을까? 불량 천사도 안 되는 불량 감자이건만. 에잇, 썩은 눈.

"언니, 날짜 틀려서 혼났죠? 어떡해, 정말 미안해요."

가뜩이나 김 주임이 서영을 잡아먹을 듯 떽떽거리는 것이 눈에 훤한데, 미정은 자신의 실수로 지적당한 서영을 보며 미안함에 어쩔 줄 몰라 했다.

"괜찮아."

서영은 미정을 향해 씩 웃었다. 그녀보다 두 살 어린 미정은 귀염성있는 얼굴로 서영을 곧잘 따랐고, 서영도 그런 미정을 무척 좋아했다. 어차피 그녀는 미정의 실수가 아니더라도 이미 찍힌 몸 아니던가.

"커피 한 잔 타주면 더 괜찮을 것 같아."
"네, 언니. 제가 특별히 맛있게 타올게요."
미정이 의지에 불타는 눈으로 자리에서 일어나 사무실 한 켠에 있는 커피메이커로 다가갔다.

상희와 명진을 우연히 본 지도 벌써 삼 일이 지났다. 그들의 관계를 안 뒤, 서영이 한 일이라곤 침대에 누워 눈물만 흘린 것이 전부였다. 그렇게 아팠는데 말이다. 아침이면 태양은 언제나 떴고, 또 저녁이 되면 언제나 졌다. 그녀의 슬픔과는 상관없이 세상은 그렇게 무사히, 아무 탈 없이 돌고 돌았다. 그것을 깨달은 날, 자리를 털고 일어나 주방에 있던 밥솥을 열고 밥을 퍼먹었다. 반찬 하나 없는 밥을 퍼먹으면서 울고, 목이 매여 물을 마시면서도 울었다. 우연한 마주침에 힘이 들긴 했지만 그녀만의 오늘이 지고, 그녀만의 새로운 내일이 시작될 것이다.

사무실을 나온 서영은 계속된 컴퓨터 작업으로 뻐근한 어깨를 주무르며 엘리베이터 앞에 섰다. 사실 매일 계속되는 고된 작업이 고맙기도 했다. 눈을 뜨면 일을 하러 가야 한다는 생각에 동동거렸고, 퇴근을 하면 잠에 곯아떨어지기 일쑤였으니.

"이제 퇴근합니까?"

서영은 뒤에서 들리는 목소리에 인상을 팍 썼다. 하루 종일 그녀만 보면 으르렁거리는 정민을 퇴근길에 또 마주치다니.

이제라도 돌아서 비상구 계단으로 내려갈까 하는데, 이 눈치

없는 엘리베이터가 때마침 도착해 시커먼 입을 벌렸다. 그렇게 기다려도 안 올라오더니, 망할 것.

"탑시다."

"네."

결국 서영은 정민과 어깨를 나란히 하고 엘리베이터를 탔다. 그녀가 멍하게 천장을 올려다 보자, 정민이 말을 걸었다.

"이봐요, 정서영 씨. 내가 화가 좀 났어요. 그건 인정할게요. 하지만 그 이유는 서영 씨가 더 잘 아니까 날 이해해야 한다고 봐요."

웃기심. 차마 대담하게 콧방귀 낄 배짱까지는 없어 소리 내지 말하지 못했지만 어이가 삼 년째 가출 중이시다.

"난 내가 화낼 이유가 충분하다고 보지만 그래도 계속 화내면 나만 나쁜 놈 될 것 같고, 그래서 서영 씨에게 기회를 줄게요."

"무슨 기회요?"

뭐냐, 또 정우 데리고 나오라고? 어림도 없거든?!

"우리 정우 절대로 소개 안 시켜줄 거니까 계속 분노하세요."

서영이 정민을 째려보자, 정민이 손을 내저었다.

"이제 소개는 필요없어요. 내가 좋아한다는 건 이 선생님도 알 테니까."

"그럼 뭐요?"

"이 선생님 휘트니스 클럽 다니죠? 그 휘트니스 클럽이 어디예요? 뭐, 진료실 윤 선생한테 물으면 되지만 그래도 그건 좀 쪽팔리니까 서영 씨한테 묻는 거예요. 아유, 우리 이 선생님이 날씬한데도 근육이 장난이 아니더라고요. 만지면 어떤 느낌이 들까?"

백일몽을 꾸는 듯 정민의 눈이 아련하게 감기자, 서영의 분노지수가 급격히 상승됐다.

"난 그런 거 모르거든요?"

서영이 이를 갈며 대답하자, 그가 비웃는 듯 그녀를 내려 보았다.

"이봐요, 정서영 씨. 우리 이 선생님 좋아한다면서 어떻게 그런 걸 몰라요?"

김 주임아, 우리 정우는 너네 이 선생님이 아니거든?

"우리 정우 발가벗고 동네 뜀박질해요. 됐어요? 배짱있으면 같이 뛰세요."

꽥 소리를 지른 서영은 때마침 열린 엘리베이터 문 사이로 튕기듯 나갔다.

아…… 정신적으로 너무 힘들다. 상희와 명진을 다시 본 후유증에 시달리려 해도 정민이 그럴 틈을 안 준다. 혼자서 허우적거리지 않아도 되어 좋긴 하지만 그래도 거머리처럼 사악하게 웃으며 달라붙는 정민이란, 참 무섭다.

집에 도착해 방으로 들어온 서영은 침대에 그대로 털썩 누워 버렸다. 큰대(大) 자로 쭉 뻗어 얼굴을 베개에 묻은 서영은 크게 한숨을 쉬었다.

"힘들어…… 힘들어."

얼른 일어나 옷을 갈아입지 않으면 가죽 재킷이 구겨진다는 것을 알지만…… 도무지 눈을 뜰 수가 없다. 온몸이 물에 잠긴 것처럼 천천히 가라앉는 기분. 서영은 그대로 잠이 들고 말았다.

얼마나 달콤한 잠에 빠졌을까.

삐걱.

어디선가 문 여는 소리가 들렸다. 잠결에 눈을 뜨자 협탁에 놓인 알람시계가 밤 아홉 시를 가리키고 있었다.

"지호, 아직도 안 갔어?"

서영은 잠이 그대로 묻어나는 목소리로 웅얼거렸다.

"지호야…… 이모 또 죽었으니까…… 오늘은 안 살아날 거야. 인공호흡은 필요없고…… 오늘만 너네 집 가. 오늘만……."

자신이 듣기에도 겨우 들리는 목소리였지만, 지호가 알아들었다고 생각한 그녀의 눈이 감겨 버렸다. 무방비한 모습으로 코를 고는데, 지호가 그녀를 툭 쳤다. 끈질긴 녀석. 우리 집에 이렇게 끈기있는 사람은 없는데.

"아무리 그래 봐. 이모 안 살아나."

의지를 보여주듯 베개를 들어 머리 위로 뒤집어썼지만, 다리를 툭툭 치는 손에 힘이 더해갔다.

조카의 대답은 듣지도 않은 채, 그녀가 세 문장 이상을 말하면 영악한 조카는 무시당했다고 생각한다. 침묵이 길어질수록 지호의 눈물은 끈질겨지기 마련.

"아후, 지호…… 어?"

서영이 죽을힘을 다해 고개를 들자, 훌쩍 키 큰 지호…… 아니, 정우가 그녀를 내려다보고 있었다.

"여기 우리 집이야."

그녀가 멍하게 구시렁거리자, 정우가 예의 시니컬한 웃음을 지으며 고개를 끄덕거렸다.

"그래, 여기 너네 집이야."

"그런데…… 왜 왔어?"

"우리 아버지 엄마, 서해 가셔서 생굴 사 오셨더라. 그거 심부름 왔지."

심부름, 아…… 그렇구나.

"잘 가."

서영은 정우에게서 고개를 돌려 다시 침대에 얼굴을 묻었다.

"뭐가 그렇게 피곤한 거야?"

그녀의 작별 인사에도 나가는 매너를 보이지 않은 정우가 물었다.

"너도 내 나이 되면 알게 될 거다. 숨 쉬는 것도 귀찮아."

눈을 감고 베개를 끌어안은 서영이 중얼거렸다.

"흠, 너랑 나는 나이가 같은 걸로 아는데?"

끈질기긴.

"그러지 말고 일어나. 우리 영화 보러 가자."
"싫어, 잘 거야."
그녀는 팔을 당기는 정우의 손을 뿌리치며 돌아누웠다.
"잠팅아, 얼른 일어나. 자동차 극장 어떠냐?"
"싫어. 안 간다니까."
"가자…… 어?"
그녀를 마구 흔들던 정우가 갑자기 말을 멈췄다. 덩달아 마구 흔들던 것도 멈춘 채.
"왜 그래?"
정우를 피해 공벌레처럼 몸을 말고 누웠던 서영이 반쯤 일어나자 정우는 무슨 일인지 몹시 곤혹스런 얼굴로 아래를 손짓했다.
"뭔데 그래?"
엉거주춤 자리에서 일어난 서영이 정우의 손끝을 따라 고개를 숙이자, 아기 사슴 밤비가 그녀를 향해 방긋 웃었다. 동물원에 갔던 지호의 성화에 장난 삼아 사서 나눠 입은 밤비 커플 팬티가 곱게 개켜져 있었다.
"악!"
너무 놀라 바닥에 쿵 소리가 나게 떨어졌지만, 아픔도 잊은 서영이 그것을 주워 얼른 뒤로 감췄다.
"또 있어. 그건 너구리냐?"
"눈 감아, 눈 감아!"

망신이 달리 망신이 아니다. 이게 바로 진정한 망신인 거다. 얼굴이 붉어질 대로 붉어진 서영이 속옷 전부를 침대 밑에 쑤셔 넣었다.

"정서영, 너 완전 동물농장이네."

녀석의 비웃음을 감내할 자신이 없다. 서영은 귀를 틀어막고 정우를 발로 차기 시작했다.

"야, 얼른 너네 집 가."

"확실하게 잠 깬 거 같은데, 영화 보러 가자."

"안 가!"

어두운 영화관에 앉아 밤비와 너구리가 마라톤 하는 상상에 혀 깨물고 죽을지도 몰랐다.

"뭐, 알았다."

결국 그녀의 강경한 뜻을 받아들인 듯 정우가 침대에서 일어났다.

"얼른 가버려."

방문을 열던 정우는 민망함에 몸부림치는 서영을 보았다.

"너 유아틱 한 거야 세상 사람 다 아는데, 그래도 밤비는 너무했다. 그건 대체 어디서 사는 거냐?"

"동물원 앞 팬시 가게에서……."

야, 정서영. 그게 아니잖아. 왜 곧이곧대로 대답을 해, 미쳤냐?

"안 나가?"

정우는 두 눈이 튀어나올 듯 으르렁거리는 그녀를 보며 씩 웃었다.
"서영아. 거사를 치르고 싶거든 망사를 입어, 망사."
"야!"
발끈한 그녀가 던지는 베개를 가볍게 받아친 정우가 얼른 문을 닫았다. 똑똑. 곧이어 들리는 노크 소리.
"참고로 빨간색보단 검은색이 더 섹시하대."
아이고오, 서영은 그대로 가슴을 부여잡고 쓰러지듯 주저앉았다. 망신스러워서 숨을 쉬고 살 수가 없다. 아니, 왜 서랍장 제일 구석에 들어 있어야 할 속옷이 침대 위를 헤집고 다닌단 말인가? 왜?!
감히 아래층으로 내려갈 엄두를 내지 못한 서영이 씩씩거리며 휴대폰 폴더를 열어 엄마에게 전화를 걸었다.
[네.]
고상한 엄마의 전화 목소리가 들리자 서영이 꽥 소리 질렀다.
"내가 엄마 때문에 못 살아!"
[이 화상이, 너 어디야? 어딘데 어미한테 전화해서 소리 지르는 거야? 내가 널 그렇게 키웠어?]
"왜 팬티를 침대 위에 올려둬? 내가 욕실에 빨아둔 건데!"
[이게 복에 겨워서, 어미가 곱게 개켜주면 고맙다고 절을 해도 시원찮을 판에 어디서 악을 써? 파리채 한번 휘둘러 볼까?]
정작 망신당하고 부끄러운 건 그녀인데, 엄마가 더 흥분하고

말았다. 어쩐지 불리하게 돌아가는 상황에 서둘러 전화를 끊은 서영은 방문을 잠그고 그것도 모자라 방문 앞에 책상 의자를 놓았다.

"부끄러워할 필요가 없어, 네가 뭘 잘못했니? 나이가 무슨 상관이야. 밤비 팬티, 좋으면 입는 거지."

한동안 방 안을 서성거리며 심호흡을 하던 그녀는 침대 밑에 쑤셔 넣었던 밤비와 너구리를 꺼내 반듯하게 접으며 스스로를 위로하기 시작했다.

"이정우 얼굴 어떻게 볼까 고민할 필요 절대 없어. 뭐, 부끄러우면 이정우가 부끄럽겠지, 난 하나도 안 부끄러워. 쳇, 망사? 웃기지 말라 그래. 망사가 대체 뭘 가려주는데? 똥꼬에 끼이기나 하지."

하지만 다음날, 사층에서 이정우를 볼 일은 절대 없다고 아무리 머리에 세뇌시켜도 복도를 나갈 때마다 긴장됨은 어쩔 수 없었다.

스스로 당당하다고 위안을 삼은들 망신당한 게 없던 일이 되는 건 아니니까. 녀석의 말처럼 기억상실증 약이라도 먹어 잊고 싶은 심정이었다.

차트실 문 앞에서 주위를 두리번거려 정우가 없는 것을 보고서야 문을 닫고 나온 서영이 구시렁거렸다.

"꼭…… 들켜도 정우한테 들켜 가지고. 아으, 녀석과 난 전생에 원수였던 게 분명해."

옛날에도 그랬다. 여섯 살 때였지, 아마? 난생처음 집을 벗어나 유치원 수업을 받는 날이었다. 정해진 시간에 정해진 수업을 받는 것이 어린 그녀에겐 무척 스트레스였다.

'아무리 그래도 의자에서 실례를 하진 않아.'

망할. 수업 시간에 실례했던 기억보다 먼저 떠오르는 정우의 빈정거림에 서영의 얼굴이 화르륵 타올랐다. 이십 년도 더 지난 일부터 어제의 일까지. 아무리 생각해도 별일 아닌 일로 치부하기엔 심하게 부끄럽다.

"너 왜 이렇게 사니. 죽어라, 죽어."

이 민망한 인생아. 너 여자 맞니? 물밀듯 밀려드는 자괴감에 그녀는 벽에 머리를 박으며 자학할 수밖에 없었다. 쿵, 그러다 힘 조절이 잘못돼 너무 심하게 이마를 부딪치고 말았다.

"아이고."

비명과 눈물이 절로 났다. 쪼그리고 앉아 이마를 마구 부비는데, 누군가 커다란 손을 그녀 머리 위에 올리는 것이 느껴졌다.

"못난이 밤비."

헉, 이정우다.

"죽으려고 머리 박냐? 밤비는 박제해서 벽에 걸기라도 하지, 넌 전혀 쓸 데가 없는데?"

그녀 인생에 전혀 도움이 안 되는 녀석. 빈정거리는 말에 발끈한 서영은 두 번 생각할 틈도 없이 정우의 팔을 잡아 꽉 물어

버렸다.

"아앗!"

불식간에 손이 물린 정우가 비명을 지르는 것을 듣고서야 체증이 가라앉는 것 같았다.

"너, 너……."

그가 잇자국이 선명하게 난 자신의 팔을 믿을 수 없다는 듯 보자, 서영이 히죽 웃었다.

"아프냐?"

"그걸 말이라고 해? 당연히 아프지, 왜 사람을 물어?"

"흥, 아파서 죽어버려라."

그녀가 혀를 날름거리자, 정우는 황당한 얼굴로 그녀를 보았다. 그러다 무슨 생각을 했던지, 팔을 어루만지며 씩 웃는다.

"큰일일세. 난 파상풍 주사만 맞으면 되는데, 넌 어떡하니? 나 조금 전 간염 환자 발치하고 손 안 씻었거든?"

정우는 사악하게 자신의 팔을 반짝반짝 들어 보였다. 헉!

"퉤퉤. 왜 그걸 이제 말해!"

예방접종을 언제 했는지 기억도 없는데다 항체도 없으니, 큰일났다. 그녀가 당장 내과로 달려갈 태세로 씩씩거리자 정우가 어깻짓을 했다.

"농담이었다."

웃음을 싹 감춘 채, 그녀의 머리를 쿵 때린 그가 총총히 사라졌다.

"저게, 사람을 가지고 놀아요."

되로 주고 말로 받은 기분, 서영이 마구 구시렁거리며 바닥에 흩어진 자료철을 드는데 휴대폰이 울렸다.

"네."

[Hello.]

그러자 전혀 뜻하지 않게 매끈한 남자의 영어발음이 들렸다. 뭐야? 당황한 그녀가 휴대폰 액정을 확인하자 모르는 발신번호가 찍혀 있었다.

해외 배낭여행을 육 개월이나 했다지만, 역시 영어는 매우 낯설다. 단지 'hello'라면 어떻게 해보겠는데, 정작 어려운 말은 그 다음 아니던가.

"잘못 거셨습니다."

서영은 단호히 휴대폰을 귀에서 떼어내며 말했다.

[후훗, 여전하구나.]

어랏? 스무스 한 영어 뒤에 들리는 한국말, 어쩐지 목소리가 익숙하다.

"누구세요?"

그녀는 조심스럽게 물었다.

[뭐야, 나 잊은 거니? 섭섭하다, 정서영.]

정말 섭섭한 듯 실망 어린 목소리는…… 부드러운 남자의 목소리는…….

"혹시 형진이?"

설마하는 마음에 묻자, 수화기에서 편안한 웃음소리가 들렸다.
"형진이 맞구나!"
서영이 환호성을 질렀다.
[잘 지냈어?]
"물론이지. 왜 연락 한 통 없었어?"
반가움에 투정이 절로 나왔다. 박형진. 학창 시절 은호, 형진은 정우의 단짝 친구였고, 그 때문에 서영도 덩달아 친해질 수밖에 없었던 사람이다. 정우 때문에 친구가 됐다지만 함께 있으면 그녀를 제일 많이 챙겨주는 사람이 형진이었다. 그녀에게 정우&은호는 머리 쥐어뜯어 가며 서로의 목소리를 높이는 친구 사이라면 형진은 자상한 오빠 같은 친구였다. 천문학을 전공한 형진은 벌써 오 년째 미국에서 공부 중이었다.
"어디야? 이게 말로만 듣던 국제전화야?"
[아니, 한국. 며칠 전에 귀국했어.]
"뭐야, 정말?"
이런 일이! 지난 오 년 동안 연락 한 통이 없더니, 귀국마저 아무 소식 없이 저 혼자 했단다.
"박형진, 너 정말 너무해. 너무 반갑긴 한데 그래도 어떻게 연락 한 통 없이 덜컹 귀국을 하니? 진즉 알려줬으면 공항에 마중 나갔잖아."
[미안.]

그녀의 원망 섞인 투정에 형진이 숨죽여 웃었다.
[대신 귀국한 기념으로 맛있는 거 사줄게. 오늘 시간 되니?]
"없어도 만들어야지."
[그럼 저녁때 보자. 정우랑 은호도 나올 거야.]
"응, 저녁때 봐."
전화를 끊은 서영의 가슴이 설렘으로 두근거렸다. 친구. 원래도 좋은 것이 친구지만 철저히 혼자였던 일 년을 겪어서인지 목소리만 들어도 가슴이 벅찼다.
"어떻게 변했는지 정말 궁금하네."
부드러운 성격과 귀공자 스타일의 생김새로 뭇 여성들의 마음을 마구 설레게 하던 형진이 어떻게 변했을지 상상하자 저절로 미소가 나왔다.

저녁을 고대해서인지 근무 시간이 무척 더디게 흘러갔다. 차트실에서의 일을 마치고 전산실로 돌아오자 그녀가 가지고 온 자료철을 일일이 살피던 정민이 그녀를 노려보았다.
"정서영 씨, 임플란트(Implant) 환자 명단은 왜 안 가져왔어요? 오늘 중으로 체크카드 작성해서 상담실로 넘겨야 한다는 걸 잊었습니까?"
맞다. 정민의 신경질적인 지적에 서영이 자리에서 벌떡 일어났다.
"얼른 가져오겠습니다."

상관에게 미운 털 단단히 박힌 몸이라 잠시의 농땡이도 허용되지 않는 생활에 실수란 그야말로 무덤을 파는 꼴이다. 서영은 정민이 더 야단칠 기회를 주지 않고 다다다 달려 나와 차트실로 갔다.

체크 카드란 미 치과병원에서 삼 개월, 육 개월 단위로 임플란트 식립 환자에게 보내는 감사 카드 같은 것이었다. 주기적으로 카드를 발송함으로서 환자에게 정기검진 날짜를 알려주며, 이 병원에서 당신들을 항상 기억하고 있다는 것을 정성 어린 글로 표현하는 고객 감동 서비스였다.

임플란트 환자의 차트는 차트 번호와는 상관없이 차트실 제일 안쪽 남동향 창가에 위치한 커다란 책장에 보관했다. 아무도 없어 조용한 차트실 안쪽으로 걸어 들어가자 뜻밖에도 정우가 서 있었다. 바로 얼마 전 얼굴을 붉히며 헤어졌는데 정우가 언제 또 이곳으로 온 것인지 의아했다.

"정······."

오후의 햇살이 고스란히 스며드는 창가에서 무언가에 몰두한 정우를 본 서영이 말을 멈췄다. 찬란한 빛을 받으며 선 그는 무척 멋져 보였다. 왜 아니겠는가, 모델 뺨치게 큰 키와 섹시한 몸매가 군침 돌게 근사한데.

하지만 서영에게는 생각에 잠겨 차트를 읽어 내려가는 정우의 찌푸린 이마가 더 멋졌다. 무섭도록 활자를 응시하는 커다랗고 검은 눈도 멋졌고, 어딘가에 몰두할 때 보이는 살짝 오므린 입술도 귀여웠다. 절대 겉으로 보이는 것이 정우의 전부가 아니란 것을 말해주는 듯해서.

아이고오.

서영은 심하게 뜀박질하는 심장 위를 지그시 눌렀다. 한 번씩 이놈의 눈치없고 주책없는 심장이 정우를 보고 뛸 땐, 꼭 맛있게 포동포동 살찐 토끼를 삼키려는 늑대가 된 기분이 들었다. 그녀는 음흉한 영상에 도리질 치며 정우 곁에 다가섰다.

"뭘 그렇게 열심히 읽어?"

"차트."

그녀가 전혀 관심없는 듯 묻자, 정우 역시 차트에서 고개를 떼지 않고 성의없는 대답을 했다. 그래, 네가 말한들 내가 알겠니? 서영은 더 꼬치꼬치 캐묻지 않고 정민에게 가져다줄 명단을 찾았다. 그리고 막 돌아서려다 정우를 보며 말했다.

"형진이 왔대. 들었어?"

"그래."

"반가웠지?"

"응."

열렬한 동의를 구하듯 열정을 담아 물어도 돌아오는 대답은 단음절이다. 질문에 대답은 해주지만 서먹하고 소외된 느낌. 서영은 정우를 힐끗거렸다.

"왜?"

그녀의 시선을 느꼈던지 정우가 고개를 돌렸다.

역전의 용사들이 다 모였다!

"그냥, 나는 네가 형진이 귀국……."

그가 형진이의 귀국을 반가워해 주었으면 좋겠다고 말하려는데 뒤에서 새침한 목소리가 끼어들었다.

"정우 선배."

고요한 차트실에 정우와 단둘뿐이라 생각했던 서영이 놀라서 돌아보자 그곳엔 강주희 선생이 서 있었다.

"어, 강 선생. 왜?"

그녀를 대할 땐 성의없이 건들거리던 녀석이 주희를 보자 반듯하게 돌변했다.

"박 원장님이 찾아요. 이번 상악동 이식술 어시스트를 선배가 한다면서요?"

"그래?"

상악동 이식술? 분명 한국어인데 너무 생소하다.

"얼른 가요."

주희의 재촉을 받은 정우는 그들만의 용어를 알아듣지 못한 서영을 버려둔 채 차트실을 나가 버렸다. 홀로 남은 서영은 황당함에 숨을 몰아쉬었다.

"살다 보니 이렇게 철저하게 존재감을 무시당할 수도 있구나."

씩씩거리며 전산실로 돌아온 서영은 마침 자리를 비운 정민의 책상 위에 명단을 던지듯 내려놓고 정수기에서 차가운 물 한 잔을 받아 마셨다.

"미정 씨, 강주희 선생 있잖아. 너무 젊어 보이는데 진짜 의사 맞아?"

잘난 사람에 대한 모난 질투심이라 해도 어쩔 수 없는 것. 어딘지 잘난 존재에 흠집을 내고 싶은 마음에 미정에게 물었다.

"그럼요. 그것도 그냥 의사가 아니라 병원장 외동따님인 이 년차 치과의사죠."

"병원장 외동딸?"

듣고 보니 더 대단한 존재라…… 정말 젠장이다.

"아주 귀한 딸이죠."

컴퓨터 화면에서 시선을 떼고 그녀를 본 미정이 가시가 돋은 뾰족한 목소리로 계속 말을 이었다.

"여기 사람들 중에 닥터들 빼고 강 선생 좋아하는 사람 별로 없을 걸요? 특히 원장실 스탭들이랑 일반 사무직 여직원들, 아주 미쳐요. 강주희 선생, 그 새파랗게 젊은 게 눈에 보이는 여자는 전부 미스 리, 미스 최 그렇게 부르거든요. 자기보다 나이가 적든 많든. 요새 여자들, 누가 그렇게 불리는 걸 좋아해요? 다들 관련 대학 전공해서 졸업하고 의료인 면허 딴 사람들인데."

단단히 한이 맺힌 듯한 말을 듣자, 서영은 미정의 날 선 목소리가 이해됐다.

미스 정. 예전 회사에서 거래처 사장이 그녀를 그렇게 불렀었다. 상무실 비서실에 딱 석 달 동안 근무하는 동안, 비서실에 있는 그녀를 치근대며 미스 정, 미스 정 하는데 아주 돌아버리는 줄 알았다.

그래도 참아야 한다는 어리석은 일념에 참다 참다, 딱 석 달째 되는 날 거래처 사장이 음흉하게 손을 뻗으며 '미스 정, 가슴이 아주 똥—그렇게 이쁘구만' 이란 말에 제대로 열 받은 서영이 두꺼비 같은 손을 움켜잡고 소리쳤다.

"성희롱으로 고발당할 것인지, 우리 아버지 도끼에 이 손을 잘리든지 둘 중 하나를 택하세요."

소심해서 밟혀 숨이 막힐 때까지 참는 것이 정서영이지만, 한 번 터지면 앞뒤 잴 것 없이 돌진하는 것도 정서영이다. 상무 비서실을 들었다 놓는 소동이 사장실까지 전해졌다. 절대 성희롱 한 게 아니라고 발뺌하는 거래처 사장의 윽박과 사장 외 상무의 의심스런 눈초리 속에서도 꿋꿋이 성희롱 고발에의 주장을 굽히지 않았다. 그리고 은호의 학교 선배 도움을 받아 나쁜 놈을 신고했다. 물론 실형이나 법정 구속력을 바라고 한 일은 아니었지만 그렇게 그 사람의 존재를 알린 것만으로도 만족했던 일이었다.

휴, 뭐냐. 왜 내가 별로 자랑스러울 것도 없는 이 구구절절한 이야기를 하게 된 거지?

과거의 일을 더듬던 서영이 흠칫 정신을 차려 미정을 보았다.

"병원장님 딸이라 사람들이 앞에선 방글거려도 뒤에서 다 욕하죠. 매너가 없다고."

처음 보는 사람에게 정우 얼굴 봐서 처신 잘하라는 조언(?)을 서슴지 않고 해주는 사람이니…… 서영은 절로 고개를 끄덕거렸다.

"그래도 얼굴 반반하고, 몸매 좋고, 게다가 결정적으로 돈 많으니 남자들은 좋아해요. 예쁘고 돈 많으면 인간성 따윈 안 보는 게 한국 남자들이잖아요."

"그러게, 정말 말세다."

서영은 미정의 말에 맞장구를 치며 정우가 했던 이야기를 떠올렸다.

그냥 좋은 사람을 아주 많이 사랑하고 있다던 그 말. 설마 정우가 강주희 선생을 좋아하는 건…… 물론 아닐 테다. 우리 정우는 자기가 인간성이 안 좋을 걸 알아서 분명 인간성 좋은 여자를 사랑하고 있을 것이다. 그게 아니라면 부모의 매너없음을 고스란히 물려받을 '리틀 정우'는 세상 살기 너무 힘들어진다.

"일하자."

그녀는 마구 고개를 저은 뒤 책상 앞에 앉았다.

일 년에 몇 번 없는 퇴근 후 약속. 하지만 꼭 그런 날 일이 밀리고, 야근이 걸리는 이유는 뭘까?

약속 시간 일곱 시가 훌쩍 지나서야 일을 마친 서영은 머리 위에서 하얀 김이 모락모락 솟아 오르는 듯했다.

"에잇, 정우 차 얻어 타고 편안하게 가려고 했더니."

검은 어둠이 내려앉은 도로 위에서 이리 뛰고 저리 뛰며 겨우 택시를 잡았다. 어지간해선 택시를 타지 않았지만 오 년 만에 보는 친구와의 약속을 어긴 마당에 그깟 택시비가 아까울까.

운전기사를 채근해 삼십 분이 걸리는 약속장소까지 단 십오 분 만에 도착한 서영이 택시 문이 부서질 듯 닫고 내렸다. 형진이가 말했던 〈스카이〉로 들어간 서영은 조명등 아래 멈춰 서 주위를 둘러보았다.

"여기."

그러자 언제나 그랬던 것처럼 저만큼 떨어진 둥근 소파 테이블에서 형진이가 손을 들며 일어났다. 오 년. 긴 시간 동안 녀석이 조금은 어색해졌을 거라 생각했는데, 그것은 착각이었다. 환하게 웃으며 다가오는 형진을 보노라니 반가움만이 밀려들었다. 서영은 주위 테이블에 앉은 사람들의 시선에도 아랑곳없이 형진을 향해 뛰어갔다.

"형진아!"

형진을 와락 껴안자, 역시 박하 향이 느껴졌다. 산뜻하고 어쩐지 씁쓸한 박하 향기는 항상 형진을 떠올리게 했다. 정우와 은호처럼 키가 큰 녀석이라 형진을 안고 서니 키가 그의 턱에도 미치지 못했다.

"너무 보고 싶었어."

"후훗. 나도."

그녀의 머리를 다정하게 쓰다듬으며 맞장구치는 녀석. 삐딱선을 타지 않는 대답은 그녀를 감동시켰다.

"야, 이산가족 상봉하냐? 심하게 쪽팔리니까 얼른 앉아."
하지만 뒤에서 들리는 퉁명스런 구박.
"하여튼 강은호, 저 물건은 누가 좋은 걸 못 봐요."
서영은 구시렁거리며 형진의 품에서 몸을 뗐다.
"너무 오랜만이다."
그녀는 형진의 팔을 잡으며 힐끗거렸다. 편안한 베이지 색 면바지에 파란 셔츠, 그리고 검은 가죽 재킷 차림인 형진은 예전과 변함이 없었다.
"그래?"
"응. 여전히 캡 멋져. 아주 들어온 거야?"
"아니, 좀 있으면 형 결혼식이 있거든. 그때 맞춰 들어왔는데 한국 오니까 너무 좋아서 좀 더 있을까 봐. 자, 그만 앉자."
"응."
서영과 형진이 기분 좋게 자리에 앉자, 이미 앉아 있던 정우가 술을 따라 주었다.
"왜 그렇게 늦어? 같이 가려고 전화했는데 전화도 안 받더라?"
"응, 김 주임이 도끼눈을 하고 노려봐서."
급하게 오느라 목이 탔던 그녀는 정우가 준 술을 그대로 마셨다.
"넌 어떻게 된 애가 사람을 보고 인사도 안 하냐?"
시원하게 맥주를 마신 서영이 소리 나게 잔을 내려놓자, 은호가 기다렸단 듯 따져 물었다.

"뭐? 너도 인사 안 했잖아."

"내가 안 했다고, 너도 안 하냐? 앙?"

"그래, 은호 안녕. 됐어?"

은호가 이를 악물고 말하자, 서영이 할 수 없어 인사를 했다.

"반사."

이게! 서영이 분함에 콧김을 내뿜었다.

"야!"

그녀의 인사에 기다렸단 듯 무례한 대답을 하는 은호를 향해 테이블을 훌쩍 넘으려는데 정우가 그녀를 저지했다. 서영은 정우의 품에서 벗어나려 발버둥 치며 소리쳤다.

"다 죽었어. 이거 놔, 나 오늘 저 화상 가만 안 둘 거야."

"은호가 이럴 걸 알면서 못난이 넌 왜 항상 당하는지 모르겠다? 그만 하고 술 마시자."

하지만 그녀를 광분 상태로 몰아넣은 은호가 좋다고 킬킬거리며 배를 잡는 모습에 새파란 불길이 치솟았다.

"이거 놓으라고."

"후후, 서영아. 날 봐서 한 번만 참아."

여차하면 정우의 팔을 한 번 더 물 요량이었건만, 형진이 부드러운 어조로 끼어들었다. 서영은 혈압이 올라서 죽을 것 같지만 형진의 부탁에 이성을 찾았다.

"아우, 싸가지."

마구 구시렁거리면서도 더 이상 테이블 위를 뛰어넘으려 하지 않자, 정우가 놓아주었다. 성질 많이 죽었다, 정서영.
"자자, 박형진의 귀국을 위해서 건배하자."
전혀 사교성 없는 정우가 먼저 잔을 들자 따라하지 않을 수가 없었다. 은호가 괘씸하긴 했지만 그래도 오늘은 박형진의 날이니까.
"건배!"
넷의 잔이 우렁차게 허공에서 부딪쳤다.

누가 남자는 과묵하다 했던가?
그녀가 안주를 탐내는 동안 절친했던 세 녀석이 떨어져 있던 지난 오 년 동안의 일을 시시콜콜 이야기하는 중이었다. 오랜 시간 떨어져 있었던 것을 보상이라도 하듯 그녀가 끼어들 틈도 주지 않는 것을 보면서도 섭섭하지는 않았다. 학창 시절, 반나절만 떨어져 있어도 산타클로스 선물 보따리보다 더 많은 이야깃거리가 생기던 세 녀석이란 것을 누구보다 잘 알고 있기 때문이다.
알싸한 맥주 한 모금을 더 마신 서영은 왼팔로 턱을 괴었다.
세월은 형진에게 연륜이란 멋진 선물을 주었다. 부드럽고 언제나 미소년 같을 거라 생각했던 잘생긴 얼굴이 이젠 성숙해져 있었다.
가만 생각해 보면 그녀가 상희에게 이끌렸던 이유가 이 세 녀석 때문은 아니었는지 모르겠다. 다소 날카롭지만 깊은 생각의 소유자 정우, 장난기가 철철 넘쳐흐르지만 한 번씩 무섭도록 진지해지는 은호, 항상 부드러운 미소를 간직한 형진. 뚜렷한 개성은 있지만 너무 잘생겼다는 공통점을 가진 세 녀석이 지겹도록 눈앞에 아롱거리는데, 더 잘생긴 남자를 사귀는 것은 무리였다.

조용한 음악에 귀를 기울이며 상희를 생각하며 착잡해지는데, 갑자기 신나는 메탈리카의 음악으로 바뀌어 버렸다.

'사장님, 센스있어요.'

잠시 침체된 기분이 신나는 메탈리카 음악으로 상승됨을 느끼는데, 갑자기 세 녀석들의 눈빛이 반짝거리기 시작했다.

"이 곡 기억해?"

정우가 은호와 형진을 보며 묻자, 형진이 씩 웃으며 말했다.

"그럼, 당연히 기억하지."

"손가락이 근질거리는데, 어때? 누가 아직 더 기억하는지 내기해 볼까?"

다소 도발적인 은호의 질문에 정우와 형진이 자리에서 일어났다.

"좋아."

바 한쪽에 위치한 작은 무대를 향해 가는 그들을 보며 은호마저 자리에서 일어나자, 갑작스런 녀석들의 행동에 놀란 서영이 은호의 옷깃을 잡았다.

"뭐 하려고? 술 취했어?"

"술은 무슨. 연주하려고 그러지."

"그런 거 해도 돼? 괜히 남의 살림에 손댔다가 잘못되면 물어 줘야 하는데, 하지 말고 술이나 마시자, 응?"

걱정스런 말에 은호가 그녀의 머리에 커다란 손을 올렸다.

"어이, 정서영. 너 네 친구들을 너무 모욕하는 거 아니냐? 걱정 마라. 저기 무대는 손님들이 직접 연주할 수 있도록 설치된 거다. 여기서 잘 듣기나 해."

말을 마친 은호는 이미 무대 위에 자리를 잡은 정우와 형진을 향해 걸어갔다. 정우가 일렉 기타, 형진이 드럼, 어울리지 않지만 은호가 키보드. 고등학교 때 저들이 밴드 활동을 한 것을 기억하는 서영은 걱정 반, 호기심 반 그들을 지켜보았다.

[Enter sandman.]

오디오에서 흘러나오던 메탈리카의 곡이 저들에 의해 연주되기 시작하자 사람들의 관심이 집중되기 시작했다.

고등학교를 졸업한 뒤 근 십여 년 동안 함께 연주한 적이 없었을 텐데, 저들은 아무 떨림도 없는 듯했다. 서로를 향해 씩 웃는 모습이 여전히 개구진 소년 시절 모습 같기만 했다.

그녀 나이 스물아홉과 친구 녀석들의 나이 스물아홉은 너무 다르다.

군대를 안 가는 것은 축복이지만, 그렇지만 저들의 패기와 열정으로 가득한 스물아홉이 무척 부럽다.

서영은 축 처진 똥배를 보며 한숨을 쉬었다. 나이가 먹어서인지 다이어트도 뜻대로 안 되는 그녀 나이 스물아홉. 똑같은 스물아홉인 정우와 은호, 형진은 그야말로 탱탱하다. 관리 소홀이라 치부하기에는 어쩐지 억울하고 불공평하다.

  그녀의 한탄에도 음악은 무척 신났다. 신난다고 느낄 수 있는 것은 수준급인 연주 덕분이리라. 서영이 듣기에도 세 녀석은 예전의 실력이 하나도 녹슬지 않았다. 어떻게 그 바쁜 생활 속에서 아직 저런 실력들을 유지하는 것인지 의아할 따름이었다.

  비록 그녀와 다른 저들의 스물아홉이 부럽긴 해도, 전부 가슴 뿌듯한 그녀의 친구였다. 연주가 끝나자 하이파이브 하는 정우와 은호, 형진을 보며 사람들이 박수와 환호성을 보냈다. 그것이 서영을 한없이 자랑스럽게 했다.

7 노처녀의 생일은 생일이 아니다?

노곤한 금요일 저녁, 일을 마치고 엘리베이터로 걸어가는데 어지간한 일로는 울리지 않는 휴대폰이 울렸다.

"어, 나야."

서영은 형진의 번호를 확인하고 반가움이 가득한 목소리로 대답했다.

[내일 뭐 해?]

"내일? 아, 내일은 노는 토요일이라서 늦게까지 자고, 그 다음은…… 글쎄? 아직 뭐 할지 생각 안 해봤는데?"

그녀는 엘리베이터를 타며 대답했다.

[그럼 내일 만날까?]

"음, 나야 좋지만 너는 괜찮니? 오랜만에 귀국해서 인사 다닐 때 많다고 그랬잖아?"

[아무리 바빠도 너 만날 시간은 있거든? 내일 보는 거다?]

"그래, 그럼 내가 만나주지."

서영은 거만하게 키득거리며 전화를 끊었다. 정말 오랜만에 주말 약속이라, 좋다. 땡, 경쾌한 차임벨 소리에 벌써 일층인가 싶어 버튼을 보는데 엘리베이터의 문이 열리고 주희가 들어섰다.

170㎝는 족히 넘을 것 같은 큰 키에 늘씬하기까지 해 무릎 길이까지 내려오게 두른 푸른 스카프가 전혀 어색해 보이지 않았다.

"안녕하세요."

인사 따윈 그다지 하고 싶지 않았으나, 이미 안면을 튼 사람인데 모른 척할 수가 없어 말을 건네자, 주희는 그녀를 내려다보며 거만하게 고개를 까딱거릴 뿐이었다. 역시 재수없다.

너무나 예의 바른 자신의 인사성을 탓하며 일층에 도착한 엘리베이터를 벗어나려는데, 뒤에서 들리는 새침한 목소리.

"미스 정, 일은 할 만해요?"

저만큼 걸어가던 서영이 주희를 돌아보았다. 아무나 미스라더니, 미정의 말이 틀린 말이 아니었다.

"물론이죠. 그럼."

주희가 그랬던 것처럼, 서영 역시 거만하게 고개를 까닥거린 뒤 그녀로부터 멀어졌다.

"저렇게 재수없기도 참 힘든 일인데."

기본적인 말 몇 마디로 이렇게 사람을 기분 나쁘게 만드는 것도 능력이다.

"누가?"

마구 구시렁거리며 인도를 향해 걷는데, 뒤에서 들리는 남자의 목소리. 주희를 욕한 것을 들킨 것이 무안해 얼굴이 빨개져 돌아보니 다행히 정우가 다가왔다.

"누가 그렇게 재수없는데?"

"선배!"

그녀 코앞까지 다가온 정우에게 대답할 겨를도 없이 숨 막히는 주희의 외침이 들렸다.

"저 여자."

정우와 참 잘도 마주치는 주희의 우연이 기분 나빴다. 날이 선 서영의 대답과 바삐 다가오는 주희 사이에서 잠시 당황하던 정우가 물었다.

"너 내일 뭐 해?"

내일 뭐 할지 관심 가져주는 사람들이 많구만.

"내일 형진이 만나. 갈게, 강 선생이랑 인사 잘해라."

아직 할 말이 남은 듯한 정우를 뒤로 하고 서둘러 버스 정류장으로 향했다.

"선배, 아직 저녁 안 먹었죠? 나 혼자 밥 먹기 싫었는데 잘됐다. 나랑 같이 저녁 먹어요. 네?"

주희의 경쾌한 말에 그러자 대답하는 정우의 목소리가 그녀의 뒤로 들려왔다. 흥, 그래. 재수탱이 하고 잘 먹어봐라. 땅을 내딛는 그녀의 발걸음에 힘이 가득 실렸다.

지조없는 자식. 그렇게 속앓이를 할 만큼 좋아하는 여자가 있다면서 왜 주희랑 어울릴까?

집으로 돌아와 침대에 털썩 쓰러지듯 누운 서영이 인상을 쓰며 생각했다.

설마, 그 여자가 주희?

"에이, 설마 그럴까 봐."

서영은 고개를 저었다. 정우의 속마음에 들어갔다 나온 건 아니지만, 그 짝사랑의 여인이 주희가 아니라는 것에 전부를 걸 수 있었다. 정말 사랑한다면, 그렇게 좋은 티를 팍팍 내는 주희에게 말 못할 이유는 없을 테니까.

"그것참, 엄청 신경 쓰이네."

그녀는 돌아누워 베개 사이에 얼굴을 묻으며 중얼거렸다. 흥 허물을 내보일 정도로 너무 친해서일까? 주희와 같이 있는 정우를 보는 것은 마치 친구를 빼앗긴 기분이 들게 했다.

"아우, 짜증나."

그냥 자자, 모든 걸 잊고 자자. 서영은 머리 위로 베개를 누르고 눈을 꼭 감아버렸다.

띠디디디, 띠디디디.

시끄럽고 방정맞게 울려 퍼지는 알람 소리에 서영은 인상을 쓰며 버튼을 눌렀다.

띠디디디, 띠디디디.

"아, 뭐야."

분명 알람시계를 껐는데 계속 시끄럽게 하는 소음에 할 수 없이 자리에서 일어났다. 까치집이 된 머리를 마구 긁적이며 알람시계를 들여다보자, 그것은 이미 침묵하고 있었다. 시계를 던지고 두리번거리자 휴대폰이 눈에 들어왔다. 휴대폰 알람은 설정해 놓은 기억이 없는데 웬일이래? 그녀가 신경질적으로 휴대폰을 들자 액정에 기념일 메시지가 보였다.

"뭐야? 오늘 무슨 날이야?"

알람은 설정해 놓지 않지만, 까마귀 버금가는 기억력을 자랑하는 그녀인지라 가족들의 기념일 같은 잊어선 안 될 날은 휴대폰에 저장을 해놓고 있었다.

"2월 10일, 내 생일…… 내 생일?"

눈이 번쩍 떠졌다. 얼른 책상 위 달력을 보자, 커다랗게 동그라미 쳐진 날짜, 2월 10일.

"정말 내 생일이네?"

자신의 생일을 휴대폰 알람으로 알게 되다니 참 놀라울 따름이지만 그래도 기쁘다. 서영은 히죽거리며 방을 나왔다.

"엄마, 미역국 끓여놨어?"

까치집 머리를 하고 당당히 주방으로 들어서며 외쳤다. 그러자 식탁에 앉아 있던 지호가 지나치게 활기찬 그녀를 무심한 눈으로 쳐다보았다.

"이모, 나 미역국 싫어해."

두 눈을 동그랗게 뜬 지호가 보란 듯 콩나물 국그릇에서 콩나물을 건져 입에 넣었다.

"엄마, 콩나물국 끓였어? 미역국은?"

"미역국은 무슨. 해가 똥구멍에 솟도록 누워 잔 주제에 뭐 예쁘다고 미역국을 끓여줘? 아무거나 주는 대로 먹어."

엄마가 그녀 몫으로 콩나물국을 한 대접 퍼주며 타박을 했다.

"뭐야, 엄마 내 생일 잊은 거야?"

서영은 믿을 수 없다는 듯 콩나물국과 엄마를 번갈아 보았다.

"잊기는. 내가 2월만 되면 아주 삭신이 쑤시는구만. 너 낳느라고 얼마나 허리를 틀었던지 해마다 아주 몸살을 한다. 몸살을 해."

엄마는 지긋지긋하단 듯 허리를 툭툭 쳤다.

"어떻게 내 생일인 줄 알면서 미역국도 안 끓여줘?"

"네가 오늘 한 일이 뭔데? 너 낳느라 죽을 고생해 준 나한테 감사하다고 인사를 해도 시원찮을 판에."

엄마가 그녀를 낳느라 거의 사경을 헤맸다는 건 귀에 딱지가 앉도록 들은 이야기다. 그래, 엄마가 그만큼 힘이 드신 건 무척 미안하고, 그리고 낳아줘서 고맙긴 하지만.

"그래도 내 생일이잖아. 미역국은 끓여줘야지."

섭섭함이 그득한 그녀의 외침에도 엄마는 아랑곳하지 않았다.

"나이 먹은 게 뭐 자랑이라고. 그 나이 되도록 해놓은 것 하나 없으면서 생일은 챙겨 먹고 싶냐? 지호 앞에서 밥투정하지 말고 얼른 콩나물국 먹고 사라져라."

"엄마!"

"맞고 먹을래, 그냥 먹을래?"

"안 먹어!"

자리에서 발딱 일어난 서영은 그대로 주방을 뛰쳐나왔다. 해놓은 거 없고 나이 먹으면 생일날 미역국도 못 얻어먹는단 말인가. 서러움이 목을 치받고 솟구쳤다. 막내딸보다 외손자를 더 사랑한다는데 할 말 없다. 여섯 살 조카를 질투하는 유치한 이모라 해도. 방으로 뛰어올라간 서영은 대충 머리를 동여매고 점퍼를 낚아채 아래층으로 내려왔다.

"너 밥도 안 먹고 어디 가? 아침부터 반항할 거야?"

"그냥 죽었다고 생각해!"

서영은 꽥 소리를 지르고 대문이 부서져라 닫았다.

"저 화상이! 곗돈 타자마자 고쳐 단 대문 부서지면 어쩌라고!"

그래, 지호의 콩나물국보다 못한 생일 미역국이고, 곗돈 타서 바꿔 단 대문짝보다 못한 인생이다. 왜 태어났니, 왜 태어나서

노처녀의 생일은 생일이 아니다?

이렇게 서러운 모양새인 거야? 골목길을 다다다 뛰어가노라니 절로 안습이다.

하······.
토요일 아침 댓바람부터 갈 곳은 전혀 없다. 집에서 딱 자다 나온 모양새하며, 점퍼를 뒤지자 손에 잡히는 만 원짜리 한 장.
"신세 처량하고."
서영은 동네 앞 비디오방으로 들어서며 신세를 한탄했다. 대충 아무거나 고른 비디오를 주인에게 주고 캔 커피 하나를 들자 들고 있던 만 원마저 사라졌다.
참 처량하게 생일날 아침밥도 못 얻어먹고 나와 냄새나는 비디오방이라니. 나이 서른이 되면 뭔가 하나는 이루어 아주 잘나가는 여자가 되어 있을 거라 생각했건만 아주 큰 착각이었던가 보다. 사람도 없고, 돈도 없고, 명예도 없는 나이 스물아홉의 정서영.
멋대로 떠들어대는 화면에는 눈길조차 안 주고 무릎에 얼굴을 묻었다.
한참을 우울모드에 있던 서영은 점퍼 주머니를 뒤적거려 휴대폰을 꺼내 들었다. 역시 생일 축하 메시지 한 통 들어와 있지 않는 고요한 휴대폰 화면.
뭐, 다들 사는 게 바쁘겠지. 그러니 연락 한 통 없는 거겠지. 서영은 무릎을 굽혀 끌어안고 멍하게 화면을 들여다보았다.

"아무리 그래도 그렇지! 어떻게 생일 기억해 주는 인간이 하나도 없어!"

하지만 참자, 참자 해도 분노가 솟구치는 건 어쩔 수가 없는 노릇이다. 서영은 제일 먼저 떠오른 괘씸한 얼굴에게 전화를 걸었다.

[……네.]

자다가 받는 듯 상대방이 한참 만에야 전화를 받자 속사포처럼 쏘아댔다.

"너 뭐야! 내 생일인데 왜 축하한다는 말도 한 마디 안 해? 친구 맞아?"

[…….]

자다가 봉변을 당한 정우는 말이 없었다.

"씨, 뭐야. 정말 이러기야?"

이 상황에서 믿을 만한 사람이라곤 이 녀석뿐인데. 또 이렇게 싸늘하기만 하니 절로 눈물이 고였다.

"다들 너무해. 엄마는 미역국도 안 끓여주고…… 생일 축하한다는 말 해주는 친구도 없고. 흑흑. 나이 먹는 것만 해도 서러운데 이렇게 천대를 하다니. 나는 또 어떻고…… 옛날에 지금보다 어렸을 땐 일주일 전부터 내 생일 기억하고 좋아했는데…… 이젠 휴대폰 알람을 봐야 내 생일인 줄 알아. 나이 먹는 거 너무 서러워. 어엉."

예전엔 생일 날 아침, 이렇게 신세 한탄을 늘어놓을 줄도 몰랐다. 가슴이 에일 듯 서러움에 흐느끼자, 정우가 한숨을 푹 쉬었다.

[휴…… 정말 너답다.]

"흐흑, 몰라. 배고파서 눈알이 튀어나오려고 한단 말이야."

서영은 옷소매로 눈가를 쓰윽 닦았다.

"너 정말 너무해. 내 생일인데…… 그래도 축하한다는 문자는 넣어줘야지."

그러자 정우가 시니컬한 어조로 지적 했다.

[못난아, 그래서 내가 어제 오늘 뭐 하냐고 물었잖아. 넌 형진이 만난다며.]

그래, 맞다. 그제야 서영은 주희랑 희희낙락하는 게 보기 싫어 그에게 빽 소리 질렀던 게 기억이 났다.

"뭐야, 그럼 넌 오늘 내 생일인 거 알고 있었어?"

그나마 감동이다. 서영은 코를 훌쩍거렸다.

"기억했다니 고맙다."

[어디냐?]

"우리 동네 비디오방."

[처량하다, 처량해. 너 아줌마가 미역국 안 끓여준다고 반항심에 나온 거 맞지?]

정곡을 콕 찌를 정우의 지적에 서영이 발끈했다.

"야! 반항이라니? 우리 엄마가 내 미역국은 안 끓여주고 지호 콩나물국 끓였단 말이야."

그 일을 떠올리니 새삼 마음이 아프다.

"시집 못 간 노처녀 딸이라고 생일도 안 챙겨주시잖아. 네가 그 서러움을 알아? 그나저나 나 배고프다고!"

[알았어. 거기서 기다려.]

수화기 너머 부스럭거리는 소리로 보아하니 침대에서 일어났나 보다. 착한 녀석. 이렇게 또 데리러 와준다니, 주희랑 친하게 지내서 미워했던 걸 용서해 줄 수 있을 것 같았다.

똑똑. 노크 소리가 들려 돌아보자 비디오방 유리 창문 틈으로 정우가 손짓을 했다. 서영은 아직 남은 영화에 아무 미련 없이 자리를 털고 나왔다.

"왔어?"

마냥 반가운 인사에도 정우는 그녀를 아래위로 쳐다보느라 아무 대답이 없었다.

"너 그러고 나왔냐?"

"응. 좀 그렇지?"

무릎이 나온 파란 면 트레이닝복 바지는 스스로가 봐도 좀 부끄럽긴 했다.

"아줌마한테 맞을까 봐 급하긴 급했나 보다."

멋들어진 청바지와 개암 빛 가죽 재킷의 완벽한 차림인 정우가 예의 싸가지없는 얼굴로 빈정거렸지만 서영은 그저 실없이 웃기만 했다.

"일단 가자."

서영은 그의 손을 잡고 비디오방을 나왔다. 시간을 보니 이제 겨우 오전 열한 시가 넘어가고 있었다. 여전히 손을 잡은 채, 정우는 주위를 둘러보았다. 그러다 찾는 게 없었던지 그녀를 향해 말했다.

"차에 타."

"왜?"

"그냥 타라."

조수석의 문을 열어주는 정우의 강요에 올라탔다.

"형진이는 언제 보기로 했어?"

"음, 시간 약속은 안 했어. 그냥 안 갈까 봐."

"왜?"

그가 시동을 걸며 묻자 서영이 자신을 콕 가리켰다.

"이 모양으로 어딜 가냐."

"그 모양으로 형진이는 못 만나고, 나는 만나도 된다는 거냐? 좋아해야 하는 거냐, 아님 무시당했다고 화내야 하는 거냐?"

"에이, 우린 빨간 고무 통에서 같이 목욕도 한 사이잖아."

서영이 그의 팔을 툭 치며 장난스럽게 웃었다. 서로의 우윳병도 공유했었고, 엎치락뒤치락하는 키 차이에 서로의 옷도 공유했는데 뭘 새삼스럽게. 능청스런 그녀의 웃음을 보던 정우도 피식 웃고 말았다.

그런데 그가 데려간 곳은 식당이 아닌 의류 매장이었다.

아직 사람들로 북적거리지 않는 대학로 앞, 꽤 유명한 청바지 매장으로 들어가더니 마음에 드는 걸 고르란다.

"왜?"

녀석의 뜻밖의 행동에 의아한 서영이 두 눈을 동그랗게 뜨고 보자, 정우는 어깻짓을 했다.

"생일 선물. 그리고 사실 그 옷차림으로 다니긴 좀 부끄럽지 않냐?"

"흠, 동감."

정우와 너무나 대조되는 옷차림에 나름 신경 쓰였는데, 생일 선물이라니 마음껏 골라줄 테다.

"애인이신가 봐요?"

"네? 아, 그게……"

서영은 애인이냐고 물어놓고도 믿어지지 않는다는 어린 여종업원의 얼굴을 보며 입을 닫았다.

"애인 맞아요."

그녀는 보란 듯 정우의 팔짱을 끼며 말했다.

"맞지, 자기야?"

"어? 어. 애인 맞아요."

갑작스런 그녀의 행동에 적잖이 당황한 정우가 더듬거리면서도 그녀 편을 들어주었다. 예쁜 정우.

"아, 그렇구나. 그럼 애인 분이 지금 입으신 청바지랑 커플 청바지 하시면 되겠네요. 이게 남녀 공용인데다 커플 분들에게 엄청 인기가 있거든요. 한번 입어보세요."

실망한 빛이 역력한 종업원이 진열장에서 짙은 빛깔의 청바지를 꺼내 들었다. 아이고, 일이 커지려 하네. 커플 청바지란 말에 서영이 난감한 얼굴로 정우를 보자, 그가 탈의실을 가리켰다.

"뭐 어때. 입어봐. 마음에 들면 사는 거고 아니면 말지 뭐."

정우는 '커플'이란 단어에 전혀 의미를 두지 않는가 보다. 그래, 뭐 어때. 탈의실에서 옷을 갈아입은 뒤 거울에 비춰보자, 색이 짙어서인지 무척 다리가 길고 날씬해 보였다.

"이게 딱 마음에 드는데."

다만 정우가 입고 있는 거랑 같아서 문제지.

"그럼 이거 주세요. 입고 갈 거지?"

거울을 보며 하염없이 중얼거리자, 정우는 어느새 카운터로 가 계산을 했다.

"애인 분이 정말 멋있으세요."

종업원이 서영이 벗어두었던 트레이닝복을 쇼핑백에 담아주며 말했다. 서영은 쇼핑백을 받아 들고 맞장구쳤다.

"그러게요. 우리 자기가 좀 멋져요."

정말이지 멋진 정우와 더 멋진 정우의 카드였다.

그들이 청바지 매장을 나오자 대학로는 이제야 사람들로 북적이기 시작했다. 서영은 여종업원이 챙겨준 트레이닝복을 차

창문을 통해 던져 넣으며 구시렁거렸다.

"배고파, 배고파."

"알았으니까 그만 하고, 이리 와봐."

정우가 차에 타려는 그녀의 손을 잡아채자, 서영이 간절한 희망을 담아 물었다.

"왜왜? 랍스터 사주게?"

"그래, 랍스터 사줄게. 그전에 먼저 해야 할 일이 있다."

그에게 이끌려 편의점으로 들어간 서영이 의아하게 물었다.

"편의점에서 뭘 하게?"

하지만 정우는 아무 말 없이 진열장을 유심히 보았다. 저렇게 아무 말 없이 진지할 때는 정우의 머릿속이 아주 복잡하다는 것이다. 서영은 팔짱을 끼고 정우가 하는 것을 지켜보았다.

그러자 정우가 컵라면 하나, 즉석 미역국 하나를 들고 다가왔다.

"뭐야? 설마……."

그제야 정우가 하려는 게 무엇인지 알 것 같아 서영은 놀란 눈으로 정우를 보았다.

"너 오늘 미역국 못 먹으면 어디 한 맺혀 살겠냐?"

신랄한 음성이지만 그녀의 가슴속에서 무엇인가 울컥하게 만들기 충분했다.

"응, 나 한 맺혀서 못 살아."

또 아이처럼 울어버릴까 봐, 그 서러움을 울컥 삼킨 서영은 정우의 말에 적극적으로 긍정을 표현했다.

컵라면 포장을 뜯어 정작 중요한 라면은 휙 버린 정우가 빈 통에 즉석 미역국을 털어 넣었다. 김이 펄펄 나는 뜨거운 물을 붓고 삼 분 정도 있으려니 제법 근사한 냄새와 함께 시커먼 미역이 둥둥 떠다니기 시작했다.

"집에 있었으면 끓여줬을 건데. 그냥 이거로 만족해라."

"이게 어때서. 정우야, 너무 고마워."

감동의 물결이 따로 없다. 혓바닥이 데일 정도로 뜨거운 미역국을 후루룩 마시며 감사에 또 감사를 전하자, 정우가 거만하게 어깻짓을 했다.

"내가 좀 그렇지?"

"응, 너 진짜 멋져. 그런데 랍스터 사줄 거지?"

"그럼."

다른 때라면 거만한 정우의 얼굴을 쳐주었겠지만, 오늘은 진짜 멋져 보였다.

"너도 먹어봐. 진짜 맛있어."

"그래?"

그녀가 그릇을 내밀자 호기심이 동한 듯 정우가 맛을 보듯 조금 마셨다.

"음, 괜찮네?"

천천히 그 맛을 음미하던 정우가 긍정의 고갯짓을 했다.

"그치, 그치? 우리 햇반도 하나 뜯을까?"

"이왕 뜯을 거 꼬마 김치도 뜯어봐."

결국 그들은 햇반에 김치까지 뜯어 미역국에 말아 먹고서야 편의점을 나왔다. 배가 너무 불러 랍스터를 먹으러 갈 수가 없었다.

"다음 주 나 오프일 때 사줄게. 그럼 됐지?"

못내 아쉬움이 역력한 그녀에게 다짐했다.

"진짜지? 약속 꼭 지켜."

"알았다니까."

서영은 정우에게 맹세에 맹세를 거듭하게 만들고서야 랍스터에 대한 미련을 버렸다.

겨울.

영원히 끝나지 않을 것 같던 여름 장마와 눈부신 가을이 지나고 찾아온 겨울. 그 끝자락에서 맞이한 생일.

생일을 챙겨 받지 못해 서럽기도 했지만, 생일을 잊고 그냥 그렇게 살아가는 자신이 더 서글펐다. 생활의 일상적인 즐거움과 기쁨, 그리고 설렘을 모두 잊고 기계적으로 살아가는 것 같았다.

"뭘 그렇게 생각해?"

대학로 공원 벤치에 앉은 그녀에게 정우가 커피를 내밀었다.

"이런저런 생각."

서영은 커피를 받아 들며 힘없이 중얼거렸다.

"너 요즘 왜 그래? 이상하게 힘이 없는 것 같다. 내가 아는 정서영 맞아?"

"나이 먹는 게 슬프다."

그녀의 말에 정우가 고개를 끄덕거렸다.

"나이에 부끄럽지 않게 사는 게 점점 힘들어지긴 한다."

"그러게."

말은 하지 않아도 각자의 고민에 힘이 드는 사람들. 서영이 생각하기에 아무 걱정 없을 것 같은 정우마저 순순히 삶의 무게를 인정하자 어쩐지 조금 위안을 받은 듯했다.

그런데 갑자기 뒤에서 그들을 덮치는 커다란 그림자가 있었다.

"창창하게 젊은 것들이 몇 살이나 먹었다고 나이 먹은 게 슬퍼? 정신 차려."

장난스런 목소리하며 그들의 목을 꼭 조여 오는 손길의 주인공은 다름 아닌 은호였다.

"캑, 너 뭐야. 여기 왜 있는 건데?"

서영이 은호의 손에 잡혀 캑캑거리자, 그 모습에 더 즐거운 은호가 대답했다.

"원수 같은 정서영 생일 축하해 주려고 왔지."

겨우겨우 은호의 손아귀에서 빠져나와 뒤를 돌아보자 형진이가 손을 들었다.

"어, 형진아."

"나도 생일 축하해 주려고 왔어."

감동의 물결. 서영은 은호와 형진을 와락 껴안았다.

"고마워."

그들의 해후를 지켜보며 정우가 고민하기 시작했다.

"보자, 어디 갈까? 낮술 마시기엔 너무 이르지 않냐?"

"뭐 어때. 낮술 좋은데."

신이 난 은호가 '낮술'을 주장하자 서영이 결사 반대하고 나섰다.

"낮술은 싫고, 우리 롤러코스터 타러 가자. 나 그거 타고 싶어."

"뭐냐? 생일이라고 애처럼 놀이공원 가자고? 됐어."

은호가 고개를 젓자, 정우가 동감이란 듯 인상을 썼다.

"놀이공원은 너무했다."

"왜? 재미있을 것 같은데, 거기 가자."

"오! 역시 형진이뿐이야. 가자, 가자, 가자. 응?"

편들어주는 형진이의 손을 꼭 잡고 사정하듯 정우와 은호를 바라보자, 그들은 귀찮다는 듯 혀를 차며 벤치에서 어쩔 수 없이 일어났다.

"하여튼 여자애는 귀찮아. 놀이공원이 뭐냐, 놀이공원이."

"그러게."

사회에 불만 많은 두 녀석들이 구시렁거리며 앞장섰지만, 정작 놀이공원 안으로 들어갔을 때 가관이 연출되었다.

"형진아, 우리 저거 타자."
"좋아."
"니들은?"
"갔다 오셔들."

같이 타자는 의미로 정우와 형진을 보자, 그들은 고개를 절레절레 흔들었다.

"설마, 무서워하는 건 아니지?"
"못난아, 얼른 사라져라."

정우가 눈을 부라리며 손짓을 하자, 서영이 혀를 날름거렸다.

"겁쟁이들. 가자, 형진아."

중학교 소풍 때처럼 나란히 롤러코스터 위에 앉자 가슴이 날아갈 듯 두근거렸다. 하늘에서 땅으로 곤두박질치는 그 스릴을 만끽하는 것이 얼마 만인지.

"그렇게 좋아?"

곁에 앉은 형진이 묻자 두 볼이 상기된 서영이 마구 고개를 끄덕거렸다.

"너무 좋아."
"후훗, 그래서 나 만난다는 약속도 잊고 정우랑 놀고 있었어?"
"어?"

웃으며 하는 형진의 말을 새겨들을 여유도 없이 롤러코스터가 움직이기 시작했다. 서영은 마음껏 비명을 지르며 하늘을 나는 자유를 만끽했다.

묵은 때까지 훨훨 날려 보낼 만큼 요란하게 비명을 지른 서영이 롤러코스터가 멈추자 형진을 보았다.
"너 아까 뭐랬어?"
하지만 형진은 그녀가 롤러코스터에서 내릴 수 있도록 손을 잡아주며 고개를 저었다.
"아무 말도 안 했는데?"
"아니야, 뭐라고 했잖아. 그런데 애들은 어딜…… 어머. 쟤들 좀 봐."
서영은 롤러코스터 입구에서 내려다보이는 회전목마를 가리켰다. 서영의 손끝을 따라가던 형진도 회전목마를 타고 있는 정우와 은호를 보았다.
"쟤들 뭐 하는 거니? 내가 똑바로 보고 있는 거야?"
"후훗, 그러게."
커다란 덩치의 녀석이 바닥에 발이 닿는 회전목마라니. 황당함에 어이가 없었다. 서영과 형진이 천천히 그들을 향해 다가가자, 이 녀석들 보란 듯 손을 흔들어준다.
"어이."
"폼에 살고 폼에 죽는 애들이 지금 뭘 하는 거니?"
회전목마가 얼마나 천천히 돌아가는지, 서영은 굳이 걸음을 옮기지 않고도 그들의 대답을 들을 수가 있었다.
"우리 회전목마 좋아한다. 그렇지, 정우야?"
"그럼, 꿈과 환상의 세계지."
전혀 부끄러워하지 않는 저 당당함. 가히 강은호와 이정우답다.
"마음껏 즐겨라. 가자, 형진아."
서영은 손을 흔들며 다음 목적지를 향해 갔다.

해가 어둑어둑 저물 때가 돼서야 놀이공원을 나온 그들은 주점으로 자리를 옮겼다. 하루 종일 별말이 없던 형진이 먼저 그녀 잔에 술을 따라 주었다.
"생일 축하한다."
"고맙소."
요 며칠 동안이야 이렇게 세 녀석을 전부 볼 수 있지, 사실 한자리에 모이기 무척 힘들었다. 형진이는 외국 생활을 하느라 그랬고, 은호는 좀처럼 시간 내기가 쉽지 않은 직업이라 외국에 있는 형진이만큼 보기가 쉽지 않았다. 그나마 정우를 좀 더 자주 보긴 하지.
서영이 술을 홀짝거리며 정우를 힐끔 쳐다보자, 녀석은 휴대폰을 보며 싱긋 웃고 있었다. 뭐야? 뭔데 저런 은밀한 미소를 짓는 건데?
"문자 왔어? 누구야?"

신경 쓰는 티를 내지 않기 위해 무심한 어조로 묻자, 정우가 술을 홀짝이며 대답했다.

"응? 강 선생."

젠장. 왜 문자질이람. 서영은 자신의 잔을 들어 술을 벌컥벌컥 마셨다.

"야야, 케이크에 촛불 붙이기도 전에 술 취하면 안 되니까 그만 마시고, 이거나 써라."

"뭐……."

서영이 정신을 차릴 틈도 없이 정우가 그녀 머리에 고깔모자를 씌워주었다.

"생일인데 이게 빠져서야 쓰나."

"그럼."

고깔모자를 쓴 그녀를 내버려 두고 세 녀석이 신이 나 촛불을 켰다. 모두 스물아홉 개의 초가 하나둘 다홍빛으로 넘실거리기 시작했다.

"그냥 큰 초 세 개만 달라고 할 걸. 너무 많다."

"안 그래도 늙은 애를 뭐 하러 한 살 더 먹게 해?"

"하지만 팔 아프다."

주거니 받거니, 세 녀석이 나누는 대화에 서영이 인상을 썼다.

"잔말하지 말고 그냥 켜주지?"

이를 악물고 하는 그녀의 말에 현명한 세 녀석이 침묵하더니 묵묵히 불을 켰다.

"소원 빌고 불 꺼라."

은호의 재촉에 서영은 영롱한 불빛들이 넘실거리는 케이크를 보았다. 한참 동안 케이크를 보던 서영이 촛불을 끄지, 정우가 물었다.

"뭐라고 빌었는데?"

"노코멘트."

단호한 서영이 케이크에서 초를 빼내자, 은호가 톡 끼어들었다.

"올해는 뱃살 좀 빼게 해달라고 빌었겠지. 아니면 올해는 꼭 시집가게 해달라든지. 맞지, 맞지?"

그 말에 뜨끔한 서영은 쓰고 있던 고깔모자를 벗어 은호를 툭 쳤다.

"케이크나 잘라."

결혼이 인생의 전부는 아니라고 생각하지만 진짜 사랑하는 사람 만나 결혼하는 소원까지 없는 건 아니었다. 그녀는 누군가를 사랑했을 때, 정확히 오십 대 오십은 아니더라도 사랑이 되돌아오는 그런 만남을 간절히 바랐다.

은호의 시비와 정우의 방관, 형진의 배려로 술자리는 무척 즐거웠다. 가는 길이 다른 은호와 형진이 먼저 가고, 서영은 술을 마시지 않은 정우의 차를 얻어 타고 집 앞 골목까지 왔다. 하지만 술을 너무 많이 마셨던가 보다. 차에서 내리다 다리에 힘이 풀린 서영이 풀썩 넘어지고 말았다.
"괜찮아?"
정우가 혀를 차며 다가오자 서영이 흐릿한 눈으로 그를 올려다보았다.
"아니, 다리가 미쳤나 봐. 펴지지가 않아."
그녀가 웅얼거리자 잠시 숨을 고른 정우가 그녀 앞에 등을 보이며 무릎을 굽혔다.
"그래, 내가 너한테 뭘 바라니. 업혀라."
"응."
서영은 정우의 등에 업혔다. 고요한 밤 골목길을 따라 걷는 정우의 등에 업혀 있노라니 참 편안했다. 동시에 하루의 고단함이 모두 몰려드는 듯했다.
"정우야."
"응."
그가 대답을 하자 깊은 울림이 등을 타고 전해졌다.
"정우야, 너 그 여우랑 왜 놀아?"
"여우? 누가 여우인데? 넌 곰이잖아."
"나 말고. 그 사람 있잖아. 강주희."
"주희? 왜 신경 쓰여?"
"응, 너 주희랑 놀지 마아."
서영이 그의 목을 꼭 껴안으며 대답했다.

"자꾸 주희랑 놀면 미워할 거야."

정우의 '그냥 좋은 사람'은 이해하고 받아들일 수 있는데 밉살스런 주희랑 친한 건 정말 싫다. 서영은 정우의 등에 얼굴을 묻고 하품을 했다. 술기운이 확 몰려들자 참을 수 없이 잠이 쏟아졌다. 편안하고 넓은 등에 기대 무거운 눈을 감는데 그의 중얼거림이 들려왔다.

"너…… 사람 설레게 왜 이러냐……."

"으응?"

잠기운이 가득 묻어나는 목소리로 묻자, 정우가 그녀를 들쳐 업었다.

"휴, 그냥 잠이나 자라. 곰탱아."

"응."

서영은 길게 하품을 하고 까무룩 잠이 들었다.

"사랑한다. 아주…… 많이."

아직은 너무 이른 꽃내음이 공기 중에 묻어났다. 편안했고, 따뜻했다.

8 꽃다발과 고백

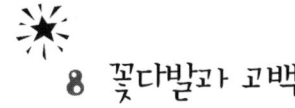

"당신이 어떻게 내 딸한테 그럴 수가 있어? 외손자 콩나물국이 내 딸 미역국보다 못하다는 거야?"

"아유, 당신까지 왜 그래요? 먹을 거 없을 때야 생일날 미역국이 귀했지, 끓여주면 먹지도 않는 걸 뭐 하려고……."

"당신 정말 이러기야?"

일요일 아침, 서영이 식탁에서 아버지께 전날 엄마의 만행을 모조리 고해바친 뒤 일어난 내외의 부부 싸움. 결국 노한 아버지 앞에서 조목조목 반기를 내밀던 엄마가 서러운 눈물을 쏟고 말았다.

"흐흑, 뭐예요, 지금? 금쪽같은 딸만 중요하고 그 딸 낳느라 힘들었던 난 이렇게 천대를 해요?"

철저히 그녀 편을 들며 엄마를 공격하던 아버지는 엄마의 눈물 앞에 멈칫하고야 말았다.

"그, 그게 아니잖아. 왜 다 큰 딸 마음 아프게……."

"다 큰 딸 마음만 걱정되고 늙은 내 마음은 걱정 안 하세요? 당신 정말 너무해요."

70년대 비련의 여주인공처럼 울며 안방으로 뛰어가는 어머니와 딸에 대한 애정과 삼십 년 넘게 해로한 아내와의 사랑 사이에 갈등하는 아버지.

그 절절한 부부를 보다 못한 서영은 조용히 방으로 숨어들었다.

아버지의 잔기침에도 소스라치게 놀라는 엄마였지만 한 번 화가 나면 아버지의 쇠심줄 같은 고집 저리 가라였다. 씩씩한 여장군이란 별명으로 불리는 엄마가 눈물 바람이시니, 그 파장이 아주 길고 오래 가리란 생각에 다소 우울해졌다.

"또 일주일은 반찬이 김치뿐이겠네, 에휴."

엄마가 주부 파업을 선언하실 게 분명했다. 머리를 긁적이며 한숨을 쉬던 서영은 책상 위에 올려둔 휴대폰이 진동하자 얼른 받았다.

"네."

[나야.]

"어, 형진아. 어젠 잘 들어갔지?"

[그럼.]

집 안에서 일어나는 허리케인 같은 전쟁과는 너무 다른 고요하고 부드러운 음성을 듣자 괜히 기분이 좋아졌다.

[오늘 뭐 해?]

"할 일 없음. 언제나 매우 한가한 자네 친구임."

[후훗, 그럼 같이 영화 볼래?]

"오, 좋지."

전화를 걸어 불러내주는 친구, 참 오랜만이다. 서영은 형진의 제안을 거절하지 않고 서둘러 외출 준비를 했다.

제법 봄기운이 묻어나는 일요일 오전 거리는 사람들로 넘쳐나고 있었다. 겨우내 입었던 파카 대신 가벼운 재킷을 입은 서영은 약속 장소 앞에서 오가는 사람들을 쳐다보았다.

허벅지 위를 달랑거리는 청 스커트 차림의 여학생들이 무척 많았다. 아무리 날씨가 따뜻하다지만 그래도 겨울인 것을.

"저 어린 영혼들이 젊은 혈기에 저런다마는, 나이 들면 다리에 바람 들어서 죽도록 고생할 거야."

쯧쯧, 혀를 차는데 저만큼 형진이 걸어왔다. 어디서든 쉽게 눈에 띄는 외양이니만큼 사람들의 이목도 집중시키며 다가오는 형진을 보니 흐뭇하기만 했다. 나이가 들수록 그리워지는 것이 뜨끈한 아랫목과 친구, 서영이 손을 흔들었다.

"형진아."

"어."

가까이 다가온 그가 그녀의 머리를 기분 좋게 흩뜨리며 물었다.

"많이 기다렸어?"

"아니. 금방 왔어."

"뭐 볼래?"

형진은 자연스레 그녀의 어깨에 팔을 두르며 물었다. 기분 좋은 묵직함, 서영은 그에게 편안히 몸을 기댔다.

"아무거나."

"외화 볼까? 저거 재미있다던데?"

서영은 형진이 가리킨 영화 포스터를 유심히 살폈다. 한글 자막이 난무하는 외화는 그다지 좋아하지 않지만 형진의 기대 어린 눈을 보자 거절의 말이 목구멍으로 나오지 않았다.

"저거 보자."

그냥 눈 돌아가게 빨리 지나가는 자막을 읽어주겠어.

서영의 승낙에 형진이 표를 끊었다. 팝콘과 콜라를 사기 무섭게 곧 상영한다는 안내방송을 들은 그들은 서둘러 영화관 안으로 들어갔다.

일요일, 사람 붐비는 영화관이 너무 오랜만이다. 사람들이 너무 많은 것은 싫어라 했지만, 그녀와 같은 공간에 이렇게 많은 사람이 있다는 건 한편으로 생각하면 참 놀라운 일이었다.

상희와의 이별 후, 이렇게 서서히 예전의 일상으로 돌아가는 것, 그다지 나쁜 일은 아니다.

첫 장면부터 자동차가 뒤집어지는 요란한 액션 영화답게 주인공들의 말은 무척 빨랐다. 예상대로 빠르게 지나가는 자막을 눈 아프게 읽어 내려가던 서영이 여유로운 얼굴의 형진을 보며 물었다.

"넌 미국서 살다 왔으니까 자막 필요없지?"

"응."

"좋겠다."

유창한 영어 실력은 언제나 그녀의 꿈인지라, 형진의 당연하단 대답 앞에 한숨이 폭 나왔다.

"그런데 서영아."

"왜?"

형진이 그녀 손에 들린 팝콘을 한 움큼 가져가며 말했다.

"나 미국 가기 전에도 다 알아들었어."

헛! 서영은 뜨악한 얼굴로 형진을 보았다. 그러자 잘난 척 어깨를 들썩거리는 저 반질한 얼굴. 그래, 잠시 잊었다. 형진의 가장 친한 친구들이 이정우와 강은호라는 것을. 그 싸가지들과 함께 지낸 시간이면 납득이 가지, 암.

"흥."

서영이 콧방귀를 뀌며 팝콘을 한입 가득 넣었다.

"후훗."

그 모습을 보며 형진이 웃더니 그녀 어깨에 팔을 둘렀다. 새침하게 노려보던 서영은 장난스럽게 눈을 찡긋거리는 형진의 모습에 웃고 말았다.
"하여튼 못 말려."
"그래서 내가 좋지?"
"그래, 좋다."
서영은 형진의 옆구리를 쿡 찌르며 같이 웃었다.

영화를 보고 내친김에 한강의 유람선까지 탄 그들이 정착한 곳은 패밀리 레스토랑이었다.
"그런데 한국에 아주 귀국한 거야?"
"아직 모르겠어. 미국에서 밟던 과정은 다 끝이 났는데 다시 들어갈지, 아니면 완전히 정리하고 한국에 있을지. 처음 들어올 땐 형 결혼식만 참석할 예정이었는데, 오랜만에 들어온 한국이 너무 좋다."
분명 이미 재회하던 날 물었던 질문이고 똑같은 대답도 들었다. 하지만 어쩐지 자꾸만 확인을 하고 싶었다.
"그래? 그럼 그냥 한국에 있어. 뭐 하러 자꾸 나가?"
"자의 반, 타의 반으로 나가고 싶은 거지."
"공부하고 싶은 열망이 그 자의라면, 타의는 뭐야?"
서영은 바삭하게 튀겨진 프렌치프라이를 포크로 콕콕 찌르며 물었다.
"글쎄, 눈앞에서 멀어지면 마음에서도 멀어진다고 해서 떠나 봤지."

이건 또 무슨 소리래? 그녀가 허리를 곧추세우고 앉자, 형진이 희미하게 웃었다.

"그런데 아니더라. 자꾸 생각이 나던데?"

"대체 누가? 너 사귄 여자 친구 없었잖아. 아닌가? 있었던가?"

서영은 머리를 움켜잡고 과거를 더듬어보았다.

"세상에, 뭐냐. 천하의 박형진이 사랑하는 여자가 대체 누구야?"

너무나 뜻밖의 말에 그녀는 그저 놀라울 따름이었다. 때마침 주문한 스테이크가 나오자 형진이 말했다.

"먹자."

"으응."

정체를 밝히라고 닦달하고 싶은 마음이 굴뚝같았으나, 쓸쓸함이 가득한 형진을 보며 더 물을 수도 없었다.

그녀가 묻지 않아서인지, 아니면 말하고 싶지 않아서인지 형진은 더 아무 말이 없었다. 이상하게 어색한 분위기에 식사를 마친 그녀를 형진이 집 앞까지 데려다 주었다.

"오늘 재미있었어."

"그래."

서영은 가방을 뒤져 열쇠를 찾았다. 그런데 손에 잡히는 건 지갑이요, 휴대폰뿐.

"서영아."

"응?"

아무리 가방을 뒤적거려도 열쇠가 없었다. 바보같이 또 책상 위에 열쇠를 두고 나왔나 보다. 자신의 머리를 콩콩 쥐어박는데 형진의 희미한 한숨 소리가 들렸다.

"네가 알아주길 바라는 건 너무 무모한 일이었던 것 같아."

"그게 무슨 말이야?"

서영은 의아한 얼굴로 그를 쳐다보았다.

"아니다, 들어가."

하지만 형진은 할 말을 다하지 못한 얼굴이었다. 그녀를 책망하듯, 무엇인가 알아주길 바라는 듯 모호하기만 한 시선 앞에서 순간 어색해졌다.

결국 형진이 먼저 말문을 열었다.

"나 갈게."

"응, 조심해서 가."

어색한 상황을 벗어날 수 있다는 것에 기뻐하며 손을 흔들자, 다행이 그도 마주 손을 흔들었다.

뭐지?

서영은 돌아서 골목길을 벗어나는 형진의 뒷모습을 한참 동안 바라보았다. 분명 형진은 무엇인가 할 말이 있었다. 궁금함과 답답함에 가슴이 뻥 터질 것만 같았다.

"정서영 씨, 3월에 새로 오픈할 병원 홈페이지 가안 제출하세요."

"네."

다시 월요일. 정민의 도끼눈을 상대해야 했다.

"그런데 언니. 김 주임님이랑 안 좋은 일 있었어요? 언니 처음 왔을 땐 주임님이 제가 질투날 만큼 언니한테 잘해주시더니, 요즘 왜 저러세요?"

사랑의 쓴맛을 봐서 그래.

"모르지 뭐."

하지만 그것을 말할 수 없는 서영이 어색하게 웃어 넘겼다.

"참 언니, 그 소문 사실이에요?"

"뭐가?"

정민에게 제출할 홈페이지 디자인을 다시 확인하는데 미정이 소리죽여 말했다.

"강주희 선생이랑 이정우 선생님이요. 사귄다면서요?"

"뭐?"

그러자 서영이 놀라서 미정을 돌아보았다.

"언니가 이 선생님이랑 친구라면서요. 그런데 아직 모르셨어요? 병원에 소문이 파다해요. 이 선생님 오시고부터 강주희가 심하게 들이댄다고. 아마 조만간 결혼 날짜 잡을지도 모른다고요."

이게 무슨 자다가 침대에서 떨어지는 소리인지 모르겠다. 정우가 왜 강주희랑? 진짜 정우의 외사랑이 강주희였단 말인가!

너무 놀란 서영은 아무 말도 할 수가 없었다.

"이 선생님이 아깝다고 난리예요. 냉정한 성격이긴 하지만 매너 좋고, 직원들한테 함부로 대하지 않으니까. 또 좀 잘생기셨어요? 아유, 강주희 선생은 복도 많아."

소문의 진실을 캐물으려던 미정은 자신보다 서영이 주희와 정우의 관계에 대해 더 모른다는 사실을 깨닫고 한숨을 쉬며 말을 마쳤다.

그래, 강주희 고게 정우한테 '선배, 선배' 하면서 따라다닐 때부터 알아봤어야 했다. 공공연한 문자질과 웃음. 그리고 그녀를 향한 주희의 눈 부라림까지 모두. 그런데 그걸 예사로 보아 넘기다니! 밥통이 따로 없다. 갑자기 소주를 드럼통째로 들이킨 것처럼 속이 불편해지기 시작했다.

"정서영 씨, 오늘 중으로 보여줄 겁니까?"

하지만 정민의 신경질적인 목소리를 듣는 순간 상념은 거기까지.

"아, 네. 네! 갑니다."

서영은 서둘러 정민의 자리로 다가갔다.

이정우……. 분명 친구인데 그런데 왜 이렇게 그 녀석이 누군가를 만난다고 하면 가슴 한구석이 불편한 것인지 모르겠다. 너무나 사랑하는 여자가 있다는 말까지 들었는데, 정서영 참 새삼스럽다.

"너 질투하니?"

다음 달 리콜(RE-CALL) 환자 목록표를 찾기 위해 차트실로 가던 서영은 마구 고개를 저었다. 웃기지 마셔라, 질투는 무슨.

"나는 다만…… 뭐 다만 궁금하다 이거지. 그렇게 죽고 못 사는 여자가 정말 강주희가 맞는지 말이야."

스스로를 납득시키기 위해 구시렁거리며 책장의 코너를 도는데, 거짓말처럼 정우가 서 있었다. 몇 번밖에 보지 못했으나, 저 녀석 의사 가운을 입고 서 있는 것이 정말 멋졌다. 저절로 침을 꼴깍거릴 만큼.

지금 차트실에 정우와 둘밖에 없는 것 같은데, 이때를 틈타 병원에 나돈다는 소문의 진실에 대해 물어봐야겠다. 결심을 한 서영이 그의 곁으로 천천히 다가갔다.

"정우야."

하지만 그는 그녀가 다가가도 한 번 쳐다보지 않고 여전히 들여다보던 자료에서 눈을 떼지 않는다.

"왜?"

거참, 냉정하기는.

"됐다. 그냥 불러봤다."

정말 주희랑 사귀냐는 말이 목구멍까지 나왔지만 서영은 그것을 꿀꺽 삼켜 버리고 말았다.

언제는 하늘을 날아갈 듯 유쾌하다가도 또 지금처럼 싸늘하고 차갑기만 한 이 알 수 없는 물건한테 무슨 소리를 들으려고.

샐쭉해진 서영은 정우를 등지고 리콜 환자 목록표가 있는 책장으로 다가갔다. 그런데 뭐 저렇게 높은데 꽂혀 있냐?

163㎝의 그리 작지 않은 키임에도 불구하고 천장에 닿은 책장의 제일 위 칸에 있는 목록표는 그야말로 밤하늘의 별이 아닐 수 없다.

"아이고, 이러다 또 김 주임한테 깨지지."

까치발도 모자라 껑충거려 봐도 도무지 손에 잡히지 않는다. 안 되겠다. 차트실 입구에 있는 사다리를 가져와야겠다. 원래 안 되는 일에 미련을 가지지 않는 성격인지라 포기하고 돌아서는데 그녀 앞에 '이정우'란 이름표가 달린 녀석의 가슴이 보였다.

"남들 클 때 뭐 했냐?"

자신의 머리 위로 불쑥 다가온 정우가 목록표를 빼주었다. 그의 움직임에 스킨 냄새가 그녀를 감쌌다. 순간 주책없는 심장이 꿈틀거렸다.

"비켜, 비켜봐."

너무나 어색한 감정 앞에 서영이 마구 팔을 저어 정우의 품에서 벗어났다.

"왜 그러냐? 오호라, 머리 안 감았지?"

방정맞게 푸닥거리는 그녀를 보며 의아해하던 정우가 실눈을 뜨고 다가왔다.

"너 어릴 때부터 머리 안 감으면 꼭 그러더라?"

"저리 가."

자꾸만 다가오는 정우의 몸짓에 손끝이 따끔따끔 저려왔다. 타이를 하지 않고 단추 두 개가 풀린 셔츠 사이로 보이는 구릿빛 살결을 만지고 싶…… 헉! 나 미쳤나 봐.

노처녀로 너무 묵혔다던 엄마의 말이 생각났다. 망령이다, 정서영.

"너, 지금 야한 생각하지? 얼굴 빨간데?"

"저리 가라고 했어!"

이런 상황을 전혀 모른 척해주지 않는 센스없는 이정우를 향해 분노의 이단 옆차기를 날리는데, 어랏? 아프게 차기도 전에 발을 붙잡히고 말았다.

"야, 놔."

"그 짧은 다리로 누굴 차려고?"

정우는 신랄하게 웃으며 그녀의 다리를 이리저리 흔들었다.

"엄마야."

서영은 넘어지지 않으려고 허우적댔다.

"얼른 안 놔? 죽일 거야."

"뜻대로 해봐라."

시니컬한 정우의 웃음에 더욱 약이 올라 버둥거리는데, 뒤에서 누군가 말을 걸었다.

"언니."

타인의 등장에 웃음을 멈춘 정우가 서영의 다리를 놓아주자, 서영은 뒤를 돌아보았다.

꽃다발과 고백 *247*

"어, 미정 씨. 왜?"

"얼른 와봐요. 누가 언니한테 꽃다발 보냈는데 정말 죽여줘요. 빨리요."

잉? 웬 꽃다발? 어리둥절해 정우를 돌아보자, 그도 두 눈을 둥그렇게 뜬 채였다.

"못난아, 너 스토킹당하냐?"

"말을 해도 꼭."

서영은 정우를 흘겨주고 얼른 차트실을 나왔다.

"무슨 꽃다발이지? 나한테 그런 거 보낼 사람 없는데?"

"메모 있었어요, 언니."

어쩐지 서영보다 더 신이 난 미정을 따라 전산실로 돌아오자, 과연 미정의 말처럼 크고 화려한 꽃다발이 아찔한 향기를 뿜으며 그녀를 기다리고 있었다.

대체 이게 어찌 된 영문인지 의아하면서도 알 수 없는 기대감에 심장이 두근거렸다.

"여기 메모요. 얼른 열어봐요, 언니."

"응."

서영은 미정이 안달을 내며 건네준 메모를 열어보았다.

〈당신을 좋아하는 사람이 있습니다.〉

"뭐래……?"

반듯반듯한 글자가 전해주는 뜻을 한참 생각하던 서영은 그만 멍해졌다.

"어머, 누군지 정말 멋지다."

그녀의 어깨 너머로 메모를 훔쳐본 미정이 한숨 같은 탄성을 내질렀다.

"언니, 누구예요?"

"글쎄, 잘 모르겠어."

놀라움과 당황스러움을 숨기지 못한 서영이 미정을 돌아보았다.

"누구지?"

"어머, 언니 그걸 저한테 물으면 어떡해요? 정말 기억나는 사람 없어요? 직접 쓴 글씨인데 누구 글씨인지 그것도 모르겠어요?"

미정의 지적에 메모를 들여다봐도 낯설기만 할 뿐이었다.

"응, 모르겠어."

순간적으로 상희가 아닐까 했지만, 그 순간적인 생각이 얼마나 멍청한지 모르겠다. 이미 명진과 결혼해서 곧 태어날 아기까지 있는 그가 왜 이런 짓을 하겠는가. 그럼 누구지? 이런 크고 화려한 꽃다발을 받을 남자는 없는데 말이다.

헉, 정말 정우 말대로 스토킹당하는 거 아니야?

그것을 생각하자 오싹함이 밀려들었다.

정말 누굴까?

하루 종일 멍하게 꽃다발을 보느라 정민의 눈치에 깔려 죽을 판이었으나 그래도 궁금한 것은 어쩔 수가 없었다.

정민의 잔소리 들으랴, 꽃다발 주인 생각하랴. 결국 맡았던 일을 끝내지 못한 서영은 전산실 사람들 전부가 퇴근하고도 한참 뒤에서야 사무실을 나올 수 있었다.

막 자리에서 일어서던 서영은 들고 가기엔 너무 크고 부담스러운 꽃다발을 보며 한참 동안 고민했다. 누가 준 것인지 알지도 못하는 걸 냉큼 집으로 가져가기엔 찜찜한 구석이 있었다. 서영은 책상 위에 올려둔 메모만 대충 가방에 구겨 넣고 사무실을 나왔다.

막강 한파가 예상된다던 당초 기상청 예보와는 달리 이번 겨울은 따뜻한 날이 더 많았다. 따뜻하긴 해도 겨울은 겨울, 마음까지 스산했던 계절이 가고 이제 곧 봄이 오려나 보다. 쌀쌀한 공기 중에 아련한 봄기운을 느끼며 버스 정류장으로 가던 서영은 우연히 길가 포장마차를 보게 되었다. 아직 밤 아홉 시도 안 됐는데 술자리를 가지는 사람이 무척 많았다. 그 중에서도 홀로 앉아 쉼없이 술을 들이키는 사람.

"어, 김 주임이다."

하루 종일 그녀를 못 잡아먹어 안달이더니 왜 아직 집에 안 가고 포장마차에 앉아 죽어라 술을 푸는 것인지. 잠시 멈춰 서 그 모습을 보던 서영은 고개를 돌려 버렸다.

"그래, 저 사람이라고 세상 살기 편하겠니."

그냥 못 본 척 돌아서려 했지만 쓸쓸하게 홀로 앉은 정민이 무척 안쓰럽게 보였다.

"하여튼 정서영, 넌 정이 많아서 큰일이야. 에이, 다정(多情)도 병이라는데."

결국 서영은 포장마차 안으로 들어가고 말았다.

"혼자서 뭐 해요?"

"오, 이게 누구신가. 사기꾼 아니신가."

술이 많이 되셨네. 서영은 콧방귀를 뀌며 오이를 집어 먹었다.

"여기 술 잔 하나 더 주세요."

포장마차 주인에게 잔을 하나 더 청하자 정민이 자신의 술병을 품에 안았다.

"누가 술 준댔어요? 이거 내 술인데 아무도 안 줄 거야."

심술하고는.

"여기 술도 한 병 주세요."

서영은 정민을 노려보며 술을 주문했다.

"거짓말만 하는 정서영 씨. 뭐요, 우리 이 선생님이랑 그렇고 그런 사이라고? 흥, 이 선생님이랑 강 선생님 결혼한다던데 그건 어떻게 설명할 거예요?"

정민이 술을 따르는 서영을 노려보며 물었다.

"내가 정우 좋아한다고 했지, 정우도 나 좋아한다고 한 적 없거든요?"

서영은 옥상에서의 일을 정확히 상기 시켜주었다.

"하지만 이 선생님, 서영 씨가 뽀뽀해도 가만있었잖아요! 그게 그거지, 뭐!"

"그 마음을 내가 어떻게 다 알아요? 몰라요."

"우리 이 선생님이랑 뽀뽀하니까 좋았어요? 좋았냐고요오."

흠, 술주정이라고 하기엔 너무 사심이 들어간 듯하다.

"좋았죠. 말이라고 해요?"

우리 정우 입술이 얼마나 보들보들했는데.

"나도 느껴보고 싶어. 느껴보고 싶다고요."

정민이 비통함에 가슴을 움켜잡더니 소주 병을 들어 벌컥벌컥 마셨다. 에휴, 얼마나 정우가 좋으면 저럴까.

서영은 정민의 마음을 조금은 알 것 같았다.

"이봐요. 김 주임님. 그나저나 밥은 먹고 술 마시는 거예요?"

"밥을 먹어서 뭐 해요. 이렇게 가슴이 찢어지는데."

정민의 눈에 어린 말간 물기를 보자 서영의 마음도 아파왔다.

"솔직하게 대답해요, 정서영 씨. 당신도 내가 미친 게이 같아요?"

"네?"

"짝 있는 남자를 좋아하는 멍청한 남자라고 생각하는 거 다 알아요! 난 그게 아닌데, 난 다만 이정우 선생님을, 이 선생님을……."

정민은 말을 잇지 못하고 훌쩍거렸다.

"누가 멍청하대요? 이거나 좀 먹어요."

정민의 눈에서 또르르 떨어지는 눈물은 마치 샘 같았다. 잘생긴 남자의 눈물에 마음이 약해진 서영은 정민의 입에 당근을 물려주었다.

"뭐든 좀 씹으면서 정신을 차려봐요."

"그냥 죽고만 싶어요. 내 상대가 정서영 씨라고 생각했을 땐 그래도 희망이 있었는데, 죽여주게 섹시한 강 선생이 내 라이벌이라니. 난 이제 희망이 없어. 죽고 싶어요. 난 그냥 죽고 싶어…… 어어엉."

가만, 이거 나 욕하는 거 맞지? 서영은 당근을 물고 통곡을 하는 정민을 노려보았다.

"난 그냥 사람을 사랑한 건데, 사람을 사랑한 거였어요. 남자를 사랑한 게 아니라 내 심장을 멎게 만들만큼 멋진 사람을. 서영 씨도 알겠지만 나 그렇게 헤픈 남자 아니거든요."

이미 술이 머리끝까지 된 정민이 눈물을 머금은 채, 헤롱거리며 그녀를 보았다.

사람을 사랑했다…….

그 말은 서영에게 충격이 되었다. 아무리 세상이 개방적이고 성적으로 자유로워졌다고 하나, 서영 역시 정민의 애정관에 당혹했던 것은 사실이었다. 하지만 정민이 남자가 아니라 사람을 사랑했다고 말하는 순간, 지금 정민이 얼마나 아픈지 상상이 됐다. 그래, 누구든 사람을 사랑하는데 무슨 상관이랴. 심장을 움켜쥐고 놓아주지 않는 그 사람을 사랑한다는데…….

그녀 역시 쉽게 틈을 내주지 않는 상희를 사랑했었고, 그리고 또 다른 사람을 사랑했었다. 끊임없이 누군가를 향해 가슴 설레던 십대 시절이 있었고, 같이 있고 싶었던 사람을 꿈꾸었다. 그녀가 매 순간 진실했던 것처럼, 정민 역시 진실하게 정우를 사랑한 것이다. 그것을 깨닫자 정민의 괴로움이 어느 정도인지 짐작됐다. 아무 흥도 생기지 않고, 아무 행복도 느낄 수 없는 절망. 서영은 정민이 구세주처럼 손에 꼭 쥐고 있는 당근을 빼 탁자 위에 놓은 다음, 그의 손을 토닥거렸다.

"울지 말아요."

"어어엉."

검고 커다란 눈에서 쉴 새 없이 떨어지는 눈물. 그가 마신 술이 다 눈물이 되어 나오는 것 같았다.

"주임님, 주임님에게도 주임님만을 사랑해 주는 사람이 꼭 생길 거예요."

물론 그녀에게도 상희처럼 다른 여자의 관심을 얻기 위해 그녀를 이용하는 것이 아닌, 진정 그녀를 아끼고 사랑해 줄 남자가 생길 것이다.

"주임님, 세상에서 제일 짜증나는 게 뭔지 알아요?"

"뭔데요?"

정민이 그녀를 젖은 눈으로 응시했다.

"내 떡보다 남의 떡이 더 커 보이는 거예요. 자기가 가진 것보다 남의 것이 더 크고 좋아 보여요."

"그게 지금 이 상황하고 뭔 관계가 있는 건지 모르겠는데……."

정녕 이해가 되지 않는 듯 그가 고개를 절레절레 흔들었다.

"나는 아주 작고 보잘 것 없는 사람처럼 느껴지는데, 상대는 별처럼 찬란하게 빛나 보이는 거요."

상희를 만난 날, 차트실 바닥에 구겨져 앉은 그녀에게 정우가 했던 말이다. 어느 것 하나 부족할 게 없는 정우도 사랑 앞에 작아진다는 것이 놀라웠지만, 곰곰이 생각을 하니 사랑을 하는 사람들은 누구나 그랬다.

"주임님 눈에 우리 정우가 그런 존재로 보였겠지만, 사실 주임님도 찬란하게 빛이 나요."

"저, 정말요?"

"그럼요."

불확실한 목소리로 망설이는 정민을 보며 서영이 고개를 힘차게 끄덕거렸다.

"그러니까 정우보다 주임님이 더 멋지다고 느낄 누군가를 위해서 힘내요."

정서영, 당신도 힘내고. 그녀는 씩씩하게 술잔에 술을 따라 높이 들었다.

"건배해요, 우리."

"정말…… 정말 그런 사람이 있을까요? 나를 사랑해 주고, 나를 멋있다고 느껴줄 그런 사람이……?"

"그럼요. 아직 주임님 앞에, 그리고 내 앞에 나타나지 않았을 뿐, 분명 우리를 기다리고 있는 사람들이 있을 거예요. 그러니 이렇게 술에 취하는 건 오늘만 하기로 해요."

"좋아요."

정민의 잔이 그녀의 잔에 경쾌한 소리를 내며 부딪쳤다.

"이봐요, 서영 씨. 당신 정말 괜찮은 여자야."

"그걸 이제야 알았어요?"

가을 논두렁, 바람에 펄럭이는 허수아비처럼 술에 취해 이리저리 건들거리는 정민을 부축한 서영이 택시를 잡으려 안간힘을 썼다.

"아아, 내가 진짜 서영 씨, 우리 서영 씨를 사랑해요."

"네네, 고맙습니다."

"서영 씨, 우리 앞으로 정말 잘 지내요. 그런 의미로 파이팅, 우리 파이팅 해요."

제 흥에 겨운 정민이 흐느적거리는 왼손을 휘두르다 털썩 주저앉았다.

"어우, 정신 좀 차려봐요. 자꾸 이러면 이젠 내가 주임님을 미워할 거예요."

서영은 정민이 인도에 주저앉은 틈을 타, 지나가던 택시를 멈춰 세웠다. 그리고 거의 업다시피 정민을 택시에 태웠다. 그런 다음 운전기사의 눈치를 보며, 정민에게 조용히 주의를 주었다.

"잘 가요. 그리고 혹시 오바이트 나오면 차에다 하지 말고 여기다 해요. 알았죠?"

포장마차를 나올 때, 혹시 몰라 주인에게 얻어온 검은 비닐봉지를 정민의 손에 꼭 쥐어주고서야 마음이 놓인 그녀는 택시 문을 닫았다.

어두운 밤거리에 정민을 태운 택시가 쏜살같이 사라졌다. 그녀보다 머리 하나는 더 큰 정민을 부축했던지라 온몸이 물 먹은 솜처럼 처졌다. 하지만 그녀는 지금, 손톱에 박혀 애먹이던 작은 가시를 뽑은 기분이었다. 처음부터 끝까지 나쁜 사람은 아무도 없다. 그저 서로의 견해가 달라서 생기는 감정이 있을 뿐. 정말 정민에게도, 그리고 그녀에게도 그들만을 위한 좋은 사람이 나타날 것이다.

"파이팅."

서영은 하얀 입김을 뿜으며 작게 다짐을 했다.

"그나저나 나도 갈 길이 멀구나."

그녀는 기운차게 돌아서 버스 정류장으로 뛰어갔다. 러시아워는 이미 지난 시간이라 버스를 타고 얼마 되지 않아 동네에 도착할 수 있었다.

어두운 골목길을 따라 걷는데 주홍빛 가로등 아래 긴 그림자가 그녀를 반겼다. 딱 기분 좋을 만큼 취했던지라 서영이 콧노래를 연발하며 고개를 들자 뜻밖에도 형진이 그녀를 향해 웃으며 손을 들었다.

"어, 형진아!"

이 늦은 시간에 형진이 왜 집 앞까지 와 있는지는 전혀 궁금하지 않은 채, 그녀는 마냥 반가운 마음에 그에게로 뛰어갔다.

"왜 이렇게 늦게 와? 한참 기다렸는데."

"그랬어? 전화하지."

"했어."

"그래?"

서영은 형진의 의미심장한 눈빛 속에서 휴대폰을 꺼내 확인했다. 부재중 전화 다섯 통.

"어, 맞네? 흐흐, 미안. 휴대폰이 잘 안 울려서 거의 관심을 안 가지거든. 그런데 무슨 일이야?"

그 말에는 대답조차 없이 형진은 반가움에 손을 팔랑팔랑 흔드는 그녀를 보며 물었다.

"꽃다발은 왜 안 들고 와?"

"어? 꽃다발이라니?"

술에 취하니 버퍼링이 느려진다. 형진이 말한 꽃다발이 무엇인지 한참을 생각한 서영의 눈이 커다래졌다.

"그, 그 꽃다발을 어떻게 알아? 그럼……?"

서영은 더듬거리며 가방에서 메모를 꺼내 들었다.

"이게 너야?"

〈당신을 좋아하는 사람이 있습니다.〉

"정말 너야?"
"응, 나야."
언제나처럼 형진이 담담하게 고개를 끄덕거렸다. 순간 핵폭탄 급 충격이 그녀를 강타했다.

9 당신을 사랑하는 또 한 사람

9 당신을 사랑하는 또 한 사람

띠디디디.

고요함 속에 순간적으로 울려 퍼지는 알람 소리. 서영은 소스라치게 놀라 일어났다. 커튼을 치지 않고 잠이 들어 환한 햇살이 눈 속으로 파고들었다.

"처음 보는 순간부터 좋았어. 감색 교복 치마 차림으로 인사를 건네던 그 순간부터. 어쩔 수 없이 아무 말도 못하고 떠나야 했지만 말이다. 떠나 있으면 잊을 거라 생각했어. 실제로도 시간이 지나니까 네 생각은 거의 안 나더라. 그래서 괜찮겠거니 했는데, 또 막상 너 보니까 지난 오 년은 없었던 것처럼 그렇게 좋더라. 그럼…… 그게 사랑인 거지?"

잠이 깸과 동시에 간밤 형진의 진지한 고백이 떠올랐다.

"아이고오."

서영은 벌렁거리는 가슴을 움켜쥐고 그대로 누워 버렸다.

꿈이겠거니 싶었는데, 아니다. 너무나 생생한 현실이다. 친구로서 너무 좋아하는 녀석의 고백을 듣고 나니 마치 전차에 정면으로 부딪친 기분이었다.

"형진아, 너무 보고 싶었어."

커다란 녀석을 끌어안고 마치 애처럼 얼굴을 부비던 것 하며, 무조건 그녀 편을 들어주던 녀석. 그 녀석이 그녀를 좋아하고 있었다는데…….

지금 이 기분은 당황스러움, 딱 그 이상도 이하도 아니었다.

"많이 혼란스러울 거야. 당장 대답하지 않아도 돼. 다만 날 밀어내진 말아. 그건 해줄 수 있지?"

얼마나 큰 용기를 내었을지 알고 있었다. 누군가에게 마음을 고백하는 것이 생을 통틀어 가장 큰 용기가 필요한 일임을 잘 알고 있었다. 그래서 서영은 그저 고개만 끄덕거릴 수밖에 없었다.

그래도…… 지금 그녀는 너무 당황스럽다.

겨우겨우 옷만 입고 출근 준비를 해서 내려온 그녀를 본 엄마가 깜짝 놀랐다. 밤새 흡혈귀에게 핏기를 모두 빨린 듯 서영의 얼굴은 창백했다.

"아이고, 너 얼굴이 왜 그러냐?"

"그냥 생각할 게 있어서."

"무슨 생각을 얼굴이 반쪽이 될 때까지 해? 너 무슨 일 있어?"

"밥 줘."

서영은 고개를 저으며 식탁에 앉았다.

"이모, 우리 엄마한테 영양제 가져다 달라고 해. 응?"

얼굴이 심각하긴 심각했던가 보다. 평소와는 너무 다른 그녀의 얼굴에 식탁에 앉았던 지호가 울먹거리며 말했다.

"엄마, 그 정도야?"

어린 조카의 울먹거림에 서영이 밥숟가락을 놓자, 엄마가 거실에서 탁상 거울을 가져다주었다.

"직접 보고 말해."

기운 없는 손으로 거울을 보던 서영의 입가가 스윽 올라갔다.

"이야, 얼굴이 반쪽이 됐네. 살도 빠졌을까, 엄마?"

이 와중에도 해쓱한 얼굴과 몸이 흡족하다니……. 그녀는 진정 바보인가 보다.

"할머니, 이모 이상해."

해쓱한 얼굴로 짓는 미소가 섬뜩했던지 지호가 엄마에게 달라붙어 소곤거렸다.

"그러게 말이다. 이게 무슨 일이람."

하지만 서영은 지호를 꼭 끌어안은 엄마의 걱정스런 얼굴을 못 본 척하며 자리에서 일어났다.

"엄마, 나 밥 안 먹을래. 그래야 더 날씬해지지."

"죽은 다음에 날씬해서 뭐 하려고 그래! 당장 앉아서 밥 먹어."

"갔다 올게."

그녀는 손을 흔들며 집을 나왔다.

언제였던가. 그래, 고등학교 1학년 미술 시험이었던가 보다. 비디오 아티스트 백남준을 적어야 하는 주관식 문제였는데, 그녀는 그것을 적지 못했다.

배운 적도 없었고, 들어본 적도 없는 이름이었기에 황당했지만, 정작 더 황당했던 건 시험이 끝나고서였다. 같은 반 친구들은 모두 그의 이름을 알고 있었다. 신문이나 방송 등 각종 언론 매체를 통해 그의 이름을 접했던 것이다.

왜 그녀만 몰랐을까?

공부한다는 핑계로 신문도 안 읽고, 뉴스도 안 본 것은 사실이지만 남들이 다 아는 그것을 그녀 혼자 몰랐다는 것은 부끄러움이었고 충격이었다.

벌써 십 년도 훨씬 전의 일이지만 가끔 떠올릴 때마다 느끼는 그 느낌은 어제 일어난 일인 듯 늘 생생했다. 그런데 지금 이 기분이 그때와 비슷했다. 마치 그녀 혼자 몰랐던 것 같은 이질적인 느낌이 들었다.

휴, 보통 고백을 받으면 좋아야 하는 거 아닌가? 그런데 왜 이렇게 머리가 지끈거리는지 모르겠다. 스스럼없이 어깨를 툭툭 치고, 꼭 껴안기도 했던 녀석이 좋아한다고 말하는 것을 들은 기분이란…… 어떤 말로도 설명할 길이 없다.

버스에서 내려 병원 로비로 들어서는데, 뒤에서 누군가 그녀의 어깨를 잡았다.

"엄마!"

그녀가 화들짝 놀라 뒤로 돌아보자, 정우가 두 눈을 둥그렇게 뜬 채 손을 뗐다.

"깜짝이야. 너 왜 그래?"

"너, 잘 만났다. 이리 좀 와봐."

잠시 정우를 처음 보는 사람처럼 보던 서영이 그의 손을 잡아끌었다. 정우만이 지금 그녀의 복잡한 기분을 들어줄 유일한 사람이었다.

"왜 이래?"

아침 출근길에 잡혀 옥상으로 올라온 정우가 그녀의 이마에 손을 댔다.

"얼굴이 하얀 게 감기 기운이 있는 거 아니냐? 그래서 우리 못난이 찬바람 쐬고 싶었어?"

"정우야."

하지만 서영은 그의 말에 아랑곳없이 정우를 간절하게 불렀다.

"지금 하는 얘기는 절대 비밀이다."

"음, 맨입으로?"

"야, 정말 심각해."

그녀가 장난스럽기만 한 정우의 팔을 치며 발을 구르자, 그제야 그가 정색을 했다.

"말해봐. 뭔데?"

"저기, 저기 있잖아. 형진이가 나 좋아한대."

잔뜩 주저하다 겨우 말을 했다. 그러자 정우의 눈빛이 변했다.

"본인이 그래?"

"응."

도움을 바라는 마음으로 정우를 보자, 웬걸. 그는 아무 말 없이 난간을 향해 가더니 하늘을 쳐다보았다. 허를 찔린 듯 심하게 놀란 얼굴로 말이다.

"너도 놀랐지? 아구, 난 어제 심장이 내려앉는 줄 알았어. 얼마나 떨리는지……."

"그런 얘길 왜 나한테 해!"

순간 차가운 얼굴로 정우가 돌아보았다.

"어?"

맹세컨대 녀석의 저렇게 날카로운 얼굴은 처음 본다. 말문이 막힌 서영이 멍하게 바라보자, 정우가 신경질적으로 머리를 쓸어 올렸다.

"그래서 너 뭐라고 했는데?"

"그게…… 뭐라고 하니. 아무 말도 못했어."

"너도 좋아?"

마치 심문하듯 질문을 날리던 그는 그녀의 대답을 기다리지 않고 성큼성큼 문을 향해 걸어갔다.

"아니, 됐다. 다음부터 이런 이야기로 나 불러내지 마."

쿵!

옥상 문이 닫히는 소리에 마음까지 움츠러들었다.

"쟤, 왜 저래?"

불고 또 불어 마침내 터지고 마는 고무풍선처럼 순식간에 화를 내고 사라지는 정우로 인해 황망하기 그지없었다.

"친구로서 조언이나 해달라는 거였는데 정말 왜 저런 거야?"

그녀는 어이없는 정우의 태도에 씩씩거렸다. 갑자기 사람 놀라게 고백을 하는 형진이나, 저렇게 얼굴을 붉히며 성질을 내는 정우나, 지금 같아선 정말 친구 하고 싶지 않았다.

찬바람을 맞으며 씩씩거리노라니 휴대폰이 울렸다. 발신번호는 뜻밖에도 은호였다. 좀처럼 전화하는 일이 없는 녀석. 하지만 반가움보다 형진와 정우의 대한 원망이 은호에게 겹쳐질 뿐이었다.

"응."

날선 목소리로 전화를 받자, 은호는 언제나처럼 인사도 없이 본론부터 말했다.

[서영아, 왜 정우 전화 안 받냐?]

"그걸 왜 나한테 물어?"

[물으면 안 되냐?]

오히려 삐딱하게 반문하는 은호로 인해 서영이 폭발하고 말았다.

"너나 네 친구들은 왜 다 그 모양이야?"

[아침부터 웬 시비야?]

"형진이도 그렇고 이정우도 그래. 하나같이 전부들 이상해. 네 친구들은 전부 왜 그런 건데?"

[웃기셔. 네가 제일 이상하거든? 끊어.]

은호의 어이 상실이 고스란히 전해졌다. 젠장, 더 소리칠 여유도 없이 전화를 끊어버린 은호를 저주하며 돌아서는데, 쿵! 갑자기 다시 문이 열리고 정우가 들어왔다. 그 요란한 소리에 놀라서 멈춰 서자 정우가 잔뜩 굳어진 얼굴로 소리쳤다.

"이 바보야."

바락 지르는 소리가 평소와 달랐다. 가슴 깊은 곳 절절함을 담아 지르는 소리에 놀라 그저 바라볼 수밖에 없었다.

"형진이만 너 좋아하는 사람인 줄 아냐? 널 사랑하는 사람도 있어. 넌 그렇게 몰라?"

"무슨 소리야?"

가뜩이나 심란한데, 정우의 신경질적인 말에 서영은 가슴이 섬뜩했다.

"나."

뭐라는 거니……?

"지난 시간 동안 언제나 널 사랑했어, 이 멍청아! 그런데 나한테 그런 말을 해?"

쿵!

마치 전쟁을 선포하듯 제 할 말을 마친 정우는 그대로 문을 닫고 나가 버렸다.

아, 신이시여. 제가 제대로 들은 것 맞습니까? 다리에 힘이 풀린 서영이 그대로 바닥에 주저앉으며 웅얼거렸다.

"하…… 이정우가 절 사랑한답니다. 그런데요, 부처님, 그리고 하나님. 연달아 이렇게 충격을 주시면…… 저 죽을지도 몰라요."

머릿속이 빙글빙글 어지럽게 울렁거렸다.

어떻게 옥상에서 내려왔는지 모르겠다. 더듬더듬 기다시피 옥상을 내려와 전산실로 가자 정민과 미정이 그녀의 모습에 놀라워했다.

"서영 씨, 왜 그래요?"

"언니."

서영은 자신의 자리에 앉으며 힘들게 웃어 보였다.

"어제 과음을 좀 해서……."

"아……."

그냥 넘어가려는 말이었지만 그녀와 같이 술을 마셨던 정민이 이해된다는 표정으로 차가운 물을 가져다주었다.
"마셔요. 마시고 좀 쉬었다가 일 시작해요."
다시 초창기의 천사 웃음으로 돌아간 정민의 배려에 놀랄 틈도 없었다. 서영은 힘없이 고개를 끄덕거린 뒤 엎드려 버렸다.
이정우와 박형진.
얘들이 대체 왜 이럴까? 정우는 태어날 때부터 알고 지낸 배꼽친구다. 허물될 것도 없고 녀석을 위한다는 미명 아래 주저 없이 입술도 겹칠 수 있는 사이인데…….
형진이는 마치 오빠 같은 녀석이다. 중학교부터 지금껏 항상 그녀를 편들어주던 든든한 녀석이었다. 둘 다…… 너무 멋진 녀석이지만 그 둘이 절친한 친구라는 것을 잊어선 안 된다.
모르겠다. 불과 이십사 시간이 지나기도 전에 벼락같은 고백을 두 번이나 받게 되다니. 다른 여자의 일이었다면 엄청 부러워하겠지. 그녀에게도 그런 일이 일어나게 해달라고 기도드리며 그 여자의 행운을 시기할 텐데. 그런데 막상 그녀가 그 입장이 되고 보니 이건 축복 받은 일이 절대 아니다.
서로 얽히고설킨 친구 관계에서 고백이라니.
결국 하루 종일 아무 일도 못한 채 엎드려 있던 서영은 모두들 퇴근하고 나서야 아무도 없는 텅 빈 사무실을 나왔다.
달칵, 어두운 복도로 나오자 주인보다 먼저 그림자가 그녀를 반겼다. 흠칫 놀라 고개를 들자 예상대로 정우가 서 있었다. 서영이 저도 모르게 전산실 안으로 들어가 문을 닫으려 하자 정우가 발을 넣으며 문이 닫히는 것을 막았다.
"나와."
"저기, 난 오늘은 그냥 가려고……."
그러자 정우는 눈을 마주치지 못하는 서영의 팔을 잡았다.
"나한테도 말할 기회를 줘야 하지 않니?"
"정우야……."
그는 자꾸만 뒷걸음질치는 그녀의 팔을 잡아 전산실을 나왔다.

"이런 걸 원한 게 아니었는데."
김이 모락모락 나는 커피 두 잔을 사이에 두고 정우가 어렵게 말을 시작했다.
"……."
서영은 아무 말도 하지 않은 채 그저 커피 잔만 내려다보았다.
"이렇게 불쑥 말할 생각은 아니었다. 미안해."
"……너 강주희 선생이랑 사귄다며……."
벌써 언제부터 묻고 싶었던 질문을 이런 상황에서 하게 될 줄이야, 꿈에도 몰랐다.
"소문일 뿐이야."
그는 단호하게 고갯짓을 했다. 이 상황에서 정우의 대답이 그

당신을 사랑하는 또 한 사람　273

나마 안도가 되는 이유는 뭘까.

"난 처음부터 너만 좋아했어."

"그런데 왜……."

"이제야 말하느냐고? 널 사랑했지만 지금껏 난 뒤를 돌아볼 여유가 없었어."

그는 감정의 소비없이 툭 털어놓았다.

"공부하는 것만으로 너무 벅찼어. 네가 있다는 걸 알았지만, 너를 보러 가는 시간에 레포트를 써야 했고, 두개골을 봐야 했어. 얼굴을 지나가는 신경을 외우고, 의약품 이름을 암기해야 했고, 온갖 합병증의 학명을 외워야 했어."

정우가 공부하는 것이 얼마나 힘들었는지 모두 지켜본 서영은 그저 고개만 끄덕거렸다.

"의사 면허 딸 때까지만 참으려고 했어. 네가 아무리 좋아도 육 년 치대 공부 해서 국가고시 떨어지면 쪽팔려서 얼굴도 못 드니까. 합격했다는 말 듣고 너희 집 앞에 갔는데, 다른 남자가 너 바래다주더라. 그게 바로 윤상희였다."

정우의 음성은 씁쓸함으로 가득했다. 또 하나의 사실 앞에 서영은 아무 말도 할 수가 없었다. 윤상희. 그래, 그 즈음 그녀는 상희에게 푹 빠져 세상 어느 사람도 눈에 들어오지 않았었다.

"넌 너무 행복해했고, 그래서 난 아무 말도 할 수가 없었어. 널 혼란하게 만들고 싶지 않았거든."

그에게서 절망이 묻어났다.

"왜 군대에 있는 동안 연락하지 않았냐고? 어떻게 연락해? 네가 다른 사람이랑 행복할 거라 믿었는데, 연락을 할 수 있었겠어?"

서영은 마치 죄를 지은 사람처럼 고개를 숙이고 있었다.

"결혼…… 결혼했을 거라 믿었어. 그래서 엄마가 네 이야기해도 일부러 화제를 돌려 버렸는데…… 제대하고 오니 넌 항상 그랬던 것처럼 여전한 모습으로 있더라. 다시…… 다시는 널 놓치고 싶지 않았는데…… 또 이렇게 되는구나."

속이 탄 듯 정우는 물을 마셨다. 시선조차 마주치지 못하는 그녀를 보며 희미하게 웃었다.

"무슨 죄 지었어? 왜 그렇게 고개를 숙이고 있어?"

"아니, 나는……."

그녀가 나무 테이블의 나이테를 보며 말을 더듬자, 정우가 자리에서 일어났다.

"내가 말했잖아. 세상에서 제일 놀라운 일이 내가 사랑하는 사람이 날 사랑하는 거라고. 놀라운 일은 현실이 되지 않아."

그는 그녀의 머리를 어루만지듯 손을 올리더니, 그대로 나가 버렸다.

"저, 정우야."

그를 불렀지만 그는 돌아보지 않았다. 이유도 모르게 눈물이 났다.

"혼자서 사랑을 하면 그런 거야. 내 존재감은 한없이 작고 초라해지지만 반대로 그 사람은 크고 위대해 보여. 사랑에 설레며 보잘 것 없는 내가 그 사람에 어울리는 사람이 되기 위해 안간힘을 쓰는 것, 그게 혼자 하는 사랑인 거야. 마라톤을 처음 완주하는 초보처럼 가슴속에 꼭꼭 쌓인 사랑을 참고 또 참으면서 그 사람을 향해 달려가. 그러다 어느 날, 이런 내가 너무 비참해지기도 하지. 밤새 술을 마시고 진탕 취해서 그깟 사랑, 치사해서 하지 말자고 수없이 되뇌. 하지만 그러면 뭐 해? 다음날, 그 사람이 의미없는 인사라도 던지면…… 난 또 그 사람을 사랑하게 되는 것을 말이야."

서영은 그만 두 손에 얼굴을 묻어버렸다.
그 가슴 절절하게 아파하던 정우를 이미 봤는데, 그게 모두 자신 때문이라니. 더 어쩔 수도 없을 정도로 가슴이 아려왔다.
정민의 일로 갑작스레 뽀뽀했을 때 그렇게 성질을 냈던 이유가 바로 이것이었구나. 상희 때문에 가슴 아파했을 때, 정작 그를 바라보지 않는 나 때문에 정우도 힘이 들었구나.
그리고 형진이도…….
그녀는 숨이 막혀 죽을 것 같았다.
"진짜 너무해. 엄마 말이 날 노처녀로 너무 오래 두었다더니, 이렇게 노처녀로 있을 때까지 가만있다가 왜 두 녀석이 한꺼번에 이러는 거야? 하나만 해도 금상첨화 아까운데…… 왜 하필

이정우랑 박형진이야? 정작 윤상희 때문에 그렇게 마음 아파할 땐 유학이니 군대니, 아무도 없더니. 니들 날 왜 이렇게 머리 아프게 만드는 건데."

그녀는 동네 놀이터를 지나 집으로 걸어가며 마구 구시렁거렸다.

"그거야 네가 둔하디둔한 정서영이니까 그렇지."

놀이터에서 거만한 대답이 들려왔다. 서영은 검은 양복 차림으로 자리에서 일어나는 은호를 보며 신음을 삼켰다. 제발…… 쟤마저 나 좋다 그럼, 혀 깨물고 죽어버릴 거야.

"왜, 왜 왔어?"

마치 귀신을 본 사람처럼 뒷걸음질치며 묻자, 그가 씩 웃었다.

"둔탱이랑 술이나 한잔하려고 왔다."

그는 검은 비닐봉지를 흔들어 보이며 말했다.

"쓸데없는 말 하면 너 죽고 나 죽는 거야."

서영이 으름장을 놓자 은호는 예의 삐딱한 얼굴로 팔짱을 꼈다.

"걱정 마라. 난 내 2세를 생각해서 키 크고 예쁜 여자를 이상형으로 점찍어 뒀으니까."

오만하도록 짜증나는 대답이 평소 같았으면 그녀의 분노에 발화점이 되었겠지만, 오늘만큼은 너무나 안심이 됐다.

서영은 놀이터 안으로 들어갔다. 잠시 그들 사이엔 아무 말도

당신을 사랑하는 또 한 사람

없었다. 하지만 서영은 시리도록 맑은 소주를 연거푸 두 잔 들이킨 후 은호의 팔을 잡았다.

"정말 꼭 물어볼 게 있다. 정우 말이야, 나 좋아하는 거야? 정말?"

그 질문에 은호가 흠칫 긴장하는 것이 느껴졌다. 그러나 잠시 굳은 듯 가만있던 은호가 이내 평정을 회복하고 말문을 열었다.

"나는 묵비권을 행사할 권리가 있다."

"이게!"

서영은 은호의 팔을 아프게 꼬집었다.

"정우가 다 말했어. 그러니까 너도 아는 거 있으면 전부 털어놔."

"뭐가 궁금한데?"

"전부, 모든 게 다 궁금해."

속이 타 들어가는 서영이 은호 손에서 소주 병을 뺏어 벌컥벌컥 들이켰다.

"나 친구라곤 너희밖에 없어. 사람들이랑 인연 다 끊고, 정말 너희 셋뿐이란 말이야. 그런데 정우랑 형진이가 나 좋대. 내가 친구라고 믿었던 애들이 나 좋다는데 너 같음 어떤 기분이겠어?"

그녀가 열변을 토하는데 은호란 놈, 이런다.

"얼씨구나, 좋을 거 같아."

"어유!"

서영은 반질거리는 은호의 어깨를 아프게 때려주었다.
"야, 아프다. 소도 때려잡을 팔뚝으로 날 치다니."
은호가 마구 인상을 쓰며 어깨를 문지르다 심각한 그녀를 본 뒤, 장난기를 감췄다.
"정우랑 통화했었다. 그리고 형진이랑도."
그럼 그녀만큼이나 은호도 모든 걸 알고 있다는 말이다.
"내가 말할 수 있는 건 두 녀석 모두 진심이고, 필사적이란 거다. 천하에 눈치없고 둔한 정서영을 상대로 고백을 했으니 어지간하겠지."
그 말을 들은 서영은 답답함을 이기지 못하고 소주를 마셨다.
"솔직히 누구 편을 들어 말을 할 수는 없어. 둘 다 내 친구고, 진즉 둘의 마음을 알고 있었으니까."
"뭐?"
그녀는 은호의 말에 놀라 그를 보았다.
"어떻게 알고 있었어?"
"조금만 신경을 쓰면 다 알게 되거든? 말이야 바른 말로 너 경찰서 갈 때마다 정우가 데리러 가는 거, 아무나 할 수 있는 일인 줄 알아? 네가 하고 싶다는 거 형진이가 아무 말 안 하고 다 들어주는 게 쉬운 일인 줄 아냐고."
은호의 지적 앞에 서영은 입을 다물었다.
"정우도 힘들었고, 형진이도 마음고생 많이 했어. 정우가 너 좋아하는 거 알았으니까. 친구가 좋아하는 여자를 좋아한다는 게 남자한테는 엄청난 시련이야. 그런 녀석이 먼저 고백했다니 그만큼 절실했겠지."

"왜…… 왜 내가 좋대?"

"글쎄 말이다. 나 같으면 울보에 먹보에 눈치까지 없는 널 트럭으로 준대도 싫을 거 같은데."

"꼬집어 버린다."

제 생각이 꽤나 흡족했던지 씩 웃던 은호는 번득거리는 서영의 눈을 보며 이내 진지함을 찾았다.

"네가 왜 좋은지는 모르겠는데, 내가 아는 건 두 녀석 모두 이런 상황을 제일 두려워했다는 거야. 서로 어색해지는 것."

납득이 되는 일이다. 전부 아니면 전무(全無). 지금 그들 사이에서 선택을 강요하는 딱 두 가지였다.

"정우 말이다. 종합병원 인턴 합격했는데 군의관 지원해서 간 거야. 인턴 자리 구하기가 하늘에 별 따기만큼 힘들었다는 건 굳이 말하지 않을게."

"정말?"

"보통 의사들, 인턴 취직하면 레지던트 코스까지 다 밟고 나서야 군대 가. 군의관 대신 공중 보건의 같은 자리로 말이야. 때가 되면 군대 가는 거야 당연하지만 정우처럼 굳이 지원해서 가는 사람은 없어."

그야말로 입이 딱 벌어질 소식이었다. 남자에게 있어 군대는…… 불가항력적인 일이라 들었는데, 바로 자신으로 인해 군대를 선택했다니, 정말이지 돌아버리겠다. 은호의 말에 놀라움을 금치 못하며 고개를 흔드는데, 무슨 생각이 들었던지 은호가 도끼눈을 하고 그녀를 노려보았다.

"야, 둔탱이. 너 설마 내 금쪽같은 친구 놈 둘을 두고 저울질하는 건 아니지?"

"미쳤냐? 저울질이라니! 내가 그럴 주제나 되냐!"

서영이 빽 소리를 질렀다.

"너무 갑작스러운데 대체 나더러 어떡하라고! 너라도 좀 눈치를 주든지!"

"눈치는 벌써 십 년 전부터 줬어. 이 둔탱아."

은호가 어이없다는 듯 그녀의 머리를 툭 때렸다. 그럼 이 모든 사태가 그녀가 둔해서 일어났단 말인가? 서영은 숨이 꽉 막혔다.

"누굴 저울질한다는 말이니…… 생각만 해도 좋은 녀석들인데…… 같이 있기만 해도 좋은 사람들인데."

한숨처럼 중얼거리자, 은호가 그녀 잔에 술을 따라주었다.

"확실한 게 제일 좋아. 어쭙잖은 위로나 동정심 따윈 두 녀석 모두 필요 없을 거야. 사랑하지 않는다면 돌아보지도 마, 미련 가지게 웃지도 마라. 그들이 원하는 건 네 사랑이니까. 알았어?"

무섭도록 진지한 은호의 말에 서영이 그를 보았다.

"그러니까 정우와 형진이 중에 네가 정말 좋아하는 사람이 있다면 주저하지 말고 선택해라. 내가 장담하건데 둘 다 엄청 멋진 녀석이거든. 알지?"

"응."

서영의 대답이 마음에 든 듯 은호는 벤치에 두 팔을 기댄 채 밤하늘을 올려다보았다.

"그래, 비록 하나는 상처받겠지만 그렇다고 두 녀석 모두 힘든 것보다 나으니까."

그것은 어쩌면 스스로를 납득시키는 말 같기도 했다. 이 상황이 은호에게도 무척 힘들 것이다. 둘 다 소중한 친구인 만큼 누구 편도 들어줄 수 없으면서 힘들어하는 것을 지켜볼 수밖에 없으므로. 서영은 우정을 강요하며 우정을 위해 사랑을 포기하라 윽박지르지 않는 은호가 좋았다.

"정서영, 너한테 차인 녀석이랑 내가 술 마셔줄게. 위로도 해줄게. 그러니까 넌 그냥 네 마음이 시키는 대로 하면 돼."

그의 진실한 말에 서영이 눈물을 닦았다. 앞으로 은호가 그녀의 인사에 아무리 '반사'를 외쳐 대도 참을 수 있을 것 같았다.

"은호야, 솔직하게 말해도 돼."

한참 동안 감동의 바다에서 허우적대던 서영이 불쑥 말했다.

"뭘?"

"너도 나 좋아하지?"

그러자 하늘을 쳐다보던 은호가 황당하단 듯 그녀를 보았다.

"네가 아주 제대로 미쳤구나."

"그렇지?"

"그래, 한 마디만 참지 그랬냐?"

"내가 좀 그렇잖아. 미안하다."

서영이 머리를 긁적거렸다.

"이 상황에서도 그런 생각을 할 수 있다는 것에 놀라움을 금치 못하겠다."

"그러게."

정말 이런 자신이 싫다.

10
시소게임

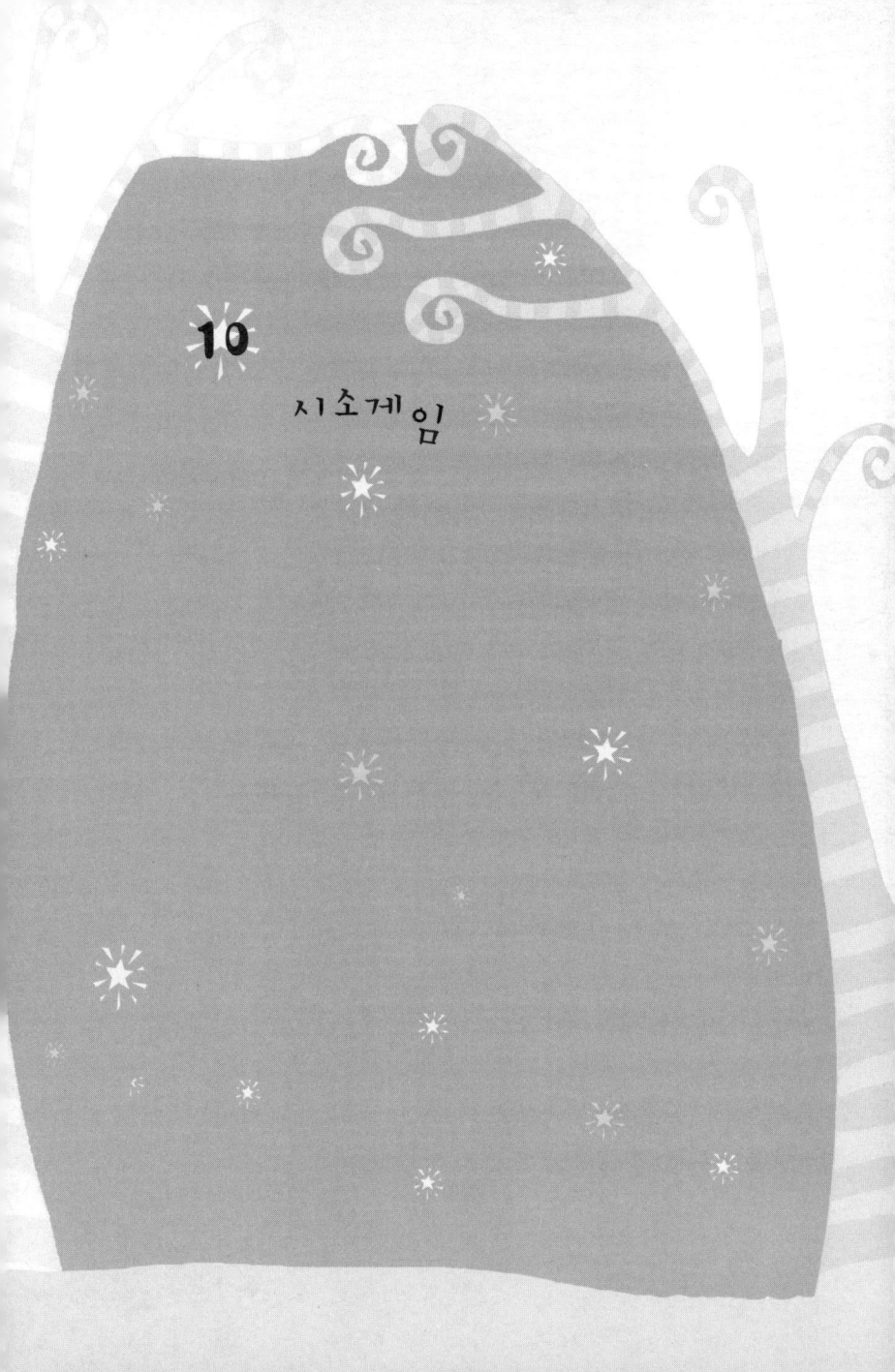

10 시소게임

"우와, 언니 또 꽃이에요."

미정의 호들갑스런 외침과 함께 책상 위로 올려지는 꽃바구니에 서영이 신음을 삼켰다.

벌써 오 일째. 형진의 고백을 들은 지 딱 오 일이 지났다. 못 들은 척 외면했지만 날마다 배달되어 오는 꽃은 그녀를 벼랑으로 몰아가는 듯했다.

"서영 씨를 엄청 좋아하나 보네."

"그러게요."

"언니, 너무 부러워요."

윤 주임과 김 주임, 그리고 미정은 마치 쇼를 보듯 꽃 배달을 즐겼지만 서영은 도저히 즐거워 할 수가 없었다.

꽃바구니의 주인이 형진이란 것을 안 이상, 아무렇게나 사무실에 방치할 수는 없어 퇴근길에 그것을 가져가는 것도 고역이었다.

"이야, 이모 또 가져왔어?"

낑낑거리며 꽃바구니를 가지고 가자, 거실에 앉아 텔레비전을 보던 지호가 반색을 했다.

"응, 치과에 누가 또 죽었대나 봐."

얼렁뚱땅 지호에게 둘러댄 서영은 엄마에게 들키지 않게 서둘러 이층으로 올라갔다. 지난 며칠 엄마로부터 받은 추궁도 감당할 수 없었기에 침대 밑에 꽃바구니를 밀어 넣었다.

묵직한 팔을 주무르며 한숨을 몰아쉬는데 방문이 벌컥 열렸다.

"이모, 우리 아이스크림 사 먹으러 가자."

"할머니랑 가면 안 될까?"

해결되지 못한 고민에 몸과 마음이 모두 지친 그녀가 고개를 젓자, 지호가 울상을 했다.

"할머니는 오늘 다른 할머니들이랑 곗날이라고 고기 먹으러 갔어. 나도 고기 먹고 싶었는데 애들은 못 간다고 해서 집에 있었단 말이야. 이모 오면 아이스크림 사 달라고 하려고."

입술을 삐죽거리는 폼을 보아 그녀가 한 번 더 거절하면 다리를 버둥거리고 울 태세였다.

"알았어. 이모랑 아이스크림 사러 가자."

슈퍼에 가는 것보다 지호가 우는 것을 달래는 일이 더 피곤했다. 잠시 지호를 밖으로 내보낸 서영은 편안한 트레이닝복으로 갈아입고 방을 나왔다. 나오기 귀찮았던 것도 잠시, 따뜻하고 보들보들한 지호의 손을 잡고 골목을 나오자 극심한 스트레스가 조금은 줄어드는 듯했다. 이가 시려 먹을 생각이 없었는데, 아이스크림 냉장고 안으로 기어들어 갈 듯 원하는 것을 고르는 지호를 보자 그녀도 불쑥 어릴 때 즐겨 먹던 상어 모양 죠스바가 먹고 싶었다. 셈을 치르고 사이좋게 아이스크림을 입에 물자, 달콤함이 밀려들었다.

"맛있어."

"그러게. 맛있다, 지호야."

정말 오래간만에 먹어보는 죠스바였다. 옛날에 이거 하나 사서 정우랑 서로 더 많이 먹으려고 머리 쥐어뜯고 싸웠던 기억이 생생했다.

"음, 이모. 우리 한입씩 나눠 먹자."

달콤한 딸기 향이 키 작은 지호에게까지 전해졌나 보다. 지호가 평소 습관대로 아무도 안 주려고 혀로 쓰윽 핥은 아이스크림을 내밀었다.

"저기, 이모는 이거 그냥 먹고 싶은데?"

유지방이 가득한 밀크 아이스크림을 보며 사양하자, 지호가 앙탈을 부렸다.

"한입만 나눠 먹자는데 그것도 못해줘? 이모 대빵 치사해."

"흠……."

아무리 헌신적인 이모라도 작은 혀로 온통 침 묻힌 아이스크림을 바꿔 먹기란 힘이 든단다.

하지만 그걸 말했다간 길바닥에 주저앉아 우는 조카를 보게 될 것이다.

"지호야, 이모 이제 안 먹고 싶어졌어. 너 두 개 다 먹어."

서영은 지호의 손에 아이스크림을 통째로 들려주었다.

"이모 짱이야."

짜증이란 간데없이 금세 천사표 웃음을 회복한 지호가 양손에 아이스크림을 들고 마냥 행복해했다. 하여튼 애들이나 어른이나, 남의 손에 든 것이 더 먹음직스러운 건 다 같은 모양이다. 그럼 양손에 잡힌 두 남자가 다 먹음직스러워 보이면 어떡해야 하는 거야?

"미치고 팔딱 뛸 일이지."

서영은 깊이 한숨 쉬었다.

"이모, 저기 봐. 파란 불이 아닌데 막 건너."

신나게 양손을 번갈아 딸기맛과 밀크 맛을 즐기던 지호가 4차선 대로에서 무단횡단 하는 여인을 보며 고자질하듯 말했다.

"그러게, 아주 나쁜 어른이다. 그치? 우리 지호는 절대 그럼 안 된다?"

"그럼. 소망 유치원 태양 반 최지호는 절대 안 그래. 선생님한테 혼나."

지호가 두 눈을 동그랗게 뜨고 대답했다. 서영은 착한 조카의 머리를 어루만지며 대로를 가로질러 인도 위로 안착한 여자를 쳐다보았다. 그런데 참 이상도 하지, 허리 둘레가 둥실하고 굵은 웨이브 머리를 한 여인이 무척 낯익었다.

"어? 우리 할머니 닮았다."

그녀와 마찬가지로 유심히 범법자(?)를 보던 지호가 외쳤다.

"아우, 그러게 할머니 많이 닮았네. 지호야, 얼른 가자."

뜨끔한 서영이 얼른 지호를 돌려세웠다. 길 건너편 엄마의 계 회원들이 사랑해 마지않는 꽃등심 고기 집을 볼 필요도 없이 저 여인은 엄마가 맞았다.

호기심이 동한 지호가 범법 행위를 한 외할머니를 알아볼까 봐 걱정이 된 서영은 조카의 손을 잡고 뛰듯이 걸어갔다.

"이모, 나 숨 막혀. 가슴이 막 따끔따끔해."

지호가 숨을 몰아쉬며 말하자, 서영은 그제야 발걸음을 멈췄다.

"그래, 우리 천천히 걷자."

골목 안으로 들어온 그들은 숨을 고르며 천천히 걸었다. 놀이터의 코너를 돌 무렵, 서영은 빨간 지프차를 발견했다. 굳이 누가 주인인지 생각해 볼 필요도 없이 그녀를 본 정우가 내려섰다. 웃음기 사라진 정우의 얼굴을 보자, 마치 타인처럼 낯설기만 했다.

시소게임 *291*

"저번에 굴 가져온 삼촌이다."

그들의 어색한 침묵을 깬 것은 지호였다. 아이는 서영이 잡을 필요도 없이 정우에게 마구 호기심을 보이며 다가갔다.

"할머니가 멋진 삼촌이라고 하는 말 들었는데, 삼촌 정말 멋져요."

역할 모델로서 성인 남성에게 한참 호기심을 드러내는 지호가 수줍게 말했다.

"그래? 나도 네가 참 멋지다고 생각했는데 말이다."

서영에게서 눈을 뗀 정우는 지호의 키에 맞춰 몸을 숙였다. 따뜻한 손으로 지호의 머리를 어루만지던 그가 아이를 훌쩍 들더니 무등을 태웠다.

"꺄악."

신바람이 난 지호가 절로 비명을 질러댔다.

"어쩐 일이야?"

서영은 정우에게 다가가 서늘하고 건조한 질문을 했다.

"우리가 언제 일이 있어야 보는 얼굴이었냐?"

그녀의 방어적인 모습에 잠시 멈칫하던 정우는 이내 예전의 모습으로 돌아와 빈정대듯 말했다.

"네가 얼굴 안 보여주니까 내가 보러 온 거다."

"그럼 가."

서영은 정우의 시선을 피하며 말했다. 그럴 마음이 아니었는데, 자꾸만 목소리가 차갑고 퉁명스러워졌다.

너 왜 그러는데, 정서영?

차츰차츰 검게 가라앉는 정우의 눈을 보며 죄책감을 느꼈지만 이유를 모르겠다.

"이모, 멋진 삼촌한테 왜 그래? 그러지 말고 삼촌한테 고기 사 달라고 하자. 응?"

정우의 어깨 위에서 신바람이 난 지호가 소리쳤다.

"최지호, 그만 하고 얼른 내려와. 집에 가야지. 엄마가 기다려."

"우리 엄마 나 안 기다려. 이모랑 있으면 마음이 푹 놓인댔는데 뭐. 삼촌, 우리 고기 먹으러 가요."

"지호야, 삼촌 돈 없어."

맹랑한 지호의 요구에 서영이 나무라자, 지호는 눈에 띄게 침울해졌다.

"삼촌, 정말이에요? 나는 삼촌이 저번에 가져온 굴은 맛없어서 하나도 못 먹었는데. 그래서 삼촌이 그걸 서운할까 봐 내가 좋아하는 거 사줄 기회를 준 건데."

"최지호, 그만 하고 이리 와."

누가 저 아일 여섯 살이라 믿을 것인가. 조카의 말에 놀란 서영이 정우의 어깨 위에 앉은 지호를 내리려고 하자 정우가 한 발 뒤로 물러났다.

"넌 왜 애한테 그런 말을 하냐? 지호야, 삼촌 돈 많아. 삼촌이 네 이모와는 다르게 돈 잘 버는 의사거든. 고기 먹으러 가자."

시소게임 *293*

"삼촌이 최고야. 이모, 바보!"

정우의 말에 의기양양해진 지호가 꽥 소리를 질렀다. 저게! 한낱 고기에 혈육의 정을 팽개치다니! 어이가 없어 씩씩거리는 그녀를 두고 정우와 지호는 신이 나 걸어갔다.

여섯 살 아이를 어리다고 무시하면 안 된다. 지호는 한우 갈비 삼 인분을 눈 깜짝할 사이 먹어치우는 대단한 식성을 자랑했다.

"야, 최지호. 너 자꾸 이렇게 욕심 부리고 먹으면 이모한테 혼나."

"삼촌이 더 시켜준댔어."

작은 볼이 터져라 고기를 밀어 넣은 지호가 웅얼거렸다. 그 말에 서영이 도끼눈을 하고 아이를 을러댔다.

"그 삼촌이 이모 친구거든? 네 말보다 이모 말을 더 잘 들을 거야. 야, 삼촌. 그만 시킬 거지?"

서영이 으르렁거리자 정우가 장난스럽게 눈을 찡긋거렸다.

"이모가 안 된다고 하네. 삼촌이 나중에 지호만 데리고 가서 많이 사줄게."

"아예 갈비 집을 차려주지 그래?"

호언장담을 늘어놓는 정우를 보며 빈정거렸다.

"못 차려줄 것도 없지."

한술 더 뜨는 정우의 말에 서영이 어이가 없어 천장을 바라보았다. 그래도 주거니 받거니, 지호 덕에 어색한 분위기가 가신 것이 득이라면 득이었다.

"삼촌, 나 몸에 해로운 콜라 하나 시켜주면 안 돼?"

지호의 깜찍한 말에 정우가 멍하게 반문했다.

"어?"

막 입에 넣으려던 고기가 허공에서 정지한 채, 눈을 깜박거리는 정우를 보니 어쩔 수 없이 웃음이 나왔다.

"삼촌은 몰라? 나이가 여섯 살이나 된 어린이는 몸에 좋은 거랑 해로운 것쯤은 이제 다 알아야 해. 그래도 나 고기 먹을 땐 속이 어지러워서 콜라 마셨으면 좋겠는데. 응, 삼촌?"

"속이 어지러워?"

당최 무슨 뜻인지 알아들을 수가 없는 정우가 도움을 바라듯 그녀를 보았다. 지호의 아이다운 표현에 그럴 기분이 아님에도 웃음이 나왔다.

"지호가 기름진 거 먹으면 그런 표현 써. 그냥 콜라 한 병 시켜주면 돼. 여기요."

"이런."

서영의 설명에 정우가 고개를 저었다.

원대로 고기를 먹은 지호는 배를 두드리며 눕더니 소르륵 잠이 들고 말았다.

"지호야, 일어나. 집에 가자."

"됐어. 내가 업지 뭐."

계산을 하고 온 정우는 아이를 깨우려는 그녀를 만류하고 지호를 업었다. 서영은 아이를 업고 천천히 소영의 약국으로 향하는 정우 뒤를 따랐다.
"많이 고민되니?"
한참 만에 그가 묻자, 서영은 앞을 보며 한숨을 쉬었다.
"어."
"미안하다."
하지만 서영은 쓸쓸한 녀석의 사과에 멈춰 설 수밖에 없었다. 두 눈을 커다랗게 뜬 그녀의 시선을 느꼈던지 정우가 씩 웃었다.
"그럴 생각이 아니었다. 옥상 위에서 아무렇게나 털어놓을 생각이 아니었거든."
퍼뜩 정신을 차린 그녀는 저만큼 걸어가는 정우의 뒤를 따라갔다.
"내 마음을 진실하게 보여주고 싶었다. 조용하고 분위기 좋은 그런 곳에서. 네가 조금이라도 덜 혼란스럽게 말을 돌려서 고백하려 했는데. 첫 마디에 불쑥 사랑한다고 소리쳤으니 네가 엄청 당황스러웠을 거야."
정우의 침착한 말에 가슴 위로 뭉근한 돌덩이가 내려앉는 기분이었다.
"그래도 말이다. 그 순간이 아니면 영원히 말할 수 없을 거라 여겼다. 내겐 고백할 기회조차 없을 거라고. 형진이 일로 혼란스러울 것이란 건 알았지만 그만큼 나도 절박했다는 걸 알아줬으면 좋겠어."

"……응."

정우의 검은 두 눈을 보며 서영은 어렵게 고개를 끄덕거렸다.

"그래."

그의 말간 웃음을 보자 숨을 쉴 수가 없었다. 무슨 말이라도 나왔으면 좋겠다. 그런데 사고가 정지된 듯 머릿속에서 정우를 위해 해줄 어떤 말도 생각이 나지 않았다. 그냥 가슴이 먹먹해질 따름이었다. 그런 사이 소영의 약국 앞에 도착해 멈춰 선 그가 지호를 안겨주었다.

"잘 자라."

지호를 품에 안은 그녀의 머리를 장난스럽게 툭 어루만진 그가 손을 흔들며 멀어져 갔다. 검은 어둠 사이로 쓸쓸하게 묻힌 그의 뒷모습. 이상하게…… 눈시울이 뜨거워졌다.

연이은 두 남자의 고백에 감정 조절 능력이 형편없어졌다. 서영은 서둘러 눈가를 닦고 소영의 약국 안으로 들어갔다.

"서영이 왔어? 아유, 지호는 왜 잠이 들었데?"

"형부는?"

지호를 소영의 품에 안겨준 서영이 주위를 두리번거리자 소영이 말했다.

"지호 아빠, 태권도장 갔어."

"무슨 태권도장?"

"요즘 지호 아빠 배가 엄청 나왔다고 내가 걱정을 했더니 태권도를 배워야겠다고 등록하러 갔어."

"하여튼 형부도."

서영은 고개를 절레절레 저었다. 형부가 언니의 말이라면 뭐든 할 사람임을 의심치 않았다. 지호를 조제실에 있는 소파에 눕힌 소영이 약국 문을 닫기 위해 분주히 움직였다.

"언니야, 언니는 형부랑 왜 결혼했니?"

데스크에 기댄 서영이 묻자 소영이 대답했다.

"무슨 질문이 그래? 사랑하니까 결혼했지."

"사랑, 그게 딱 느껴져?"

약장을 정리하던 소영이 천천히 서영 곁으로 다가왔다. 아마도 침울한 그녀의 얼굴에 심상치 않은 기운을 느꼈으리라.

"왜 무슨 일이야?"

"그냥 궁금해서. 형부가 내 남자다 하고 처음부터 느껴졌어?"

"당연하지."

그런데 그녀는 왜 모르는 것일까? 사랑한다고 믿었던 상희는 명진을 사랑했고, 친구라고 믿었던 두 녀석이 그녀를 사랑한다는데, 왜 그녀는 그들 모두가 말할 때까지 아무것도 몰랐을까?

"서영아, 너 무슨 일 있지?"

"아니, 없어."

"없긴. 무슨 일인지 모르겠지만 너 분명 변했어. 한동안 잘 웃지도 않고 밖에 나가지도 않았잖아."

소영의 지적에 서영이 고개를 저었다.
"윤상희랑 헤어진 충격 때문이지 뭐."
그녀는 대수롭지 않게 말했다. 가족들 누구에게도 윤상희와 헤어진 진실을 알게 하고 싶지 않았다. 안 그럼 스스로가 얼마나 비참해질지 상상조차 할 수 없었다.
서영은 약국 문을 닫고 소영의 차에 타 어린 지호가 가늘게 코 고는 소리를 들으며 집으로 향했다. 기분이 점점 바닥으로 가라앉고 있음을 느낄 수 있었다.

새로 들고 왔던 꽃바구니를 침대 밑에 감췄지만 엄마의 레이더를 피할 수는 없었던지 다음날 아침 서영은 출근길에 붙잡혀 추궁을 당해야 했다.
"너 꽃바구니 누가 준 건지 정말 말 안 할 거야?"
상희 이후, 선을 봐도 시큰둥하고 밖에 나가 사람들과 어울리길 거부하는 딸에게 새로운 로맨스가 생긴 것이라 생각하는 엄마의 두 눈에 집요함이 가득했다. 한 번 물면 절대 놓지 않는 불독처럼 끈질긴 엄마의 추궁 앞에 서영이 머리를 굴렸다.
"엄마, 어제 꽃등심 집 갔지?"
"이 물건이 왜 묻는 말에 대답도 안 하고 엉뚱한 걸 물어?"
"그 집 나와서 무단횡단 한 거 다 봤어."
그러자 엄마의 얼굴이 순식간에 다홍빛으로 물들었다.
"그게 뭐, 남들 다 무단횡단 하는데."

시소게임 299

"지호도 봤는데, 내가 엄마 아니라고 얼마나 둘러댔는지 알아? 그런데 엄마가 그런 거 알면 지호가 엄청 실망할 걸?"

서영의 자신만만한 말에 엄마가 이를 갈았다.

"원하는 게 뭐냐."

"봄 코트 하나 사주면 비밀 지킬게."

"영악한 것."

엄마는 그녀를 노려보았다.

"사준다는 걸로 알고 있을게."

서영은 즐거운 기분으로 팔랑팔랑 손을 흔들며 현관을 나왔다. 하지만 그 기분도 잠시, 버스를 내려 병원 앞에 도착한 순간 즐거움이란 안개처럼 사라졌다. 어쩐지 어색해져 버려 얼굴조차 제대로 마주할 수 없는 정우가 있는 곳.

"휴……."

"땅 꺼지겠어요."

그야말로 세상에 종말이라도 온 듯 한숨을 쉬는데 뒤에서 정민의 목소리가 들렸다.

"안녕하세요, 주임님."

"나는 안녕한데 서영 씨는 왜 그래요? 무슨 일이 단단히 있는 것 같아요."

"그렇게 보여요?"

그들은 함께 로비로 들어섰다.

"무슨 일인지 모르겠지만 잘 처리할 거라 믿습니다."

"왜 그렇게 믿으세요?"

그동안 잡아먹지 못해 안달이던 정민이 천사 표 웃음을 지으며 응원하자 서영이 의아해했다.

"인정하긴 싫지만 서영 씨가 좋은 사람이고, 무슨 일이 있으면 피하기보다 정면 돌파를 하는 사람이라는 걸 알기 때문이죠."

"그건 아닌 것 같아요."

서영이 곤혹스런 얼굴로 고개를 저었다. 겁도 많고 소심해 무슨 일이 있으면 곧잘 도망치곤 했는데.

"글쎄요. 난 서영 씨 생각엔 반대지만 서영 씨가 그렇게 믿겠다면 할 수 없고요."

사태의 심각성을 파악한 건지, 못한 건지 정민이 장난스럽게 웃으며 엘리베이터에 올라탔다. 그의 모습을 홀린 듯 바라보던 서영도 엘리베이터를 타자 곧 문이 닫혔다.

"그날 포장마차에서 같이 술 마신 것 때문에 절 용서하기로 마음먹으셨어요?"

사실 정우의 일이 용서 받을 일은 아니었지만, 그래도 상사와 잘 지내 손해 볼 일은 없기에 슬쩍 물어보았다.

"네."

정민이 간결하게 대답하자 서영이 고개를 끄덕거렸다.

"그렇구나."

역시 음주는 사람 사이를 돈독하게 해주는 무엇이 있다.

정민과 사무실로 들어서자 아침이면 그녀보다 먼저 자리를 지키던 꽃바구니가 없었다. 형진이가 드디어 포기했나 하는 생각이 들며 주위를 두리번거리자, 정민이 중얼거렸다.
"일주일도 안 돼서 포기한다는 건 너무했다."
님아, 제발 아무것도 모르면서 그런 말 하지 마셔라.
꽃바구니를 보노라면 앉은 자리가 가시방석이요, 숨 쉬는 공기가 일산화탄소 가득한 매연이라 해도 과언이 아니었다. 반드시 선택하란 무언의 압력을 주며 도도한 향기를 뿜어내는 꽃바구니. 아마 앞으로 그녀 평생에 꽃바구니를 사랑하게 될 일은 없을 것 같았다.
이렇게 시간이 흘러가도록 내버려 둔다고 해서 해결되는 게 없다는 것을 알지만, 서영의 머릿속은 백지 같았다. 두 녀석 전부 싫은 것도 아니고, 두 녀석 전부 사랑하는 것도 아닌.
솔직히 둘 중 하나가 그녀를 납치라도 해 멀리 데려갔으면 하는 게 솔직한 심정이었다. 이건 착한 사람 흉내 내기도 아니고, 둘 다 툭 던지듯 고백하고 뒤로 물러나 그녀가 다가오길 기다리는 형색이니.

오전 내내, 멍하게 앉은 서영은 까만 볼펜을 들고 무슨 뜻인지 의미없는 글자를 긁적거렸다. 뭐 지금 이런 상황에서 속내를 고백하면 부끄럽지는 않겠다. 사실대로 말하면 옛날에, 아주 먼 옛날에 정우를 쪼끔 좋아하긴 했었다. 하지만 그건 분명 어린 마음.

어린 마음의 연장선으로 정우를 좋아한다 말하기엔 어폐가 심한 것 아닐까.

"아, 몰라, 몰라."

그녀는 머리를 마구 긁적이며 한숨을 쉬었다.

〈같이 점심 먹자, 병원 앞이니까 나와.〉

"헉!"

그러다 갑자기 들리는 메시지 음에 기겁을 했다. 형진의 이름 두 자가 곱게 뜨는 메시지. 그녀의 호들갑에 사무실 사람들이 전부 놀라 쳐다보았다.

"왜 무슨 일이야?"

"언니, 왜 그래요?"

윤 주임과 미정이 걱정스런 얼굴로 쳐다보자, 서영은 머쓱한 표정으로 머리를 긁적거렸다.

"아무 일도 아닙니다. 죄송합니다."

"정말이야? 아무 일도 아닌데 얼굴이 사색이 돼?"

"하하."

억지웃음을 지은 서영이 서둘러 자리에서 일어났다.

"점심시간인데 저 나갔다 올게요. 미정 씨 혼자 먹게 해서 미안."

구내식당에서 미정과 같이 먹는 점심을 거르게 됐으니 홀로 먹을 미정에게 사과를 했다.

"괜찮아요. 원무과 친구랑 같이 먹으면 되는데요 뭘. 언니, 맛있게 먹어요."

"응, 맛있게 먹어."

그녀는 전산실의 문을 닫고 나왔다. 그리고 복도 측 전면 창을 통해 아래를 내려다보았다. 과연 투명한 유리 창 너머 조그맣게 형진이가 보였다. 어휴…… 어쩌다 노처녀 정서영 팔자에 잘난 녀석 둘이 들어와서 이렇게 사람을 괴롭히는지 모르겠다(그래, 님들. 복에 겨운 소리 한다고 돌팔매질할 테면, 그래 던져라. 나 지금 헷갈려 죽어버리고 싶다).

엘리베이터를 타고 내려가 일층 로비를 나가자 그녀를 발견한 형진이 말간 웃음을 지어보였다.

"안녕."

반사! 어쩐지 심술궂은 마음에 은호의 싸가지를 따라해 보고 싶었다.

"그래, 안녕."

하지만 역시 싸가지 짓을 하기엔 너무 고운 심성의 소유자라 마주 인사한 그녀가 형진 곁으로 다가갔다.

"얼굴 좀 들어봐."

아몬드처럼 곱게 휘어지는 형진의 두 눈을 마주 볼 수가 없어 고개를 푹 숙이자, 그가 커다란 손으로 얼굴을 감쌌다. 아유, 손이 길쭉길쭉, 따뜻한 게 아주 예술이다.

"나, 나 감자탕 먹고 싶어."

저도 모르게 두근거리는 심장이 민망해 그녀가 바락 소리쳤다.

"후후, 그래 먹자."

감자탕이라니……. 나 좋다고 고백한 남자 앉혀놓고 뼈다귀 살 발라먹겠다고 두 손 걷어붙이는 감자탕이라니!

서영은 한 번씩 이런 자신의 넌센스에 혀를 깨물고 싶었다. 그러는 동안 쭈뼛거리는 그녀의 손을 잡고 형진이는 병원에서 가까운 감자탕 집으로 들어갔다.

북적거리는 식당 마루방에 신발 벗고 앉자마자 풋고추와 된장, 김치가 나오더니 곧 먹음직스런 뼈다귀가 수북이 쌓인 냄비가 휴대용 가스버너 위에 놓였다. 그런데 제발 먹어달라 아우성치는 감자탕을 앞에 두고 어색한 침묵만이 감돌았다.

어제는 한우 갈비, 오늘은 감자탕. 어쩐지 두 녀석이 잡을 날 받아놓고 배부르게 먹이는 돼지처럼 그녀를 살찌우려 자꾸 이런 걸 사 먹이는 것 같았다. 그걸 생각하자 목구멍이 꽉 막혀왔다. 아무리 머리 터지게 고민해도 결론이 나지 않았다. 그녀의 생각을 확실하게 말할 수밖에.

"저기 나 말해야 할 거 있는데."

아무리 생각해도 사랑은…… 글쎄, 원하는 대답을 해줄 수가 없다는 말을 하려는데 형진이 손을 저었다.

"이렇게 맛있는 거 앞에서 너무 진지한 건 감자탕에 대한 모독이다. 얼른 먹어."

아무 일도 없었다는 듯 손수 그녀의 그릇에 감자탕을 덜어주는 형진을 보자 목구멍에서 신음이 터져 나왔다.

너 같으면 이 감자탕이 목구멍으로 넘어가겠냐! 오랫동안 가슴에 품었던 말을 했으면 동요하는 모습이라도 있든지, 독하디 독한 녀석.

그야말로 절규가 터져 나왔다. 하지만 형진의 친절을 뿌리칠 수가 없어 뜨거운 국물을 한 숟가락 떠먹는데,

"순식간에 가까워져 사랑해 달라는 게 아니야."

아아, 뜨거워라. 불현듯 담담히 중얼거리는 형진의 말에 입천장이 홀랑 다 벗겨지고 말았다.

"앗, 뜨거워!"

"괜찮아?"

"안 괜찮아. 무, 물 좀 줘."

인상을 쓴 그녀가 형진이 건넨 찬물을 황급히 마셨다.

"후후."

수선스런 그녀의 모습에 결국 형진이 웃고 말았다. 그 모습에 심술이 난 서영이 퉁퉁거렸다.

"왜 웃어? 입천장 벗겨진 게 웃기냐?"

"아니."

"그럼 왜 웃어, 웃지 마!"

"서영이 너랑 진지한 건 정말 안 어울리는 걸 알았거든."
어쩐지 칭찬 같지는 않다.
"잔말 말고 얼른 먹어."
"알았다."
그녀가 으르렁대자 여전히 웃음을 지우지 못한 그가 순순히 수저를 들었다.

"왜…… 왜 내가 좋아?"
한참 동안 먹을 것에 열중하는 척하며 망설이던 그녀가 겨우 용기를 내어 물어보았다. 그러자 점잖게 앉아 먹는 시늉만 하던 형진이가 씩 웃었다.
"좋으니까."
"나 농담 아니거든? 진짜 어렵게 물어본 거라고."
"나도 농담 아니야. 진심이다."
그녀의 장단에 맞춰주려 억지로 들고 있던 젓가락을 테이블 위에 놓은 형진이 정색을 했다.
"너랑 있으면 좋다. 넌 날 웃게 해주고 날 행복하게 해줘."
내가 언제 그랬을까?
"너무 솔직해서 사람을 네 멋대로 평가하지 않아. 항상 있는 그대로의 날 보며 웃어주잖아. 너랑 같이 있으면 정말 행복하다."
형진이의 표현 속 정서영은 그저 티없이 맑고 사랑스런 캔디

같다. AV를 좋아하는 속까지 시커먼 음흉서영이란 것을 모르니 저런다. 서영은 목구멍까지 치솟은 한숨을 꿀꺽 삼켜 버렸다.

"솔직히…… 솔직히 형진아. 난 모르겠어. 네가 너무 좋은데…… 네가 남자로 좋은지는 모르겠어."

시끄러운 감자탕 집에서 이런 소릴 지껄이는 날 용서해라. 하지만 꼭 말을 해야만 했다. 그녀와 형진이의 정신 건강을 위해서.

"그저 너무 부담스럽다는 생각밖에 안 들어. 난…… 난 너를 남자로 생각해 본 적이 없……."

"그만."

두근거리는 가슴을 애써 다독이며 말하는데 형진이 손을 들어 가로막았다.

"친구로서 부탁할게. 더 말하지 마."

"형진아."

서영이 거의 애원하듯 바라보았지만 그는 고개를 저었다.

"적어도 감자탕 집에서 거절당했다고 생각하고 싶지는 않다. 조금만 더 생각해 봐. 부탁이야."

왜 그랬을까?

형진과 헤어져 돌아온 서영은 오후 내내 차트실에 박혀 그것에 대해 고민했다.

왜 불쑥 형진이 넌 아니라고 말을 했을까. 아직 머릿속에서 명확한 결론을 내린 것이 아닌데. 그럼 정우는……?

"안녕하세요?"

헛, 깜짝이야. 백일몽을 꾸듯 상념에 사로잡혀 있던 서영은 갑자기 들리는 명랑한 인사에 화들짝 놀라 뒤를 돌아보았다. 그러자 그녀보다 머리 하나는 더 큰 주희가 팔랑팔랑 손을 흔들고 있었다.

"그런데 별로 안녕하지 못한가 봐요?"

"그러게요."

그녀는 자신의 시들한 낯빛을 호기심 어린 눈으로 보는 주희를 등졌다. 하지만 그녀의 노골적인 무시에도 주희는 사라지지 않고 다시 은밀하게 말을 걸었다.

"흠, 선배가 고백했다면서요?"

순간 서영이 화들짝 놀랐다. 야, 이정우. 넌 그런 얘기까지 강주희랑 하냐, 대체 니들은 어떤 사이니? 어이가 없어 주희를 노려보자, 놀랍게도 그녀가 웃으며 책장에 기대섰다.

"미스……."

순간 서영의 눈이 여우처럼 하늘로 치솟자, 주희가 손을 저었다.

"아, 알았어요. 서영 씨가 싫다면 내가 정우 선배 차지해도 돼요?"

"우리 정우는 물건이 아니라서 이 사람 저 사람한테 마구 옮겨 다녀도 되는 그런 사람이 아니거든요?"

시소게임 *309*

그녀가 으르렁거리자 주희가 어깨를 들썩거렸다.
"그렇구나."
그렇구나? 이게 사람 약 올리러 왔나.
"나는 당신 좋아하지 않아요. 그거 알아요?"
"네, 압니다."
서영은 해당 번호에 차트를 넣으며 대답했다.
"당신 같은 사람…… 그냥 싫어요."
"네. 그냥 싫은 건 어쩔 수 없죠."
싫다는 말이 과히 기분 좋지는 않지만 서영도 준 거 없이 미운 사람이 있기에 주희의 말을 이해했다. 그러자 전혀 동요됨 없는 그녀를 보며 주희가 바락 성질을 냈다.
"지금 내 말 비웃어요?"
"아니요. 사람이 사람을 싫어하는 것 중에 정말 어쩔 수 없는 게 준 거 없이 미운 거예요. 걱정 말아요. 나도 강 선생님 싫어하니까."
새침한 그녀의 말에 황당한 얼굴로 쳐다보던 주희가 피식 웃고 말았다.
"듣던 대로네요."
"뭘 들었는데요?"
그러자 놀랍게도 주희가 아이처럼 혀를 쏙 내밀더니 책장에서 몸을 뗐다.
"말해주고 싶지 않네요."

저게. 서영은 엉덩이를 살랑거리며 차트실을 나가는 주희를 노려보았다. 저렇게 밉상스럽기도 힘이 들 텐데, 대단한 능력이라 혀를 내두를 뿐이었다. 마지막 하나 남은 차트를 꽂으며 차트실을 나오자 아직 이층으로 내려가지 않은 주희가 엘리베이터 앞에 서 있었다.

"아직도 안 갔어요?"

"네, 정우 선배가 올라온다고 해서요."

주희는 자랑스럽게 휴대폰을 흔들어 보였다. 그와 동시에 엘리베이터의 문이 열리고 정우가 내려섰다.

"주희야."

그녀를 미처 발견하지 못한 정우가 주희를 보며 반갑게 웃었다. 순간, 서영의 가슴속에서 뭔가가 꿈틀거렸다. 나쁜 자식.

"어, 못난아. 너도 있었냐?"

못난이, 또 못난이. 서영은 정우에게 아무 말도 하지 않고 노려보았다.

"선배, 친구랑 이야기해요. 내가 대신 차트 찾아줄 테니까."

그들의 어색한 침묵을 즐기듯 주희가 엉덩이를 살랑거리며 차트실로 향했다. 그러자 정우는 한시라도 떨어질 수 없다는 듯 주희의 팔을 잡았다.

"같이 가."

얼씨구.

"아유, 선배는. 잠시라도 떨어질 수 없을 만큼 그렇게 내가 좋아요?"

자알 논다.

"야, 이정우."

머리끝까지 김이 솟구치는 것을 유치한 감정이라 치부한대도 어쩔 수 없었다. 그녀의 앙칼진 외침에 정우가 멈춰 서 돌아보았다.

"왜……."

"너 똑바로 해. 익은 고구마 쑤시듯 사람 마음 아무렇게나 쑤셔대지 말고 딱 하나만 선택하라고!"

순식간에 그에게로 다가간 서영은 정우의 팔을 차트로 때리며 소리쳤다. 왜 이렇게 화가 나는 건지, 황당한 얼굴로 바라보는 정우를 발로 차주고만 싶었다. 더불어 이 상황이 즐거운 듯 그들을 바라보는 주희의 새 다리까지.

"못난아."

"시끄러."

뭔지 모를 짜증스러움이 가슴속에서 부글거렸다. 그녀는 그대로 정우를 등지고 전산실로 뛰어갔다.

# 11
깨달음은 항상 찰나

11 깨달음은 항상 찰나

늦은 겨울, 봄을 재촉하려는지 비가 추적추적 내렸다. 텅 빈 사무실에 홀로 서 성에 낀 유리창을 바라보노라니 서글픔이 절로 밀려들었다.

"이게 뭐야. 나이가 먹으면 사는 게 확실해져야지, 어떻게 된 게 난 제대로 되는 건 하나도 없냐."

복잡한 심경 모두가 서글픈 비와 함께 뒤엉켜 버렸다.

"언니, 퇴근 안 해요?"

지난 며칠 동안 일을 하는 게 아니면 창가에 붙어서 청승을 떠는 그녀의 모습이 새삼스러울 것 없는 미정이 다가와 물었다.

"겨울비치고는 빗살이 굵네요. 며칠 계속될 거라는데, 언니 얼른 퇴근해요."

"응, 미정 씨 먼저 가. 나도 자리 정리하고 곧 갈게."

"네, 그럼 낼 봐요."

미정이 손을 흔들고 사무실을 나가자 서영도 자리로 돌아가 컴퓨터를 끄고 어지럽게 널린 서류들을 정리했다. 달각, 불을 끄고 복도를 나와 엘리베이터를 탔다. 그런데 평소라면 족히 오 분은 기다렸어야 할 엘리베이터가 바로 도착했다. 여기서 근무를 하는 동안 터득한 것인데 비가 오거나 눈이 오는 날, 그리고 너무 날씨가 좋은 날엔 치통으로 밤새 앓지 않은 이상 치과 치료를 위해 내원하는 환자들이 드물다는 것이었다. 시간별 예약제 외 새로 내원하는 환자가 드문 춥고 비 오는 날, 엘리베이터를 타고 내려오자 과연 로비가 조용했다.

천천히 로비 밖으로 나간 그녀는 항상 메고 다니는 가죽 백에서 우산을 꺼냈다. 붉은 바탕에 하얀 물방울 무늬가 수놓인…… 옛날에 정우가 사준 우산. 새삼스런 사실을 기억해 낸 서영은 멍하게 우산을 펼치고 바라보았다.

오늘처럼 추운 겨울, 흰 눈이 펄펄 내리던 겨울 날 정우가 사주었던 거였다. 그때부터 비가 오든 눈이 오든 궂은 날의 필수품이었다. 벌써 삼 년도 더 됐는데 아직 이 우산을 가지고 다닌다는 사실이 너무 놀라웠다.

"그거 내가 군대 가기 전에 사준 거 아니냐?"

순간 뒤에서 들리는 나직한 저음에 서영이 뒤를 돌아보았다.

그녀와 마찬가지로 퇴근을 하기 위해 나온 정우가 서 있었다.
"응."
그녀만 기억하는 것이 아니었다. 가까이 다가온 정우가 빨간 우산을 보며 씩 웃었다.
"이런 우산, 고작 몇 달만 지나면 고장 나서 못 쓰지 않나? 벌써 삼 년도 지났는데 아직 멀쩡해?"
"응. 아직 멀쩡해."
비가 오는 날엔 비를 피하게 해주었고, 눈이 오는 날엔 눈을 피하게 해주며 아직도 너무 멀쩡하게 잘 펴지고 잘 접혔다. 아무렇지 않게 쓰고 다녔던 우산인데 그 사실이 왜 이렇게 놀라울까? 궂은 날씨를 피하게 해주었던 우산처럼 정우도…….

"네가 사고 칠 때마다 경찰서로 데리러 가주는 게 어디 쉬운 일이었는지 알아? 우리랑 모여서 술 마실 때도, 코앞에 닥친 시험공부를 하다가도 네가 부르면 언제든지 달려갔어. 설마 그걸 아니라고는 못할 거야."

은호의 목소리가 환청처럼 퍼졌다.
"정서영."
"어?"
정우의 부름에 놀라 쳐다보자 그가 주차장에 주차된 자신의 차를 가리켰다.

"차 가져올 테니까 기다려. 태워다 줄게."

"아니야. 나 그냥 버스 타고 갈게."

그의 제안에 서영은 서둘러 걷기 시작했다. 하지만 그 걸음은 다섯 발자국도 떼지 못했다.

"정서영. 내가 그 말 했다고 이제 나하곤 눈도 안 마주치고, 내가 하는 건 다 싫다는 거야?"

그녀가 도망가지 못하게 팔을 잡은 그가 심각한 얼굴로 따져 물었다.

"그건 그거고, 이런 날씨에 뭐 하러 사서 고생을 해? 잠깐만 있어."

"됐다니까. 그냥 갈게."

어색해서 싫다. 그래도 숨 막히게 어색한 건 좀 낫다. 정우의 상처받은 눈을 보면 어쩐지 그녀가 무척 잘못했다는 생각이 들어 죄책감마저 들었다. 그녀의 강력한 거부에 멈춰 선 그를 등지고 빗속을 걷는 것조차 죄책감이 드니 이 일을 어떡할까.

자꾸만 뒤를 돌아보고 싶은 충동을 억제하고 5m쯤 걸어갔을 때 병원 정문을 빠르게 통과하는 차가 있었다. 파란색 BMW가 일으키는 물보라를 고스란히 맞은 그녀가 짜증스럽게 뒤돌아보자, 차는 로비 앞에 여전히 서 있던 정우 앞에 멈춰 섰다.

운전석에서 말끔하게 정리된 스포츠형 머리가 보인다 싶기가 무섭게 차에서 내린 남자가 정우를 향해 다가갔다. 멀리서 보기에도 무척 위협적인 몸짓인 남자. 더럭 걱정이 된 서영은 저도 모르게 그들에게 걸어갔다. 정우의 목소리가 들려왔다.

"무슨 일이십니까?"

"당신이 잘못해서 아직도 아프잖아. 쑤시고."

순간 서영은 멈춰 설 수밖에 없었다. 어쩐지 낯익다고 생각했던 파란 BMW의 주인공은 다름 아닌 윤상희였다. 뒷모습과 화난 목소리가 그것을 증명해 주었다.

"사랑니 빼신 것 때문에……."

"새파랗게 어린 놈한테 빼는 게 아니었어. 대체 뭘 어떻게 한 거야? 비 오는 내내 이 뺀 자리가 쑤시잖아."

"아직 잇몸이 아물지 않았으니 아프실 겁니다. 사랑니가 턱뼈에 깊게 묻혀 있어서 뼈의 국소적인 삭제가 불가피했고, 다시 치조골이 형성되려면 시간이 걸립니다. 주의 사항은 다 들으신 걸로 압니다만."

침착한 정우의 반응이 상희의 분노를 더 키웠다.

"야, 이 새끼야. 그딴 글자 몇 줄이 내가 이렇게 아픈 걸 어떻게 증명하는데!"

왜 그렇게 생각하는지 모르겠지만, 상대가 자기보다 못하다는 판단이 서면 말과 행동이 함부로 나오는 것이 윤상희의 단점이었다. 한참 그에게 열중했을 때, 성격의 전부가 완벽하게 좋을 수는 없다고 생각하고 그냥 넘겼던 상희의 언행은 지금에 와서 보니 그야말로 최악이었다.

"네놈이 제대로 한 거 맞아?"

상희는 몰상식한 반말로 정우를 나쁜 의사로 몰아갔다. 몇 안 된다지만 야간 진료를 마치고 나가던 환자들이 정우의 얼굴을 알아보고 자기들끼리 수군거렸다.

"이거 의료 사고 아니야? 내가 다른 병원에 가서 알아볼 수도 있어!"

다분히 협박 어린 말에도 정우는 동요하지 않았다.

"그럼 초진 시 찍었던 엑스레이 사진과 모니터 사진을 진료기록부와 함께 드릴 수 있습니다. 직접 알아보시죠."

오히려 진료기록부를 주겠다는 정우의 말에 허를 찔린 상희가 화를 냈다.

"젠장! 그래, 의사들은 다 한통속이지 뭐! 당할 게 뻔해!"

"이것 보십시오. 말조심하세요."

인내의 한계가 왔는지 정우가 차갑게 말함과 동시에 상희가 윽박을 지르며 다가섰다.

"시끄러워, 이 새끼야!"

더 듣고 있을 수가 없었다. 다시는 마주하지 않겠다던 다짐을 깨고 뛰다시피 그 앞으로 다가간 서영은 상희보다 더 큰 목소리로 고함쳤다.

"말조심해!"

"서영아."

그렇지 않아도 상희의 등장에 서영이 동요할까 걱정했던 정우는 흠칫 놀라 그녀의 앞을 가로막았다.

"됐으니까 얼른 가."

"정우가 뭘 잘못했는데!"

하지만 서영은 들고 있던 우산을 아무렇게나 던지며 상희에게 덤벼들었다. 세상 누구도 정우에게 함부로 말할 수는 없었다. 그녀에게 짓궂고 시니컬하다 해도 환자를 대할 땐 사려 깊었다. 어린아이에게도 친절했고, 약한 사람에게 동정심을 품을 줄 아는 좋은 사람. 이정우는 존경받아 마땅한 의사였다.

"생사람 잡지 말고 당장 꺼져."

하얀 이를 드러내고 으르렁거리는 그녀의 모습에 상희가 놀라 물러났다.

"너…… 너……."

지난 일 년 동안 기억에서 몰아냈던 서영을 마주한 그는 당황함을 숨기지 못했다.

"네가 어떻게 여기……."

"웃겨, 그걸 왜 궁금해하는데?"

서영은 차갑게 그를 노려보며 정우의 팔을 잡아당겼다.

"정우야, 상대하지 말고 가자."

"누구 마음대로."

상희는 거칠게 정우의 옷깃을 잡아챘다.

"오호라, 그래. 그렇고 그런 사이였군. 정서영 너, 아직도 남자한테 그렇게 간이고, 쓸개고, 다 빼줄 것처럼 행동하나 봐?"

인간 쓰레기.

분노에 눈앞이 하얗게 보인다는 게 어떤 것인지 실감하며 상희에게 다가갈 찰나, 정우가 상희의 멱살을 잡으며 고함쳤다.
"말조심해!"
"왜, 너한테는 안 그래?"
하지만 상희는 정우의 분노를 즐기듯 빈정거렸다.
"이 자식이……."
"그만 해."
얼굴이 붉게 달아오른 정우가 상희를 치려고 하자 서영은 서둘러 그를 말렸다. 이곳은 그가 근무하는 병원 앞이고, 이정우는 윤상희를 진료했던 의사였다.
"당신한테는 내가 간이고, 쓸개고, 다 빼줄 것처럼 헤프게 행동한 여자로 보였을지 모르겠지만, 난 그때 당신을 사랑했어. 사랑해서 그렇게 행동한 것일 뿐. 아무에게나 그렇게 행동하는 여자는 아니야. 물론 당신을 사랑한 건 내 인생 최대의 실수였지만, 그땐 몰랐으니까 괜찮아. 상관없어. 적어도 난 다른 남자랑 당신 사이에서 양다리는 안 걸쳤거든."
정우의 팔을 잡은 채 서영이 차갑게 말했다. 말문이 막힌 상희는 눈만 깜박거렸다.
"그리고 사람을 사랑하던 때, 상대가 했던 행동을 들먹이는 건 치사하고 더러운 일이야. 그것만 알아둬."
그녀는 여전히 흥분한 채 가슴을 들먹거리는 정우의 등을 밀었다.

"가자, 정우야."

마지못한 정우와 그녀가 몇 발자국 걸었을 때, 빠른 걸음으로 다가온 상희가 그들 앞을 다시 가로막았다. 정문 앞을 벗어나 피를 피하게 해줄 무엇도 그들 사이에 존재하지 않았다.

"몰랐다면 모를까. 저놈이랑 네가 얽혀 있다니 내가 여기 온 이유는 다 증명됐어. 이렇게 잇몸이 아픈 건 다 너랑 저놈 때문이야."

"그만 하지 못해?"

빠르게 파고드는 빗물보다 상희를 더 이상 참을 수가 없어진 정우가 위협적으로 다가서자, 서영은 그들 사이에 서둘러 끼어들었다.

"당신 미쳤니? 과대망상도 지나치면 병이야. 여기서 이러지 말고 정신병원으로나 가봐."

하지만 상희는 물러나지 않았다.

"너도 네 잘난 남자가 내 사랑니 뺄 때 어떻게 했는지 들었지? 같이 낄낄거리고 웃었을 거야. 맞지?"

"무슨 말이야?"

"왜, 못 들은 척할 거야? 내 얘기 시시콜콜 다 하고 아프게 해달라고 한 거 아니야?"

딱 윤상희 수준만큼 유치한 이야기였다. 하지만 상희를 본 날, 차트실 바닥에 앉아 나누었던 이야기를 기억하는 서영은 뒤에 선 정우를 보았다.

"정말 네가 그런 거야?"

아닐 거라 믿었다. 정우에게 상희와 명진의 일을 전부 말했던 것조차 부끄러운데, 그가 모든 걸 알면서 상희를 진료했다는 게 아닐 거라 믿었다.

"그게 아니야. 그런 경우는 거의 대부분 붓고 아파서……."

"뭐?"

하지만 정우의 해명을 듣던 서영은 순간적으로 이성을 잃었다. 굳이 정우의 이야기를 듣지 않더라도 병원에 근무하며 들은 이야기들로 사랑니를 뺄 때 많이 아프고 붓는 경우가 종종 있다는 것을 알고 있었다. 정작 그녀를 화나게 하는 이유는 그것이 아니었다.

"누가 그러래? 너더러 내 원수 갚아달래?"

왜 시키지도 않은 짓을 해서 상희 같은 사람에게 싫은 소리를 들어? 서영은 정우의 가슴을 주먹으로 내려쳤다.

"내 말 들어봐. 그건 오해라니까."

정우의 얼굴에 떠오른 당황함을 차마 마주할 수 없었다. 이 녀석, 언제나 지나칠 만큼 당당하고 자신만만해 그녀의 염장을 지르던 그 이정우 맞던가?

"가버려!"

너, 내 일 때문이 아니라면 평생 이런 모욕 따윈 당하지 않았을 거잖아. 그러자 정우는 차갑게 돌아서는 그녀의 손을 잡으며 소리쳤다.

"정서영, 너 정말……."

비보다 더 차가운 거부에 분노한 정우가 그녀를 보았다.

"그 말 정말이야?"

"그래, 더 듣기 싫으니까 가버리라고!"

더 이상 내 부끄러운 모습 보지 말고 가버려. 제발……. 서영이 소리쳤다. 절박한 외침에 믿을 수 없다는 듯 서영을 보던 정우가 결국 그녀의 손을 팽개치듯 놓아준 뒤 뒤돌아섰다.

"멍청한 놈, 가란다고 또 가냐."

그 말을 듣는 순간 더 분노할 수도 없이 분노한 서영은 휙 돌아서 상희에게 다가갔다. 그리고 주먹 쥔 손으로 그의 얼굴을 후려쳤다. 철썩, 살과 살이 마주치는 소리는 요란했다. 생각지 못했던 공격에 상희가 헉 소리를 내며 고개를 돌렸다. 상희를 때리다니, 일 년 전 그녀가 분노에 몸서리치면서도 감히 하지 못했던 일이었다.

"함부로 입 놀리지 마. 적어도 저 사람, 누구처럼 사람 마음 가지고 장난질 치지 않아. 당신이나 당신의 잘난 사랑처럼 그러지 않는다고. 알아?"

"하…… 많이 용감해졌군. 모든 걸 알고도 그저 울기만 하더니 말이야."

뺨을 맞은 상희가 빈정거리며 다가왔다.

"그래, 나 많이 용감해졌어. 이젠 당신 따윈 모두 잊어버리고 잘살아. 하지만 당신들은 아니지?"

서영은 부들부들 떨면서 상희를 노려보았다.

"사람들이 잊는다고 생각하니? 그래, 당신 앞에선 그저 희희 낙락 웃으며 잊은 척해주겠지. 하지만 절대 잊은 건 아니야. 당신을 욕하는 대신 당신이 사랑하는 여자 보며 수군거리잖아. 자기 친구 소개시켜 줘 놓고, 막상 결혼 문 앞에서 그 남자 빼앗아 간 사람이라고. 아주 이기적인 여자라고 욕할 걸? 아니야?"

사실을 지적당한 듯 상희의 얼굴이 순식간에 빨개졌다. 그녀는 비틀린 마음에 그것을 흡족하게 바라보았다.

"어쩌면 당신한테 직접 욕하는 것보다 그게 더 듣기 싫은 말이겠지만 어쩌겠어? 그게 사실인데?"

"명진이를 모욕하지 마!"

"그런 당신은 왜 나를 모욕했던 거야? 지금 이러지 않아도 그때 충분할 정도로 날 모욕했다고. 알아?"

서영이 비명처럼 소리 질렀다.

"명진이한테 했던 반만큼이라도 나에 대한 예의를 지켰어야 했어!"

당신 때문에…… 정작 날 사랑하지 않는 당신을 사랑하느라 정우가 아파하는 걸 못 봤단 말이야.

빗물 속에 뜨거운 눈물이 섞여 볼을 타고 흘러내렸다.

"미안하다고 했잖아. 나도 어쩔 수가 없었다고. 그래서 미안하다고 그만큼 했으면 됐잖아. 난들 마음이 편한지 알아? 네 말처럼 아직도 사람들이 명진이를 보고 수군거려. 그걸 보는 게 어떤 건지 알아?"

"아니, 알고 싶지 않아. 평생 낙인처럼 느끼고 살아!"

서영은 상희의 일그러진 눈을 보며 소리친 뒤 돌아서 뛰어갔다.

용서, 그를 용서해야 자신이 연락을 끊은 사람들 속에서 다시 어울려 살 수 있다는 것을 알고 있었다. 상희와 명진을 이해하고 받아들여야 그들과 공통된 친구를 만나도 당당할 수 있으니. 그들을 용서하지 못한 채 응어리를 가지고 있으면 자신을 피해자로 보는 친구들의 가여운 시선 앞에 나설 수 없는 노릇이었다. 하지만 지금 당장은 상희와 명진을 용서하고 싶지 않았다. 상희를 사랑하느라 정우를 돌아보지 않은 자신에 대한 채찍과도 같은 벌이었다.

어떻게 버스를 타고 집으로 왔는지도 모르겠다. 비에 흠뻑 젖어 버스에 탄 그녀를 보고 사람들이 수군거렸지만, 서영은 이미 남의 눈을 의식할 수준을 벗어나 있었다. 가슴속은 알 수 없는 여러 감정들로 혼란스럽기만 했으니.

윤상희…… 그 남자. 가장 더러운 바닥까지 목격한 기분. 그에게 가슴속에서 우러나오는 분노를 마음껏 퍼부어 주었고 때려주었다. 이제야 비로소 그와 완전히 이별한 기분이 들었지만 그것은 절대 홀가분하지 않았다. 검은색 일색인 책의 페이지를 닫고, 다시 검은색 페이지를 펼쳐 든 사람처럼 막막하기만 했다. 정우 때문이었다. 그의 얼굴에 어린 당황과 상처. 그녀가 아무리 짜증을 내며 덤벼도, 심지어 약삭빠르게 그의 몫을 챙겨가지던 지난 이십구 년 세월 동안 한 번도 보지 못했던 그의 표정들 때문에 서영은 죽을 만큼 마음이 아팠다. 흐느낌이 터져 나오는 입을 틀어막은 손이 통제를 잃고 떨려왔다. 오한이 든 몸이 부르르 떨려 걷기조차 힘이 들었다.

"서영아."

그때 급한 발자국 소리와 함께 창살처럼 떨어지던 비를 막아주는 사람이 있었다. 빗물과 눈물이 섞여 흐릿해진 눈으로 올려다보자 형진이 서 있었다.

"이게 대체 무슨 일이야?"

놀라움을 금치 못한 형진은 한 손으로 우산을 들고 나머지 한 손으로 자신의 파카를 벗었다. 다정한 얼굴 가득 걱정과 염려를 드리운 형진을 보는 순간 서영은 울고 말았다.

"미안해."

"뭐가."

한기가 든 몸이 떨리기 시작했다. 서영은 발작처럼 몸을 떨며 형진을 보았다.

"정말, 미안해. 그런데 난 너 사랑 안 해. 그래서 미안해."

그녀의 말에 옷을 벗던 형진의 동작이 잠시 멈칫했다. 하지만 이내 담담한 얼굴을 유지한 채 파카를 벗어 그녀 어깨 위에 둘러주었다.

"지금은 그런 말을 할 때가 아니야. 얼른 집으로 들어가야 해."

"아니야. 난 꼭 지금 해야 해."

서영은 눈앞에 보이는 대문으로 끌어당기는 형진에게 끌려가지 않으려 버티며 말했다.

"다른 사람을 좋아하는 것 같아. 그게 사랑인 줄은 모르겠는데 하여튼 날 아프게 하는 사람이 있어. 미안해. 난 너 사랑 안 해."

천천히 그녀를 마주한 형진의 눈이 깊게, 깊게 가라앉는 것을 보며 뜨거운 눈물을 흘렸다.

"휴…… 사랑…… 사랑하려고 마음먹으면 안 돼? 그럴 수도 없는 거니?"

"응."

가슴속에서 뜨거운 무엇이 울컥 치솟았다. 머릿속에서 지금 우는 건 아주 못된 거라고, 여기서 네가 울 자격은 없다고 말했지만, 그럼에도 마음이 아파 참을 수 없을 만큼 눈물이 났다.

"정우가…… 정우가 나 때문에 울었어."

"나도 울었는데?"

"미안해."

'미안해'란 세 글자 말고는 떠오르는 단어가 없었다. 서영이 두 손에 얼굴을 묻고 흐느끼자, 형진이 다정하게 그녀의 머리를 어루만졌다.

"알았어. 그러니까 울지 마라."

착한 녀석.

"이러지 말고 얼른 들어가."

그의 손에 이끌려 대문 앞에 선 서영은 형진을 바라보았다.

"네 말이 무슨 뜻인지 알았으니까 이젠 아무 걱정 하지 마라. 알았지?"

"……."

서영은 아무 말도 못하고 그저 고개만 끄덕거렸다. 채찍 같은 겨울비가 그의 우산 위로 아프게 떨어졌다.

눈물과 콧물, 빗물까지 범벅이 된 몰골로 집에 들어서자 거실 소파에 앉아 있던 엄마와 지호가 놀라서 일어났다.

"아이고, 이게 뭔 일이냐!"

"이모, 비 맞았어?"

시체처럼 창백한 그녀의 모습에 마른 수건을 가져오고, 전기 히터를 트는 엄마와 지호의 수선스런 움직임에도 그저 멍하기만 했다. 아주 먼 기억을 더듬는 것처럼.

삼 년 전 어느 날 밤, 그날도 차가운 바람이 창가를 들썩였다. 상희와 설렘 가득한 데이트를 마치고 늦게 집으로 들어온 서영은 은호의 전화를 받았다.

[정서영.]

"어, 늦은 시간에 웬일?"

[우리의 호프, 이정우께서 청하를 마셨다.]

"어머, 웬일이래?"

그때나 지금이나 정우가 청하를 마시는 일은 하늘에 별 따기처럼 드문 일이라 그녀는 호기심을 숨기지 못했다.

"왜 정우 괴로운 일 있대?"

[사는 게 괴로운 거다.]

서영아…… 서영아. 수화기를 통해 들려오는 정우의 혀 꼬인 소리. 서영아……. 정우는 그녀의 이름을 불렀다. 항상 못난이로 부르던 녀석이 처음 그녀를 서영이라고 불렀었다.

"내가 지금 갈까?"

의아한 마음에 묻자 순간 은호가 망설였다.

[너한테 전화하라고 하도 성화를 피워대서 하긴 했다만, 별로 좋은 모습은 못 볼 것 같다. 그냥 나오지 마라.]

한참을 망설이던 그가 결국 나오지 말란 말을 했다.

"우리 사이에 보여줄 좋은 모습이 있긴 하니?"

짐짓 장난스럽게 물었지만 은호는 아무 대답이 없었다.

"야, 강은호. 뭐냐? 왜 대답을 안 해?"

평소 같으면 당연하다는 둥, 안 보면 더 좋은 사이라는 둥, 한 술 더 뜨는 녀석이 침묵했다. 그것을 좀 더 의아하게 생각했다면 지금 그들은 어떻게 되었을까.

[세상엔 보여지는 것보다 숨겨지는 게 더 많아. 정우도 지금 그것 때문에 마음 아파하고 있는 거고. 하지만 말짱한 정신으로 이야기하는 게 더 좋겠지. 술의 도움을 얻으면 진심이 느껴지지 않을 테니까.]

무슨 말인지 뜻 모를 말을 중얼거린 은호가 전화를 끊었지만,

서영은 다시 전화를 걸지 않았다. 궁금해하지 않은 채, 마냥 솜사탕 같이 달콤한 연애의 감정에 도취되어 있었을 뿐.

다음날, 정우는 전화를 걸어도 받지 않았다. 하루, 이틀. 그제야 슬슬 걱정이 될 무렵 엄마로부터 전해 들은 정우의 입대 사실.

미안해…… 미안해.

침대 위로 죽은 듯이 누운 서영의 눈가에 뜨거운 눈물이 흘러내렸다. 은호의 말처럼 눈으로 보여지는 것 말고 가슴속의 소리에 조금 더 귀를 기울일 것을……. 그녀는 까무룩 정신을 잃었다.

머리맡에서 웅성거리는 대화 소리에 퍼뜩 정신이 들었다. 순간 지독하게 아팠다. 온몸이 집단 구타당한 듯 저리고 아팠으며 손가락 하나 까딱할 기운이 없었다. 눈꺼풀에 돌을 매달았던지 아무리 노력해도 떠지지 않는 바람에 포기한 서영은 그냥 죽은 듯 누워 있었다. 그러자 엄마의 걱정스런 목소리가 귓속으로 파고들었다.

"아유, 이게 대체 무슨 일이람?"

"열이 계속되면 입원해야 될지도 몰라."

그녀의 귀에서 체온기를 빼낸 소영이 걱정스럽게 말했다. 맞다…… 비를 맞았고 난투극처럼 상희와 싸움을 벌였지. 덕분에 이십구 년 평생 처음으로 지독하게 아픈가 보다. 언니까지 불려와 체온을 잴 정도면 말이다. 천천히 가슴을 들썩이며 숨을 쉬는 것조차 버겁다고 느낄 순간, 엄마가 말했다.

"참, 오늘 정우네서 전화 왔는데, 무슨 일인지 정우도 아프단다. 서영이처럼 열감기가 아주 지독하다더라."

"요즘 감기 잘못 걸리면 큰일나는데 병원은 갔다 왔대?"

"그 집에 의사가 한둘이냐? 멀리 볼 것도 없이 영우가 내과 의사잖아. 설마 무슨 일이야 있겠냐. 아이고, 그나저나 이 물건. 아무리 비를 맞았다지만 어지간해선 안 하던 감기까지 이렇게 독하게 하는 거야. 양기가 부족해서 그런가? 괜찮아지면 한약이나 한 재 해먹여야겠네."

"그렇지 않아도 최 서방이 제일 좋은 영양제랑 비타민 골고루 챙겨서 가져다 놨어. 그거부터 먹여봐."

"그래?"

엄마와 언니의 대화가 아주 희미하게 들렸다.

하얗게 바랜 입술이 따끔거렸다. 열이 끓는 몸이 아파 견딜 수가 없었지만, 정우가 아프다는 말에 마음이 더 아파왔다.

바보 같은 녀석.

이불을 움켜쥔 채 그녀의 몸이 바들바들 떨렸다.

바보야……. 그 사람이랑 마주 보게 하고 싶지 않아서…… 그래서 그랬어. 그 사람 보면 네가 힘들었던 게 떠오르니까. 그런데 넌 그걸 모르고 혼자 마음 아프지? 그래서 아픈 거지? 아프지 마. 아프지 마, 정우야…….

깨달음은 항상 찰나

꼭 감긴 그녀의 눈에서 말간 눈물이 흘러내렸다.

내가 힘이 들 때 내 편이 되어주던 사람. 비를 피하게 해주고, 눈을 피하게 해주던 너의 우산처럼……. 순간 서영의 눈이 번쩍 떠졌다. 우산을 팽개친 것이 그제야 떠올랐다.

당장 가지러 가야 한다. 누군가 가져가기 전에.

그녀가 눈을 번쩍 뜨며 일어나기 위해 안간힘을 쓰자 머리맡에 있던 엄마와 언니가 소스라치게 놀랐다.

"아이고, 정신이 들어? 그런데 왜 일어 나냐, 응?"

"서영아. 누워. 열이 삼십구 도란 말이야."

엄마와 소영 언니의 말에 서영이 더듬거렸다.

"우산. 우산…… 가져와야 해."

하지만 그 말뜻을 알 길 없는 엄마와 언니는 당황하기 시작했다.

"소영아, 얘가 뭐라는 거니? 열이 너무 많아서 이런 거 아니야?"

"안 되겠어. 병원 가야겠어. 최 서방 불러올 테니까 애 잡고 있어요, 엄마."

언니가 방을 뛰어나갔다.

"엄마, 우산…… 내 우산, 누가 가져가면 안 돼."

"누가 가져가면 내가 사줄게. 두 개, 세 개라도 사줄 테니까 좀 잠자코 있어. 큰일나기 전에!"

아니다. 누가 가져가 버리면 그 자린 절대 새것으로 메울 수 없다. 반드시 그 우산…… 반드시 그 사람이어야 했다.

"이모, 이모오. 제발 눈 좀 떠봐."
 어디선가 지호의 울먹거리는 음성이 들려왔다. 아직 우산을 가져오지도 못했는데 지호의 방해공작에 붙잡힌 것은 아닐까, 더럭 걱정이 밀려들었다.
 "이모, 죽었어? 그런 거야?"
 미동조차 없는 그녀로 인해 조카의 울먹거림이 흐느낌으로 바뀌었다.
 "지…… 지호야."
 언제나 그렇듯 지호의 눈물에 한없이 약해진 서영이 여전히 눈을 감은 채 지호에게 손을 내밀었다. 그런데 왜 이렇게 꿈속처럼 몽롱하고 손을 뻗는 게 힘이 드는 것인지 모르겠다.
 "이모 안 죽었어."
 "이모!"
 그녀의 목소리에 와락 안긴 지호가 축축한 얼굴을 마구 비벼 댔다.
 "이만하길 정말 다행이야."
 아이의 음성에 담긴 걱정과 안도를 고스란히 느낀 서영은 멍하게 눈을 떠 천장을 바라보았다. 하얀 천장에서 시선을 내리자 하얀 벽이 눈에 들어왔고, 투명한 링거 줄이 보였다. 병원이었다. 부모님과 언니네가 고열에 괴로워하는 그녀를 입원시켰나

보다.

"우리 지호 울지 마."

서영은 기운 없는 팔을 들어 여린 지호의 등을 다독거렸다.

"어떻게 안 울어? 이모가 아파서 내 가슴이 다 녹아버렸어."

여전히 그녀 품에 안긴 채 지호가 눈물과 콧물을 훌쩍거리며 앙알거렸다. 여섯 살답지 않은 말을 듣자, 지호가 얼마나 걱정했을지 상상이 됐다.

"그랬어? 미안해, 우리 지호."

예쁜 녀석. 누군가 그녀를 위해 이렇게 울어줄 사람이 있다는 게 행복한 일임을 새삼 깨달았다.

"할머니는 어디 가셨어?"

"응, 저번에 우리 고기 사줬던 잘생긴 삼촌 배웅하러 갔어."

"잘생긴 삼촌?"

서영이 천천히 지호의 말을 따라 하자 지호가 침대 옆 작은 냉장고 위에 놓은 꽃다발과 과일 바구니를 가리켰다.

"저거 봐. 삼촌이 사 왔어. 오렌지랑 귤은 이모가 먹어야 빨리 낫는다고 지호는 하나씩만 먹으라고 했어. 대신 바나나는 지호가 많이 먹어도 된다고 했는데, 이모 먹어도 돼?"

정우다.

"그래, 먹어."

건성으로 대답을 해준 서영은 서둘러 시트를 밀었다. 운이 좋다면 정우가 가버리기 전에 따라잡을 수 있을 것이다. 그러나

젠장. 벌떡 일어나 총알처럼 달려가고 싶은데, 기운이 없어 허리를 곧추 세울 수도 없었다.

이 모자란 인생. 평소에는 팔팔한 기운을 주체할 수 없어 난리더니, 정작 그 기운이 필요할 땐 병든 병아리마냥 골골거린다. 에잇!

짜증을 감추지 못한 서영은 그대로 누워 버렸다. 그래, 어차피 운명으로 엮일 사이라면······지금 당장 뛰어나가지 않아도 엮여지겠지. 지금껏 눈치없이 버텨왔는데 며칠 더 있는다고 누군가에게 낚여갈 정우가 아닐 것이다. 그러니 릴렉스, 릴렉스. 지호가 바나나를 먹는 것을 보며 서영은 심호흡을 했다.

기억을 더듬어 보아도 언제나 씩씩했던 그녀는 고열로 인한 감기 몸살이 이렇게 지독한 것인지 알지 못했다. 금세 자리를 털고 일어날 거라 믿었던 것과 다르게 고열은 쉽사리 떨쳐지지 않았다. 정우로 인한 조급증과 고열에 시달리는 몸이 마음을 지치게 했지만 서영은 그래도 아프기 때문에 누릴 수 있는 혜택을 마음껏 향유했다. 사무실 사람들의 병문안, 싸가지 대마왕 은호의 빈번한 들락거림—뭐, 은호가 좋아서 오겠는가. 어색해서 병원에 자주 올 수 없는 정우의 윽박에 마지못해 오는 듯하다—과 가족들의 염려.

하긴 열이 지독하기도 했다. 얼마나 심하게 앓았으면, 백수인 딸을 보는 것은 지긋지긋하다 노래를 부르는 엄마가 출근 걱정을 하는 그녀를 안심시킬 정도였다. 돈 없어서 밥 굶는 거 아니니가 일 안 해도 된다고 말이다. 온 식구들─물론 지호의 작은 가슴도 포함─의 애간장을 있는 대로 녹이고 딱 보름 만에서야 퇴원을 할 수 있었다.

"아, 좋다."

집 떠나면 고생이라더니 병원에 있는 것이 버거웠던가 보다. 섬유 유연제 향기가 폴폴 나는 이불 위에 털썩 눕자 마냥 편안하기만 했다. 보름이다. 기억을 돌이켜보자 꿈인 듯 생시인 듯 몽롱하기만 한 시간들이었다.

"가만있어 보자……."

달력을 보노라니 어느새 3월이었다. 벌떡 자리에서 일어난 서영은 휴대폰을 들었다. 미정이 분명 병가로 처리되었다고 했지만 그래도 불안한 마음에 사무실로 전화를 했다.

[네, 전산실입니다.]

낮은 목소리로 전화를 받는 남자, 다름 아닌 정민이었다. 심호흡을 한 서영이 반갑게 인사를 했다.

"저 정서영입니다. 주임님."

그러자 정민이 반갑게 물어왔다.

[오, 서영 씨. 몸은 어때요? 퇴원했어요?]

"네, 퇴원은 했는데요. 그런데 주임님 저 잘린 거 아니죠?"

천사처럼 말간 웃음 뒤에 지옥의 악마처럼 꿈틀거리는 심술보 정민임을 알기에 질문은 더할 수 없이 조심스러웠다. 그러나 걱정과는 다르게 정민의 유쾌한 대답이 들려왔다.

[그럼요. 왜요? 잘리고 싶어요?]

"아니요. 내일 뵙겠습니다."

서영은 서둘러 전화를 끊었다. 여전히 몸은 아팠지만 가슴속에서는 새로운 희망이 마구 꿈틀거렸다. 누워만 있는 것이 아까울 만큼. 그녀는 침대를 내려와 잠시 멈춰 섰다. 한 발짝 걸어보아도 지난 보름 동안처럼 어지럽거나 울렁거리지 않았다. 멀쩡하게 걸을 수 있다는 것이 얼마나 큰 축복인지, 서영은 그것에 감사하며 아래층으로 내려왔다.

"엄마."

거실로 내려온 그녀가 엄마를 불렀다.

"왜?"

그녀의 부름에 혹시나 또 무슨 일이 있는 건가, 얼굴 가득 걱정이 물든 엄마가 서둘러 안방 문을 열고 나왔다. 그러나 말짱한 얼굴로 선 딸을 보자, 지레 놀랐던 것이 억울해 서영의 팔을 툭 때렸다.

"왜 사람 간 떨어지게 그렇게 불러? 섬뜩해서 놀라겠구만."

"엄마, 나 사골 좀 고아줘."

"사골? 너 그거 좋아하지도 않잖아."

"음, 이상하게 그게 먹고 싶네?"

"그래? 그게 뭐 어렵다고, 알았다."

입맛이 없어 골골거리는—서영에게는 극히 드문 일이지만, 그렇기에 엄마는 더 염려스러워하셨다—그녀가 말을 하자마자 엄마가 반색을 했다.

"아주 좋은 놈으로 사 와서 푹 고아줄 테니까 먹고 힘만 내라. 알았냐?"

"응, 힘낼게."

서영은 엄마에게 씩씩하게 대답하고 위층으로 올라왔다. 등에 욕창이 생길 정도로 누워만 있었던지라 곧바로 침대로 가지 않은 그녀는 책상에 앉았다. 그리고 잠시 고민하기 시작했다.

하지만 고민이란 형식적인 것일 뿐. 병원에 있는 동안 내내 생각해 이미 결정을 내린 그녀는 책상 서랍 깊숙이 넣어 두었던 전화번호 수첩을 꺼내 들었다. 서영은 심호흡을 하며 다이얼을 눌렀다. 몇 번의 신호음이 가고 상대방이 전화를 받았다.

"어, 나야."

[뭐야, 서영이니? 기집애, 너 이게 얼마 만이야!]

일 년 만에 연락을 받은 친구의 음성이 수화기 밖으로 넘칠 듯 들려왔다. 고등학교, 대학교를 함께 다녔던 친구였다.

"잘 지냈지?"

서영의 입가에 둥근 미소가 어렸다.

[너 뭐야, 우리가 얼마나 걱정했는지 알아?]

"안 죽고 살아 있어. 한번 봐야지?"

[그걸 말이라고 해? 골백번도 봐줄 테니까 제발 좀 나와. 명진이 년은 얼굴 들고 다니는데 네가 왜 사람들을 피해!]

열렬히 반가워하는 친구의 음성을 듣자 서영의 입가가 미소로 가득했다.

"그럼 이번 주말에 명동을 휩쓸어 볼까?"

[명동만? 야, 너 사라진 동안 압구정에 얼마나 삐까한 클럽들이 많이 생겼는데! 정서영, 이 기집애야. 보고 싶어 죽는 줄 알았어!]

집으로 찾아와도 대문 안으로 들여놓지 못했는데, 친구는 그녀의 목소리만으로 넘칠 듯 즐거워했다. 이렇게 좋은 사람들을 왜 등지고 있었을까. 바보처럼 말이다. 서영의 콧등이 시큰해졌다.

"응, 나도 너 보고 싶었어."

그리움을 인정하고 나자, 진정으로 마음이 홀가분해졌다. 그녀는 홀로 상처받아 깊이 가라앉던 시간들이 끝남을 느낄 수 있었다.

12 사랑은 ON AIR

뿌연 안개가 창가에 드리워진 아침. 심하게 앓은 후 첫 출근을 하는 서영은 거울 앞에서 비장한 각오를 다졌다.

"잘할 수 있을 거야."

그녀는 거울 속 자신을 향해 주먹을 불끈 쥐어 보였다. 정우를 다시 본다는 것이 어색했지만 그것은 친구일 때의 감정일 뿐. 마음을 고백하고 새로운 관계가 시작되려 하고 있었다.

아래층으로 내려온 그녀가 주방으로 들어가자 엄마가 커다란 보온병에 펄펄 끓는 사골 국을 퍼 담으며 말했다.

"병원 가서 꼭 챙겨 먹어."

"응."

정우도 꼭 먹일 테다. 똑같이 몸살을 앓았으니 정우도 먹어야 될 필요가 넘쳐났다.

"절대 무리하지 말고, 힘들면 그냥 집에 와. 너 일 안 해도 구박 안 할 테니까. 알았지?"

보름 동안의 병원 생활이 엄마에게 큰 충격이었던 듯, 출근하는 그녀 뒤에서 걱정을 멈추지 못했다.

"응, 다녀올게요."

엄마에게 씩씩하게 대답한 서영은 서둘러 병원으로 갔다. 버스를 타고 도착한 병원 앞, 로비로 들어서자 새삼스럽게 감회가 밀려들었다. 죽어라고 나오기 싫던 곳이 이렇게 반가울 수가 없었다. 불과 보름. 짧다면 짧은 시간 동안 서영은 자신이 너무 변했음을 절감했다. 깨달음은 항상 찰나라더니, 그 말이 맞았다.

전산실로 들어가자 먼저 출근해 있던 미정이 그녀를 보고 환호성을 질렀다.

"언니!"

"오랜만이야, 미정 씨. 잘 지냈지?"

서영이 웃으며 인사를 하자 미정이 열정적으로 고개를 끄덕거렸다.

"그럼요. 언니는 이제 괜찮아요? 저번에 병원에서 보니까 많이 아파 보이던데, 지금은 좀 괜찮아 보여요. 내가 얼마나 걱정했는지 알아요?"

"응, 걱정시켜서 미안해. 이젠 무쇠팔 정서영으로 돌아왔어."

"다행이다. 언니가 너무 아파서 다신 같이 일 못할 줄 알았어요."

서영은 진심으로 안도하는 미정을 꼭 안아주었다.

"고마워."

그때 사무실의 문이 열리고 김 주임과 윤 주임이 동시에 들어왔다.

"어라, 서영 씨."

"출근했군. 이제 괜찮아?"

미정처럼 그녀를 발견한 두 사람이 반가운 인사를 전했다. 서영은 긍정의 고갯짓을 하며 씩 웃었다.

"그럼요. 걱정 끼쳐 드려 죄송해요."

하지만 말과는 다르게 자꾸만 기분이 좋아졌다. 모두의 걱정을 듣는 것이 생각보다 기분 좋은 일임을 처음 알았다.

"그럼 오늘은 서영 씨가 커피 돌리는 거지?"

자리에 앉은 윤 주임이 장난스럽게 말하자 서영이 씩씩하게 고개를 끄덕거렸다.

"알겠습니다."

그동안 미뤄두었던 전산 업무에 열중하는 그녀 곁으로 미정이 쓱 고개를 들이밀었다.

"언니 그거 알아요?"

"뭐?"

서영이 한참 팝업 창을 만드느라 건성으로 대답하자 미정의 목소리가 더욱 은밀해졌다.

"왜 이정우 선생님이요. 언니 친구."

듣는 사람으로 하여금 다음 말을 기대하게 만드는 목소리. 정신이 퍼뜩 든 서영이 미정을 쳐다보았다.

"이 선생님이 옆 진료실 강주희 선생이랑 사귄대요."

뭐라? 서영은 숨이 턱 막혀 아무 말도 할 수가 없었다.

"언니, 놀랐죠?"

눈만 끔뻑거리는 서영을 보며 미정이 신이 나 중얼거렸다.

"세상에, 병원장님한테 인사도 했대요. 날 잡는 건 시간문제라고 소문이 자자하다니까요. 세상에, 이 선생님이 뭐가 아쉬워서 성질 더러운 강 선생이랑 결혼을 하려는지…… 어? 언니 어디 가요?"

한참을 지껄이던 미정이 자리에서 벌떡 일어나는 그녀의 팔을 잡았다.

"자, 잠깐 나갔다가 올게."

서영은 미정의 팔을 뿌리치고 서둘러 문을 나갔다. 쿵, 소리나게 문을 닫고 몇 발짝 걷다 아차 하는 마음에 다시 사무실로 들어갔다. 허둥지둥 정신없이 책상으로 돌아가 보온병을 들고 쏜살같이 나가자 미정이 황당한 눈으로 쳐다보았다. 하지만 상관없었다. 나 좋다고 한 지가 얼마나 지났다고, 뭐야? 강 선생이랑 사귀어? 인사도 했어? 쳇, 어림도 없다!

"이정우, 넌 내 거야. 누구 마음대로 다른 여자랑 결혼을 해?"

미정의 말을 되새길수록 머리에서 스팀이 솟았다. 서영은 살벌하게 중얼거리며 정우의 진료실로 향했다. 어쩐지 한가한 진료 대기실을 용감하게 뚫고 정우의 방으로 들어간 서영은 그의 책상 위에 보온병을 소리 나게 내려놓았다. 불유쾌한 이별 뒤에 만나는 거란 자각도 들지 않았다.

"야!"

그런데 이정우. 잔뜩 상기된 얼굴로 시비라도 걸듯 불렀지만 녀석은 동요하지 않았다.

"왜."

침착하지만 냉기가 풀풀 도는 대답에 분하게도 그녀의 기세가 한풀 꺾였다.

"너, 너 누구 마음대로 강 선생이랑 사귀는 건데!"

그래도 할 말은 해야 한다.

"내 마음대로."

용기백배 소리 질렀지만 정우는 차트를 뒤적거리며 건성으로 대답했다.

"너 지금 나랑 장난하니? 나 좋다며."

"그런데 넌 나 싫다며."

우와, 정말 비협조적이다.

"내가, 내가 언제 싫다고 했어? 난 그저 당황스러웠을 뿐이야."

그녀의 말이 끝나기가 무섭게 정우는 차트를 소리 나게 덮었다.

"너."

최대한 감정을 절제한 냉정한 목소리가 그녀를 불렀다.

"윤상희 그 남자 앞에서 날 거부했어. 그럼 끝난 거 아니야?"

소심하게 그 일을 기억하다니 실망이다, 이정우. 그게 다 저를 생각해서 한 일이구만!

"뭐가 끝나!"

아직 시작도 안 했는데. 서영이 억울함에 빽 소리치자 정우의 얼굴이 험상궂게 일그러졌다.

"정서영. 너 나 우습게보지 마라. 그래, 나 너 사랑해. 너 놓치고 싶지 않아. 언제나 같이 있고 싶고, 같이 웃고 싶지만, 내가 널 사랑하기 때문에 네 장난질까지 받아줄 마음은 없어. 지금 넌 내 감정을 가지고 장난치는 거야. 알아?"

한 마디 한 마디에 그의 좌절과 분노가 느껴졌다. 자신을 쳐다봐 주지 않는 사랑이 얼마나 사람을 힘들게 하는지 서영도 알고 있었다. 그녀가 상희로 인해 그랬던 것처럼, 정우도 상처받았다. 바로 그녀로 인해. 치사해서 그런 사랑 따윈 안 한다던 오기와 포기. 언젠가 정우가 했던 그 말이 떠오르자 더럭 겁이 났다.

지금에야 비로소 깨달은 마음을 전하지도 못하고 이대로 포기할 수는 없었다. 앞으로 그녀 인생에 죽었다 깨어난다 하더라도 정우 같은 남자는 못 만날 것이다.

"장난 아니야."

서영이 엄숙하게 말했다.

"윤상희 앞에서 비참한 내 모습을 보여주고 싶지 않았을 뿐이야."

그러자 도저히 못 참겠다는 듯 자리에서 일어난 정우가 그녀로부터 등을 돌렸다. 한 번도 그녀 앞에서 등진 적 없는 녀석의 낯선 행동은 그들 관계에 대한 단절을 암시하는 것 같았다. 서영은 서둘러 정우에게 다가갔다.

"장난 아니라니까."

억지로 그를 돌려세우자 그가 말했다.

"그럼 증명해 봐. 네 마음을 느낄 수 있게."

마음……. 정우의 검은 두 눈이 춤추듯 가라앉는 것을 보자 덩달아 서영의 마음도 깊이 가라앉았다. 우정이 깊어 사랑이 되어버렸다고 믿었다. 그런데 그건 진실이 아니다. 우정과는 상관없이 정우를 사랑한다. 그녀와 너무 닮은 모습의 그를. 가슴을 치는 깨달음에 서영은 정우의 팔을 잡고 까치발을 했다. 그리고 정우가 밀어낼 틈도 없이 뜨겁고 부드러운 입술에 키스했다.

"좋아해."

어떤 미사어구도 없이, 어떤 강조도 하지 않은 담담하고 밋밋한 고백. 천천히 입술을 뗀 그녀가 그를 올려보았다.

"이유 같은 건 묻지 마. 나도 몰라. 난 네가 나랑 너무 달라 친구 하는 것도 힘들다고 생각했었어. 그런데……그게 아니잖아. 너…… 나랑 너무 닮았어. 나와 닮은 모습으로 사랑하는 널 보는 게 가슴 아파. 그걸 깨달은 지금, 난 그저 놀라울 뿐이야. 친구…… 넌 지금부터 내 친구 아니야. 친구가 될 수 없어."

그래서 이젠 어떤 위기에서 구해줄 요량으로 무작정 뽀뽀하는 그런 짓, 다시는 할 수 없을 것이다.

"사랑한다고, 이정우."

이십구 년을 살며 지금보다 더 진지했던 적은 없었다. 일 초가 십 년 같은 침묵이 이어졌다. 결국 너무 늦고 말았다는 두려움이 그녀를 지배하기 시작할 찰나, 훅 가쁜 숨을 토해낸 그가 그녀를 힘껏 끌어안았다.

"왜 이렇게 사람을 조마하게 만드는 거야? 왜? 이 둔하고 눈치없는 못난아."

그녀를 꼭 껴안은 그가 원망을 쏟아냈다.

"조금만 더 빨리 말해주지 그랬어. 조금만 더 빨리 내 마음을 알아주지 그랬니."

"미안해. 정말 너무 미안해."

정말 다행이다, 정서영. 이 사랑, 놓치지 않아서. 정우의 단단한 품에 안긴 서영은 안도의 눈물을 흘렸다.

가슴이 콩닥거렸고 눈을 마주치면 얼굴이 절로 붉어졌다. 하지만 포장마차 한쪽 구석에 구겨져 앉은 서영은 정우를 노려볼 수밖에 없었다. 눈물 나고 가슴 아픈 사랑 고백이 있었던 오전에 그녀는 정우에게 김 모락모락 나는, 힘 좋은 사골 국물을 먹였단 말이다. 그런데 퇴근길에 거의 납치하다시피 병원에서 그녀를 데리고 나온 정우는 기껏 한강변 포장마차에 그녀를 앉혀놓았다. 이걸 대체 어떻게 해석해야 할까?

"부라보, 부라보! 아빠의 청춘—"

두 테이블 건너에선 아주 전국노래자랑을 찍고 있다. 숟가락 들고 고래고래 노래를 부르며 박수 치는 이 소란함이 과연 막 연애를 시작하려는 사람들이 있을 공간 맞던가.

"자, 우동 나왔어요."

불경기라는데 이십 석 가까이 되는 테이블이 다 채워져 신바람이 난 주인 아줌마가 던지듯 주고 간 우동 그릇을 받았다. 김이 모락모락 제법 맛깔스럽게 보였지만 서영은 새침한 얼굴 표정을 바꾸지 않았다.

"얼른 먹어."

"잊었나 본데, 나 우동 싫어해."

"그래도 먹어."

세상에서 제일 싫은 게, 먹기 싫은 거 강요하는 사람이다. 서영은 정우를 하얗게 흘겨보았다.

"너 나한테 랍스터 사주기로 한 거 잊었어? 오늘 같은 날 그거 사주면 좋잖아."

"오늘 같은 날이 무슨 날인데?"

젓가락 가득 우동 면발을 건진 정우가 물었다. 기가 막힌 서영이 그의 젓가락을 탁 쳐 우동이 후루룩 떨어지게 만들었다.
"몰라서 묻니?"
"하여튼 성질머리는 고약해선."
빈 젓가락을 보며 정우가 혀를 찼다. 누가 할 소리, 제 성질은 더 하면서. 그녀가 마구 구시렁거리는 동안 그는 우동 면발을 건져 먹으며 말했다.
"사람이 갑자기 변하면 안 돼. 너무 좋아도 좋은 티를 내면 안 된대. 나쁜 기운이 행복을 시기한다잖아."
침착한 그의 말에 서영의 눈이 동그래졌다.
"난 지금 너무 좋아서 그냥…… 영원히 이 순간이었으면 좋겠어. 아줌마, 여기 청하 한 병이요."
"어, 너 청하 마시면 안 되잖아."
정우의 주문에 깜짝 놀란 서영이 말리자, 그가 씩 웃었다.
"왜, 너 나 청하 마시면 엄청 좋아하잖아. 애 취급하면서 말이야."
"그런 그렇지만."
서영은 진지했다가 장난스러웠다가 당최 종잡을 수 없는 기분인 정우를 멍하게 보았다. 아니나 다를까, 청하 병이 반쯤 비워지자 정우의 고개가 맥없이 까닥거렸다.
"정말 왜 이래. 안 하던 짓까지 하면서."
스스로 망가지는 꼴은 죽어도 못 보는 녀석이 왜 이럴까.

"정우야, 정신 차려."

평소라면 정우의 술 취한 모습에 신바람이 났겠지만 오늘은 아니었다. 서영의 가슴속에는 걱정만 가득 차 올랐다.

"서영아, 나 너 좋아해."

"응, 나도 너 좋아해. 그러니까 우리 집에 가자."

그녀는 힘없이 까닥거리는 정우를 부축해 일으키며 대답했다.

"서영아, 사랑해."

"그래, 나도 너 사랑해."

테이블 위에 만 원짜리 한 장을 올려놓은 뒤 정우를 데리고 밖으로 나갔다. 알싸한 겨울바람이 코끝을 스쳐 지나갔다. 시원함도 잠시, 그녀는 정우를 빨간 지프의 조수석에 태운 뒤 운전석으로 올라탔다.

"휴…… 그래도 면허 정지 먹은 기간은 지나서 다행이다."

비록 정우가 제정신이었다면 애지중지하는 빨간 지프를 운전하도록 내버려 두지 않았겠지만 말이다.

"자, 우리 정우 안전벨트 하고 가자."

잠시 숨을 가다듬은 그녀가 안전벨트 쪽으로 손을 뻗치자, 그가 몽롱한 눈으로 응시했다.

"네가…… 네가 날 돌아보지 않아서 너무 슬펐어."

술기운을 빌어 고백은 계속됐다. 그제야 서영은 정우가 숙취를 감수하고서 청하를 먹은 이유를 알 것 같았다. 당당한 얼굴로 시니컬한 척해도 속마음은 그들의 관계가 믿을 수 없는 신기루 같은가 보다. 그래서 자꾸만 확인하고 싶은 그의 마음에 안쓰러움을 감출 수가 없었다.

"그랬어? 미안해."

그녀는 정우의 이마 위로 드리워진 머리카락을 쓸어 올려주었다.

"이제 안 갈 거지?"

그래, 정말 묻고 싶은 건 그거였구나. 가슴속에서 뭉클한 무엇이 느껴졌다. 바위보다 더 단단할지도 모를 저 속에서 이 말을 꺼내기가 얼마나 힘들었을까 생각하자 절로 목이 매어왔다.

"아무리 가라고 발로 차봐라. 내가 한 번 찍으면 절대 안 물러나. 네가 지겹다고 할 만큼 꼭 달라붙어 있을 테니까 걱정하지 마."

그의 눈을 응시하며 서영이 씩씩하게 다짐했다.

다음날, 출근한 서영은 사무실로 가지 않고 정우를 비상구 계단으로 불러냈다. 서영은 간밤에 인사불성으로 취한 그를 집에 데려다 주고 잠을 이루지 못했다. 너무나 여러 감정들이 복잡하게 얽혀 쉽게 잠을 이룰 수 없었던 것이다.

문자 메시지를 보낸 지 오 분 정도가 지났을까, 쇠문이 삐걱거리며 정우가 나타났다. 말끔한 모습이긴 했으나 얼굴을 보아하니 간밤의 청하가 아직도 맹위를 떨치는 듯했다.

"괜찮아?"
"아, 죽을 거 같다."
정우가 머리와 위를 번갈아 쓰다듬으며 인상을 썼다.
"그러게 왜 마셔? 마시고 나면 이렇게 고생하는 줄 알면서. 바보야, 내가 어디 갈 것 같아? 절대 안 가니까 다신 청하 마시지 마."
비록 어제 대답했다지만, 정우가 말짱한 정신일 때 한 번 더 다짐을 해야만 했다.
"그러니까 이거 먹고 얼른 정신 차려."
서영은 들고 있던 숙취해소제의 뚜껑을 열어 그에게 건넸다. 그녀의 말에 굳은 듯 멈춰 섰던 정우가 천천히 그것을 받아 들었다.
"내가 그런 것도 말했어?"
"그래. 바보처럼 왜 의심하니?"
"흠……."
그녀의 추궁에 정우가 머쓱해하며 드링크를 단숨에 마셨다.
"됐어. 들어가."
아이가 약을 남기지 않았는지 감시하는 엄마처럼 드링크 병을 들여다본 서영이 문 쪽을 가리키자,
"잠깐만."
그가 그녀의 손을 당겨 눈부시게 빛나는 반지를 끼워주었다. 그것은 바로 다이아몬드 반지였다.

"헉, 이게 뭐냐?"

그야말로 당황한 그녀는 말로만 듣던 다이아몬드 반지가 끼워진 손가락을 보며 믿을 수 없다는 듯 물었다.

"생일날 정말 주고 싶었던 거야."

어지간히 머리가 아픈지 연신 관자놀이를 문지르며 그가 말했다. 우와, 감동의 도가니탕이다.

"정우야, 내가 숙취해소제 하나 더 사 올게. 조금만 기다려."

서영이 열정적으로 말했다. 이 다이아몬드 반지를 위해서라면 숙취해소제 열 개도 사다 줄 수 있었다.

"됐어. 그냥 가."

하지만 그는 그녀의 흥분에 부끄러운 듯 먼저 비상구 문을 나갔다.

"어, 내가 사다 준다니까."

서둘러 뒤따라 나오던 서영은 막 엘리베이터에서 내리던 주희와 마주쳤다.

"어, 강 선생. 차트 찾으러 가?"

"네, 선배. 그런데 선배는요?"

주희의 여우 같은 눈이 정우를 지나쳐 그녀에게로 멈췄다. 오호라, 너 잘 마주쳤다. 서영은 회심의 미소를 지으며 주희에게 다가갔다.

"뭐예요, 인사도 안 해요?"

그 말처럼 인사도 없이 주위를 뱅글뱅글 돌던 그녀는 주희 코

앞에 멈춰 서서 왼손을 척 내밀었다.
"이게 뭔지 알아요? 이게 다이아몬드라잖아요."
"웬 거예요?"
반짝거리는 반지를 보며 묻자 서영이 가슴을 들썩이며 웃었다.
"우리 정우가 준 거예요. 어때요? 예쁘죠?"
"야, 하지 마. 부끄러워."
정우가 마치 세상을 다 얻은 듯 신이 나 웃는 그녀를 잡아당겼다. 그 모습을 보던 주희가 팔짱을 꼈다.
"흥."
하지만 여우가 새침하게 콧방귀를 껴도 서영은 씩씩하게 자랑을 멈추지 않았다.
"아유, 우리 정우 센스쟁이. 어떻게 이렇게 예쁜 반지를 골랐을까? 안됐다, 누구누구는. 우리 정우한테 퇴짜 맞았네."
"그거 지금 나한테 하는 말 맞죠?"
정우는 급격히 기분이 나빠지는 주희에게서 얼른 서영을 그에게로 잡아당겼다.
"아니야, 강 선생. 우리 갈게."
"왜, 아직 할 말 더 남았어."
"뭘 남아, 얼른 가."
그는 주희에게서 떨어지지 않으려는 서영을 잡아끌고 전산실 앞으로 갔다.

"애처럼 왜 그래?"

전산실 문 앞에서 서영을 놓아준 정우가 타박을 하자 서영이 주희가 서 있던 곳을 향해 혀를 날름거렸다.

"그래, 나 유치해. 그래도 강 선생 너무 미웠다고."

두 볼을 통통하게 부풀리며 퉁퉁거리는 서영의 아이 같은 모습에 정우는 웃을 수밖에 없었다.

"대체 강 선생한테 왜 그래?"

"너랑 어울려 다닐 때 얼마나 얄미웠는데!"

"질투했던 거야, 우리 못난이?"

좋아 죽는 듯한 정우의 표정을 본 서영이 새침하게 고개를 돌려 버렸다.

"흥."

그러자 정우가 그녀의 머리를 톡 치며 물었다.

"너는 좋아하는 남자한테 선배라고 부르냐?"

"어? 그게 무슨 말이야?"

"잘 생각해 봐라."

아리송한 말을 남긴 정우가 손을 흔들며 사라졌다.

"무슨 말이지?"

홀로 남은 서영이 중얼거렸다. 선배…… 그래, 생각해 보니 그것도 그렇다. 좋아하는 남자를 선배라고 부르는 여자, 몇이나 될까?

"그럼 강주희가 우리 정우 좋아한 게 아니란 말이야? 에이,

설마. 그럼 왜 같이 밥 먹자 그러고 같이 차 마시자 그런 건데? 왜 좋아 죽는 여자처럼 달라붙은 거야?"

주희가 정우를 좋아한 게 아닌 건 잘 알겠는데, 그럼 왜 그런 행동들을 한 거지? 서영의 머릿속에 물음표가 늘어갔다.

"아구, 모르겠다. 우리 정우만 안 좋아하면 된 거지."

결국 결론 도달에 실패한 서영은 어깨를 으쓱이며 사무실로 들어갔다.

Rrrrrr. 그녀는 고요한 사무실에서 요란하게 울리는 휴대폰을 잽싸게 받았다.

"네."

[어, 서영아. 나 형진이.]

아…….

"어."

너무 여러 일들이 있어 형진을 잊었다. 누구보다 상처받았을 녀석의 존재를 까맣게 잊고 있었다니, 무심한 자신이 원망스러웠다.

"저기 형진아……."

[나 미국 간다. 세 시 비행기야.]

그녀가 무슨 말을 하기도 전에 형진이 그것을 가로챘다. 그녀 입에서 나오는 말이란 사과와 미안함이란 것을 알았기에, 그녀를 위한 배려인 것이리라.

"뭐?"

그것을 알았지만 서영은 다시 말을 이을 수가 없었다. 형진이 전해준 소식이 너무 갑작스러웠기 때문이다.

[잘 있어야 해.]

"야, 박형진. 너 뭐야. 이렇게 가면 어떡해."

변명 할 시간도 주지 않고 훌쩍 가버린다니 말도 안 된다. 서영은 그만 자리에서 벌떡 일어났다.

"너 가는 거 정우도 알아? 은호는?"

[아니. 미국 가서 말하려고. 너는 항상 특별했으니까 너한테만 말하는 거야.]

수화기 너머 녀석이 가만히 웃는 것이 느껴졌다. 시계를 보니 한 시였다. 미친 듯이 공항으로 가면 형진을 배웅할 수도 있을 것 같았다.

"조금만 있어. 우리가 갈게."

[뭐 하려고 그래. 잘살아. 다녀올게.]

정말 배웅을 받지 않으려는 듯 형진은 그 말을 끝으로 전화를 끊어버렸다.

"야, 형진아. 형진······."

사무실 사람들 모두 그녀를 쳐다보았지만 서영은 신경 쓰지 않았다. 절대 혼자 쓸쓸히 가게 내버려 두지 않을 테다. 의자에 걸쳐 두었던 재킷을 낚아채 사무실을 뛰어나갔다. 그리고 엘리베이터를 기다리며 정우에게 전화를 걸었다.

"어, 나야. 너 얼른 나와."

[왜? 지금 진료 중인데…….]

"형진이가 지금 미국 간대. 세 시 비행기라는데 얼른 가야 해."

[뭐?]

"얼른!"

그녀처럼 갑작스런 소식에 놀란 정우가 적응할 틈도 주지 않았다. 전화를 끊은 서영은 은호에게 전화를 걸어 정우에게 했던 것과 똑같은 말을 했다.

공항으로 가는 길이 이렇게 먼 줄 미처 몰랐다. 정우의 차 조수석에 앉은 그녀는 초조감을 감추지 못했다.

"얼른 가자. 응?"

"알았어."

그녀만큼이나 마음이 급한 정우는 단속 카메라에 찍히는 것도 감수하고 속도를 올렸다. 어떻게 왔는지도 모를 만큼 빠르게 공항에 도착하자, 정우가 주차하는 틈을 참지 못한 서영이 내려 뛰기 시작했다. 시계를 보니 세 시 되기 이십 분 전이었다. 공항 청사를 마구 뛰어 게이트 앞으로 가자 과연 저만큼 떨어진 곳에 형진이 서 있었다.

"형진아."

서영은 다급히 그를 부르며 뛰어갔다.

"이 나쁜 놈아. 아직 가지 마."

"서영아."

형진이 달아나지 못하게 그의 팔을 덥석 서영이 숨을 몰아쉬었다.

"너, 너! 작별 인사는 하게 해줘야지!"

"어떻게 왔어."

"뭘 어떡해 와. 정우 차 잡아타고 왔지. 조금만 있어. 은호도 올 거야."

"왜 힘들게 괜한 짓을 해."

"뭐가 힘들어! 하나도 안 힘들어. 그리고 친구가 출국할 때 작별 인사 하는 건 절대 괜한 짓이 아니야!"

그럴 마음이 아니었는데, 서영은 빽 고함을 치고 말았다. 이 녀석은 왜 이렇게 착한 건지 모르겠다.

"힘들면 힘들다고 투정이라도 부리든지. 이게 뭐야? 죄지은 사람처럼 훌쩍 떠날 생각이나 하고. 최소한 우리 인사는 받아야지."

"그러게 말이다. 인사는 받아야지."

그녀의 원망 뒤로 정우의 목소리가 날아들었다.

"나쁜 놈, 미국에 꿀 묻어놨냐? 두세 달은 있는다고 하더니, 이게 뭐냐."

언제 왔는지 은호도 다가와 형진을 덥석 끌어안았다.

"너 없으면 나 외롭다."

"둘이 사귀냐? 성분이 의심스럽다."

너무나 느끼한 대사를 날리는 은호를 끌어내고 정우가 형진을 꼭 껴안아주었다.

"잘 가라."

"그래, 잘 있어. 미안했다."

형진은 정우의 등을 두드리며 말했다.

"혼란을 일으킨 것 같아 미안했지만…… 너한테 못할 짓인 걸 알면서 그럴 수밖에 없었다. 그리고 이젠 후련해."

시도조차 못해본 사랑보다 돌진해서 포기한 사랑이 더 잊기 쉬울 테니. 형진의 얼굴은 담담하기만 했다. 그런 형진을 한참 동안 보며 정우가 어렵게 말문을 열었다.

"너는 모르겠지만 너한테도 너만 사랑해 주는 여자가 있을 거다."

"글쎄, 그럴까?"

형진이 고개를 저었지만 정우는 단호했다.

"찾으려 하지 마라. 분명 네가 만났던 여자 중 누군가 널 사랑할 거야."

정우는 마치 무엇인가를 아는 사람처럼 단언했다.

"간다."

그의 얼굴에서 무엇인가를 찾으려던 형진은 결국 웃음과 함께 작별을 고했다. 은호가 형진의 등을 툭 치며 아쉬운 마음을 달랬고, 서영은 형진을 꼭 안아주었다.

"잘 갔다 와. 보고 싶을 거야."

"그래, 너도 행복해."

헤어짐이란 언제나 슬프다. 그러지 말자 해도 서영의 눈에 눈물이 고였다.

"미안하단 말은 이제 안 할래. 너도 꼭 행복해질 테니까."

"알아."

형진은 그녀의 머리를 어루만져 주었다. 안내방송에서 탑승 시간의 임박을 알리자 형진이 돌아섰다.

"정말 간다."

큰 손을 휘이 저어 작별을 고한 그는 단호한 걸음으로 게이트 안으로 들어갔다. 잠시라도 멈춰 서면 눈물을 보일까, 독하게 등 돌리지 않은 형진이 사라졌다.

이윽고 게이트가 닫혔지만 정우와 은호, 그리고 서영은 꼼짝도 하지 않고 그대로 서 있었다. 실감나지 않는 이별이라 그들은 그렇게 서서 헤어짐을 자각하는 중이었다.

Rrrrrrr.

찰나와 같은 멈춤 속에서 정우의 휴대폰이 요란하게 울렸다.

"어, 강 선생. 나야. 조금 전에 막 들어갔어."

강 선생? 곁에 섰던 서영이 의아한 눈으로 통화하는 그를 보았다.

"걱정하지 마. 곧 다시 들어올 거야. 몇 년은 견딜 수 있어도 그보다 더한 시간은 견딜 수 없을 거야. 부모님도, 친구도, 모두 한국에 있으니까. 아무 걱정 하지 말고 끊어."
 진지하게 충고한 그가 전화를 끊자 서영이 그의 팔을 잡았다.
 "강 선생이 누구야? 설마 강주희 선생이랑 통화한 거야?"
 주희가 형진을 안다는 것은 있을 수 없는 일이었지만 그녀가 아는 강 선생이란 강주희뿐이었다.
 "못난아, 너무 알려고 들지 마라."
 하지만 정우는 순순히 말해줄 마음이 없는 것 같았다.
 "야, 그냥 속 시원하게 말 좀 해봐."
 "뭘?"
 그러자 곁에 있던 은호가 불쑥 끼어들었다.
 "은호야, 글쎄 말이야. 정우가 지금 말하는 강 선생이 내가 아는 강 선생이 맞다면……."
 "자, 가자. 못난아."
 정우는 은호에게 자초지종을 말하려던 그녀의 팔을 덥석 잡아 뛰기 시작했다.
 "강은호, 우리 누가 로비 앞까지 더 빨리 뛰나 시합하자. 지는 사람이 오늘 술값 내는 거다."
 정우의 신나는 외침 뒤로 은호의 흔쾌한 대답이 들렸다.
 "좋지."
 "못난아, 빨리 뛰어."
 한 발짝 뒤에서 들리는 은호의 숨소리에 서영의 마음도 덩달아 바빠졌다. 신나게 뛰어가는 그들 모습을 사람들이 흘깃거렸지만 상관없었다. 손을 맞잡은 정우의 손은 더할 나위 없이 따뜻했고 바람은 시원하게 그들을 지나갔다.

"우리가 이겼어."

정우의 손을 잡고 로비 앞까지 먼저 뛰어온 서영이 환호성을 질렀다. 그래, 언제나 이렇게 손 잡고 같이 가는 거다. 언제나…….

〈눈을 뜨니 벌써 아침이야. 시차 적응하느라 며칠 고생을 했는데 오늘은 좀 괜찮은 것 같아. 창문을 여니 따뜻한 봄바람이 무척 상쾌해서 기분이 좋아.

서영아, 잘 지내지? 한국을 떠나온 지 불과 열흘이 지났을 뿐인데, 십 년도 더 된 것 같은 기분은 왜일까, 아주 오랫동안 생각만 했던 일을 실천으로 옮겨서일까?

나 때문에 마음고생 많이 한 건 아닐지 무척 걱정했었어.

정우……. 내 제일 친한 친구. 한국을 떠나서 제일 그리운 사람이 정우와 은호, 그리고 너였어. 넌 내가 좋아하는 사람, 정우도 내가 좋아하는 친구. 그래서 망설이기도 많이 했지만 적어도 한 번은 내 마음을 고백해 봐야 한다고 생각했어. 사실 이런 결과를 알면서도 무모한 용기를 냈던 것 같아. 너흰 아니라고 강력하게 부인하겠지만 정우와 넌, 마치 삼십 년을 산 부부처럼 서로에 대해 아주 많은 걸 알고, 서로를 챙겨줘. 대체 그 특별한 유대가 어디서 오는 것일까, 난 참 많이 궁금해했다. 아기 때부터 알고 지내면 그렇게 되나? 스스로에게 되묻기도 많이 했지만, 내 결론은 '아니다'야. 정우와 넌 그저 알고 지냈기 때문에 사랑하는 것이 아니라, 사랑할 사람들이었기에 사랑했던 거야.

그걸 깨달은 순간, 이상하게 마음이 편해졌어. 오랫동안 그저 소망으로 품었던 내 사랑이 끝난 건데도 화가 나지 않더라. 오히려 다행이다 싶었어. 내가 못나서 선택받지 못한 것이 아니라, 네가 그저 정우를 사랑할 운명이었기에 선택받지 못했다고 결론지었거든.

적어도 지금 난 아주 많이 후련하다.

참, 중간에서 은호가 많이 힘들었어. 내 편 들어주랴, 정우편 들어주랴, 그리고 네가 힘들지 않게 다리 역할 해주랴. 우리가 모두 고마워해야 할 녀석이 바로 은호다. 난 당분간 한국에 갈 수가 없으니 대신 네가 술 한 잔 사줘. 알았지?

—시카고에서 형진.〉

이메일에서 형진의 따뜻한 미소가 우러나오는 것 같았다. 로그아웃 창을 클릭하는 서영의 입가에 고운 미소가 맺혔다.

"못난아, 빨리 나와. 우리 아직도 출발 안 했다고 은호 녀석 화났어."

창밖에서 정우의 목소리가 메아리쳤다. 그제야 정신이 든 서영은 벌떡 일어나 침대 위에 놓아두었던 백을 들고 뛰어나갔다.

정신없이 밖으로 나오자 정우가 인상을 쓰며 마구 떽떽거렸다.
"왜 이렇게 늦었어? 은호는 벌써 도착했대."
"미안, 형진이한테 온 메일 읽느라 늦었어."
서영은 숨을 몰아쉬며 차에 올라탔다.
"그래? 잘 있다고 하지?"
"그럼. 잘 있대."
그녀의 말에 정우가 고개를 끄덕거렸다.
"참, 김 주임이 나한테 할 말 있다고 한 번 만나자고 하던데, 뭔지 아냐?"
어둠이 내려앉은 골목길을 벗어나던 정우가 묻자 서영이 화들짝 놀라 소리쳤다.
"야, 절대 만나면 안 돼!"
"못난이 너."
갑작스런 서영의 비명에 놀라 핸들을 놓친 정우가 혀를 찼다.
"갑자기 소리 지르면 어떡해? 사고 나서 죽고 싶냐?"
"그만큼 강력한 의사 표현인 걸 모르냐? 김 주임 다시 사악모드로 변해서 날 엄청 괴롭히는데, 만나자는 거 보면 뻔하지."
정우의 타박에 서영이 툴툴거렸다. 서영의 왼손에 곱게 자리 잡은 다이아몬드 반지의 주인이 정우라는 것을 안 정민의 얼굴 표정이란. 지난 열흘 동안의 일을 떠올리는 서영의 얼굴에 괴로움이 역력했다.
"사악모드라니. 허풍이 너무 심한 거 아니냐?"

허풍이라니! 쳇, 어림도 없는 소리다.

"넌 절대 안 당해봐서 몰라."

서영은 고개를 마구 저었다. 정우를 차지할 여자로 강주희란 공공의 적이 있었을 땐 서영과 한편을 먹지만, 정우가 서영의 차지가 되는 것은 절대 용납할 수 없다 길길이 날뛰던 정민을 못 봐서 하는 말이다. 다른 좋은 사람을 찾겠다더니 왜 아직도 정우에게 미련을 못 버리는지, 서영은 아주 돌아버릴 지경이었다.

"하여튼 너 김 주임 만나지 마. 이건 네 여자 친구로서 하는 경고야. 알았어?"

그녀가 으름장을 놓자, 곁눈질로 힐끔거리던 그가 씩 웃었다.

"왜 웃어?"

거절을 하기만 하라지. 확 물어버릴 테다. 굳은 결심을 하며 따지자, 그가 말했다.

"좋아서. 내 여자 친구 정서영. 참 좋네."

그의 입가에 둥글게 내려앉은 미소가 눈까지 점령했다. 그와 그녀를 연결하는 어떤 말에도 저렇게 웃음으로 반응하는 녀석. 그녀의 남자 친구 이정우, 그래 참 좋다.

"이것들, 내가 큰맘 먹고 한턱 쏘겠다는데 왜 이렇게 늦었어!"

그들이 〈스카이〉로 들어서자 이미 와 있던 은호가 도끼눈을 하고 소리쳐 댔다.

"이런 날이 자주 오는 줄 알아? 강 검사 인생에 첫 범인을 잡아 철장으로 보낸 날인데, 그런 날을 함께하게 해주는 게 보통 일인 줄 아냐고오! 왜 이런 영광을 모욕하는 건데에!"

심하게 분노하셨다.

"미안해. 지인짜 미안하니까 그만 진정하고 얼른 술 시킬게."

서영이 두 손을 앞으로 모으며 사과했지만 은호는 본체만체 고개를 돌려 버렸다.

"쳇."

"야, 우리 서영이가 미안하다고 하잖아, 그만 해라."

"됐어. 네가 제일 나빠! 연애하면 그렇게 변하는 게 우정이냐?"

정우의 점잖은 말에 은호가 폭발했다. 얼굴까지 붉히며 따지는 폼을 봐선 정말 단단히 화가 난 것 같았다. 서영이 조마조마한 마음으로 은호를 보는데, 절대 동요하지 않은 정우가 은근한 목소리로 말했다.

"저기, 은호야. 난 분명 네가 관심없을 거 알지만 그래도 말하고 싶어. 있잖아, 우리 병원에 정말 예쁜 치위생사가 새로 들어왔어. 왜 네가 제일 좋아하는 영화배우가 한가연 맞지? 한가연이랑 정말 똑같아. 말하는 거 들어보니까 애인도 없다던데……. 네가 관심없는 건 잘 알지만 그래도 어떻게 생각해?"

정우가 슬쩍 말끝을 흐리자 은호가 힐끔 그를 보았다.

"정말 한가연 닮았어?"

"그러엄, 닮았지. 그래서 내가 주제넘게 물어볼 수밖에 없었어. 내 친구 중에 마침 솔로인 친구 있는데 관심있냐고 물어봤다는 거 아니냐."

"관심있대?"

강·약, 중간·약 리드미컬한 정우의 말에 홀딱 넘어간 은호가 언제 화를 냈냐는 듯 해맑게 물었다.

"당연하지. 누가 너 같은 녀석을 싫다고 하겠냐? 어때, 나 잘했어?"

"아이고, 그걸 말이라고 해? 자자, 정우야. 한 잔 받아라. 내가 오늘 거하게 쏠 테니까 먹고 싶은 거 다 먹어. 알았지?"

"알았어."

참, 잘들 노네. 서영이 어이없어 바라보는 것도 상관없이 정우는 봄눈 녹듯 분노를 잊은 은호가 따라준 술을 맛있게 받아 마셨다. 나름대로 지성인이라면 지성인인 남자들의 대화가 겨우 한가연 닮은 여자와의 소개팅으로 귀결되는 것에 통탄을 금치 못하겠다. 남자들이란 다 똑같다. 그녀는 두 남자를 하얗게 흘겨보았다.

"자, 술 시키자. 여기요."

그녀가 흘겨보거나 말거나, 함박웃음을 머금은 은호가 커다랗게 손을 저었다.

"두루두루 술 먹기 좋은 날이군."

"뭐가?"

뜻을 알 수 없는 말에 정우가 묻자 은호는 얼른 고개를 흔들었다.

"아니다."

어쩐지 은호의 그 웃음이 의미심장했지만 그땐 그 웃음의 의미를 알 수가 없었다.

어디서 참새들의 명랑한 합주가 계속됐다. 지나치게 명랑해서 심술이 날 만큼, 전선 위에 앉은 참새들은 맑고 신나게 짖어댔다. 그런데 이 참새들이 갑자기 헬륨 가스를 들이킨 것처럼 기묘하고 찢어진 소리로 돌변했다. 명랑한 소리도 인내심을 가지고 들었던 판에 서영에겐 참새들의 괴기한 소리를 들어줄 정신적 여력이 없었다. 그만 해, 안 그럼 다 잡아다 참새구이 해먹을 거야! 그녀가 꽥 소리를 지르며 일어났는데, 순간 눈앞에 별똥별이 스쳐 지나갔다.

"아, 머리야."

정말이지 머리가 깨질 듯 아팠다. 침대에서 절반쯤 몸을 일으킨 그녀가 조금만 움직여도 눈동자가 튀어나올 것 같아 머리를 꽉 잡아야 했다. 좋아하지 않는 락큰롤을 최대 볼륨으로 틀어놓은 것처럼 쿵쾅대는 머리를 겨우 진정시킬 찰나, 곁에서 다 죽어가는 신음 소리가 들려왔다.

"아우, 머리야······. 내 머리······."

저기 머리 아파 죽는 사람 또 하나 있다. 이 지독한 두통에도 혼자서 아픈 게 아니란 유치한 생각에 즐거운 것은, 그녀가 아직 미성숙했다는 증거일까.

그런데 가만, 왜 그녀 곁에 다른 사람이 있는 건데? 정서영 평생 침실을 누구와 나눠 써본 적이 없는데. 덜컥 가슴이 내려앉은 서영이 두통도 잊고 고개를 돌리자, 지구가 갈라지는 듯한 통증에 눈앞이 하얘졌다. 분명 숙취였다.

"아고."

머리를 부여잡은 채 인상을 잔뜩 찌푸리며 실눈을 뜨던 그녀는 그만 정우와 시선이 정면으로 마주쳤다.

"아악."

"헉!"

서로 눈이 마주친 순간, 누구에게서 라고 할 것 없이 외마디 비명이 터지며 화들짝 물러났다. 정우가 그녀보다 더 놀랐던지 긴 팔을 허우적거리다 침대에서 떨어지고 말았다.

쿵!

"으윽."

"정우야."

죽는 소리를 내는 그를 침대에서 내려다보았다.

"괜찮아?"

"네 눈에는 내가 괜찮아 보이냐?"

떨어지고 놀라 반쯤 몸을 일으키던 정우가 그만 털썩 누워 버렸다.

"아, 머리가 너무 아파. 이건 분명 청하 마셨을 때 숙취인데."

참지 못하겠다는 듯 머리로 올리는 손, 그 몸짓에 따라 군침 나올 만큼 멋진 복근이 그녀를 향해 웃었다. 하얀 시트에 감긴 허리 아랫부분이 궁금할 만큼 구릿빛 가슴이 탄탄했다.

"난 청하 마셔도 괜찮은데, 내 머리는 왜 아픈 거야?"

좀비처럼 멍하게 중얼거리자, 이마에서 손을 뗀 그가 그녀를 올려다보았다.

"그런데 넌 왜 나랑 같이 있냐? 그것도 흠, 그런 모습으로?"

정우답지 않게 그를 더듬거리게 만든 그녀의 모양새가 어떤지, 아래를 슬쩍 내려다보던 서영이 기겁을 했다.

"아악, 이게 무슨 일이야?"

정우가 탄탄한 복근을 드러낸 거라면 서영 역시 뽀얀 어깨를 드러내며 벗은 가슴인 채였다. 세상에, 이게 정말 무슨 일이라니? 얼굴이 붉어질 대로 붉어진 서영은 시트를 잡아당겨 머리 위로 뒤집어썼다.

"이정우, 너 솔직하게 말해! 네가 한 짓이지?"

시트 아래 그녀가 마구 소리치자 바닥에서 겨우 일어난 정우가 침대에 앉으며 투덜거렸다.

"미쳤냐? 내가 이럴 거면 청하를 왜 마시는데? 필름 끊기게 마시고 널 어떻게 덮쳐."

"그럼 누가 이런 건데!"

아무도 이런 짓을 한 사람이 없으면 그들이 모텔 방 한침대에 누워 있을 일이 없다. 서영이 시트를 걷으며 말하는 순간, 그들의 뇌리를 스치는 얼굴.

"은호다."

"이 자식을 그냥!"

어쩐지 모호한 웃음 하며, 어쩐지 평소라면 저 마실 것도 없다고 술병을 독차지하는 놈이 웬일로 술을 권하던 모습이 수상쩍더라니. 정우와 서영이 이를 갈았다.

"은호 걔, 미친 거 아니야?"

"그러게 말이다."

발끈해 은호에게 전화를 걸던 정우는 전원이 꺼져 있다는 소리에 이를 악물며 휴대폰을 던져 버렸다.

"그런 애를 검사하게 내버려 둬도 돼? 우리 검찰청에 진정서 넣을까?"

"그래, 저기 종이 있네."

그런데 종이를 가지러 자리에서 일어난 정우의 뒷모습에 서영이 그만 한숨을 쉬었다.

"어머, 정우야. 너 진짜 근사하다."

경탄 어린 그 말에 정우가 힐끔 뒤를 돌아보다 얼른 돌아섰다.

"뭐…… 너도…… 너도 멋져."

그녀를 본 정우의 얼굴이 붉어졌다는 건 보지 않아도 알 수 있었다. 귀 끝까지 빨개진 모습, 어쩐지 기분이 좋아지기 시작했다.

"음, 저기…… 우리 출근 준비해야 하는 거 맞지?"

수줍음을 가장한 서영의 은근한 목소리, 주춤 뒷걸음질치며 다가온 정우가 침대 끝자락에 앉았다.

"뭐…… 하루 결근한다고 세상이 무너지는 건 아닐 거야. 안 그래?"

"응, 내 생각도 그래."

그녀가 열렬히 고개를 끄덕거리자, 정우가 맞장구쳤다.

"은호 정성도 무시하면 안 돼. 걔가 우리 한방에 넣어주려고 얼마나 고민했겠어? 절대 그럴 성격 아닌 건 너도 잘 알잖아. 맞지?"

"당연하지. 그 싸가지가 정말 성격 안 맞게 우릴 배려했다니까."

서로의 시선이 마주쳤다.

"그럼……."

"정우야……."

정우가 그녀를 향해 풀쩍 다가왔다. 아이고, 좋다.

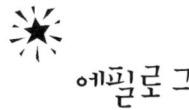
에필로그

일년 하고 여섯 달 뒤.
 원래 아홉수에는 결혼을 하지 않는 거라는데 못난 어미 만나서 못나게 나올 아기, 어미가 하루라도 더 나이 먹기 전에 낳는 것이 그나마 나을 거란 정우 말에 확 다 엎으려다…… 그냥 결혼했다.
 정우랑 결혼하겠다고 서로의 집에다 말하자, 정우의 부모님은 그녀를 무척 환영해 주었다. 윤희 아줌마가, 아니다. 시어머님이 아들 둘 다 의사로 만들었다고 평소에도 목에 힘 팍팍 주고 다니셨기에 며느리도 의사 버금가는 그런 며느리를 원하실 줄 알았지만, 그런 걱정이 무색하게 윤희 아줌마는 그녀를 좋아하셨다.

그런데 정작 문제는 서영네였다. 참으로 어이없게도 엄마가 반대를 했다. 나름 당황하면서도 한편으로 감격을 했지 뭔가. 그렇게 구박하던 딸 결혼한다니까 아까워 거절한다고. 그러나 엄마의 속내를 듣는 순간 서영은 기절할 뻔했다.

"윤희야, 정우가 약 먹었나 보다. 왜 우리 서영이를 데려간다니? 응?"

윤희 아줌마의 전화에 엄마는 당최 이해할 수 없다는 듯 반문에 반문을 거듭했다. 정우가 제정신 돌아오면 이혼할지도 모른다는 게 엄마의 최종 입장이었다. 세상에! 기가 막혀 아무 말도 안 나오는 그녀를 대신에 정우가 각서를 썼다. 절대 이혼하지 않겠다는. 사돈의 팔촌 총각 선 사건 이후 서영을 가장 기함하게 만들었던 순간이었다.

그렇게 각서까지 써가며 결혼을 했는데, 젠장. 아니, 요즘 해외로 신혼여행 안 가는 부부가 어디 있단 말인가! 남들 다 부러워하는 의사 신랑 만났는데 신혼여행을 경주로 갔다. 경주가 나쁘다는 게 아니다, 절대. 고즈넉하고 우아한, 선조들의 숨결이 서려 있는 도시라는 것을 잘 안다. 하지만 서영이 생각하기에 초등학교 때부터 고등학교까지 수학여행 필수 코스를 신혼여행으로 가는 건 너무나 큰 무리가 따랐다.

"절대 싫어, 나도 몰디브 가고 싶어!"

"그럼 휴가 반납한다."

그녀가 팔짱 끼고 버티자 독한 놈. 아예 신혼여행을 안 간단다. 뭘 믿고 그렇게 독한 건지…… 쳇. 결국 서영은 입이 오리 주둥이처럼 나와 따라갈 수밖에 없었다.

토함산을 등산로로 올라가 보지 못한 사람은 절대 모를 거다. 춥디추운 겨울날, 왜 이정우는 남들 다 차 타고 가는 석굴암을 등산로로 걸어 올라가자고 우기느냔 말이다! 새색시가 헉헉대며 올라가는데 새신랑이란 작자는 어디서 구했는지 작대기를 하나 들고 빨리 올라가라고 엉덩이를 콕콕 찔러댔다. 서영은 그냥 확 짐 싸서 오려다…… 참았다. 그래도 좋은 게 새신랑이니까.

하지만 지금, 그녀는 흥분모드다.

"너, 뭐냐? 나 두고 어딜 간다고?"

임신 팔 개월인 서영이 부른 배로 정우를 밀며 따져 물었다. 이렇게 부른 배를 한 부인을 두고 일본을 간단다, 일본을. 그러자 정우가 타이를 매며 말했다.

"나도 가기 싫은데, 그럼 어떡하니. 임플란트 코스에서 다 함께 가는 거라 나도 참석해야 해."

서영은 그런 정우를 노려보았다. 결혼을 하고 임신으로 팅팅 부은 자신과는 너무 다르게 정우는 예나 지금이나 섹시하고 매력적이다. 아우, 저 날씬한 허리 좀 봐라.

그녀는 진정 억울했다.

"아무리 그래도!"

"뭘 그래도야. 집 잘 보고, 애기 잘 품고 있어라. 숨 쉬기 힘들다고 내 아기 구박하기만 해봐."

아직 태어나지도 않은 아기 편을 얼마나 드는지. 서영은 기가 막혔다.

"구박하면 어쩔 건데?"

그러자 정우가 다가와 그녀 귓속에 속삭였다.

"그럼 못 자게 괴롭혀 줄 거야."

잔뜩 웃음기 어린 말 속에서 은밀함을 알아차린 서영이 콧방귀를 꼈다.

"쳇."

"투덜대지 말고 집 잘 지키고 있어."

아이에게 하는 것처럼 머리를 쓰다듬어 준 정우가 쌩하고 사라졌다. 정말 기본이 안 된 남편. 두 달이나 남았다지만 임산부를 홀로 두고 저렇게 가버리다니. 굳게 닫힌 문을 보자 절로 울컥해졌다. 꿀단지 뺏긴 곰마냥 처량하게 앉아 있던 서영은 그대로 거실 바닥에 누워 버렸다.

"아, 진짜 숨 쉬기 힘들다."

엄마는 아무나 되는 게 아니다. 날로 붓는 몸도 무섭고, 조금만 움직여도 숨이 찬 것도 무섭다.

"헉."

그때 똑바로 눕지도 못해 편한 자리를 찾아 지렁이처럼 꿈틀거리던 서영이 순간적인 통증에 허리를 굽혔다. 말로는 표현하지도 못할 날카로운 통증. 그녀는 숨을 몰아쉬었다. 뱃속의 아기가 발길질하는 느낌이 절대 아니었다.

"뭐…… 뭐야."

당황함에 배를 움켜쥐자 숨을 쉬지 못할 만큼 날카로운 통증이 연속적으로 이어졌다. 첫 출산이지만 본능적으로 문제가 있다는 것을 알아차린 서영은 두려워졌다. 예정일이 두 달이나 남았는데, 신랑은 일본 간다고 사라지고 혼자뿐인데.

"너…… 너 태어나려는 거 아니지? 야, 지금 네 아빠도 없고 아직 네 방에 도배도 다 못했어. 그러니까 두 달 더 있다가 나와. 응?"

아악, 말이 끝나기도 무섭게 배가 찢어지는 듯했다.

"아, 알았어. 그래…… 나와라. 안 말리마."

서영은 진땀을 뻘뻘 흘리며 임부복 주머니에 넣어둔 휴대폰을 꺼냈다. 침착하자 되뇌어도 버튼을 누르는 손이 저절로 떨려왔다.

"이게 뭐야…… 팔삭둥이 낳는 것도 무서운데 신랑도 없고. 엄마!"

정우를 저주하며 상대방이 전화를 받기 고대하던 서영은 엄마의 목소리가 들리자 바락 소리쳤다.

"엄마, 나 죽어!"

죽는다고 하기에는 너무나 씩씩한 외침에 엄마가 당황해했다.

[그게 무슨 말이야? 왜 죽어?]

"아기 태어나려나 봐. 얼른 좀 와줘요."

[뭐야? 아직 여덟 달밖에 안 된 애가 왜 지금 벌써 나와?]

흠, 그게 중요한 게 아니고요, 지금 나오겠다는데 난들 어쩌라고.

[그런데 어쩌니? 엄마 지금 울릉도에 왔는데?]

"헉, 뭐라고? 엄마 농담하는 거지?"

배가 점점 더 아파오는데, 서영은 엄마의 말에 눈이 튀어나올 듯 커다래졌다.

"그럼 소영 언니는! 언니한테 좀 오라고 해봐."

[소영이네도 같이 왔다. 애는, 엄마가 며칠 전부터 그렇게 말했는데 그새 잊었어?]

맞다. 만삭인 그녀와 정우를 빼고 가족들 모두 울릉도 관광을 간다고 했었다. 문제는 가족 여행에 정우 부모님, 즉 시부모님도 모두 동참하셨다는 것. 아하……. 비로소 현실을 자각한 서영의 입에서 탄식이 흘러나왔다.

[애, 서영아······.]

"엄마, 그냥 나 죽었다고 생각해."

그녀는 전화를 끊었다. 산모를 두고 다들 떠났다. 다들! 똑바로 허리를 펴지도 못할 만큼 심한 통증에 눈물이 절로 났다.

"죽어도 앰뷸런스 타고 혼자 병원 안 가."

가족들 없는 것만 해도 눈물 나게 서러운데, 구급요원들 손

잡고 아기 낳는 것은 상상만 해도 낯설었고 슬펐다. 두 눈에 그렁그렁 눈물을 매단 서영이 서둘러 전화를 걸었다.

[야, 나 바빠, 끊어.]

딱 두 번의 신호음이 가고 전화를 받은 은호가 꽥 소리를 질렀다. 그에 못지않게 서영도 소리치기 시작했다.

"야, 강은호. 안 돼, 끊지 마. 끊으면 나 죽어!"

[무슨 말이야?]

"나 배 아파. 그런데 아무도 없어. 흐흑."

[야야.]

말하고 보니 참 처량하다. 서영이 서럽게 울기 시작하자, 수화기 너머 은호가 당황하는 것이 고스란히 전해졌다.

[아직 출산일 아니잖아. 정우는? 아줌마는?]

"어엉, 아무도 없어. 나 죽을 거 같아."

땀과 눈물이 범벅이 되어 얼굴을 타고 내렸다.

쿵쿵.

"야, 정서영. 문 열어. 문 열어봐!"

검찰청에서 그녀 집까지 이십 분은 족히 걸리는 거리를 은호는 정확히 8분 37초 만에 왔다. 통증에 신음하던 서영은 차마 일어날 기운이 없어 엉금엉금 기어 문을 열어주었다. 그러자 바닥에 엎드린 그녀를 본 은호가 말했다.

"너 아직 안 죽었어?"

이 순간조차 싸가지 발언을 하는 자식. 하지만 지금 당장 의지해야 할 유일한 인간이기에 참는다.

"네가 계속 그러고 있으면 곧 죽을 거야."

땀범벅이 되어 고통스럽게 말하자 은호가 그녀를 번쩍 들어올렸다.

"죽으면 안 돼. 너 죽으면 우리 정우 슬퍼해서 안 돼."

그 말을 듣자 또다시 서러움이 치솟았다.

"어엉, 그러게 이게 뭐야. 이게 뭐냐고. 남편 없이 아기 낳으러 가고. 아기는 또 왜 여덟 달 만에 나오는 건데. 어어엉."

"시끄러워."

은호는 서럽게, 서럽게 울어대는 그녀를 때마침 도착한 앰뷸런스에 태웠다. 그렇게 울고 불며 소리 지르는 사이 병원에 도착했다. 병원에서는 당연히 은호가 남편인지 알고 분만대기실에 같이 넣어버렸다(사실 그녀가 은호 머리를 쥐어뜯으며 놓아주지 않았다). 서영은 그동안 은호한테 받은 스트레스도 풀 겸 진통이 올 때마다 사정없이 머리를 움켜잡았다.

진통의 수축과 이완이 빨라지자 홀로 분만실로 들어온 서영은 출산의 고통이 어떤 것인지, 정말 아무나 엄마가 되는 게 아니라는 것을 절실히 깨달았다. 의사의 지시에 따라 죽을힘을 다하길 얼마, 가냘픈 울음소리가 들려왔다.

"예쁜 공주님입니다. 축하드립니다."

여린 핏덩이가 가슴 위로 올려지는 순간, 서영은 벅찬 감동에 눈물을 흘렸다.

"하여튼, 못난이. 한순간도 눈을 뗄 수가 없어. 잠시라도 자유를 주면 이렇게 사고를 쳐요, 사고를."

힘든 출산을 겪고 단잠에 빠진 그녀에게로 정우의 목소리가 들려왔다. 사고는 무슨, 네 자식 낳느라 죽을 뻔했거든? 그런데 언제 왔다니?

가물가물한 의식에서 물음표가 늘어갈 때.

"정서영, 아주 눈만 떠봐. 절대 가만 안 둬."

이건 은호 목소리.

"내가 그만큼 말했는데 나 없는 사이에, 예정일도 아닌 아이를 낳아? 절대 묵과할 수 없어."

요건 또 정우 목소리. 애들이 단체로 왜 이렇게 씩씩거리는 걸까.

"야, 넌 네 아이잖아. 그런데 난 뭐냐? 내 머리 좀 봐라. 서영이 저게 분명 일부러 내 머리 잡아 뜯었어. 분명해."

흥, 강은호야. 네가 한번 아기 낳아봐라. 넌 아마 내 머리 통째로 뜯었을 거다. 전혀 잘못한 것이 없지만 그래도 흥분한 두 마리 곰을 상대하느니 그냥 잠들고 말 테다. 서영은 계속 두 눈을 감고 잠든 척 고개를 옆으로 돌렸다.

"그래도 말이다. 일찍 태어난 아기치곤 건강하다니까 너무 걱정하지 마."

한참을 씩씩거리던 두 녀석이 잠잠해지고, 은호가 조용한 어조로 정우를 다독거렸다.
"응. 너무 다행이다. 그래서 더 미안하고. 분명 아침까진 아무 이상 없는 거 확인했어. 서영이 잠든 사이에 체온이나 맥박 다 확인해 봤는데……. 그런데 아이가 태어났다니…… 비행기가 이륙하기 전이라 다행이었어."
진지한 정우의 목소리에는 미안함이 가득했다. 출산으로 너무 힘들었나 보다. 정우가 속정 깊은 사람임을 잊었다니. 말은 퉁퉁거려도 더 많이 챙겨주지 못함을, 더 많이 사랑해 주지 못함을 항상 미안해하는 사람인데.
"정우야."
서영은 눈을 뜨고 정우를 불렀다.
"깼어?"
눈 뜨면 가만두지 않겠다던 다짐은 거짓말처럼 사라진 정우가 황급히 다가왔다. 그러자 은호가 그들만의 시간을 위해 슬며시 병실을 나가주었다.
"나 괜찮아."
"응. 힘들었지?"
"아니, 괜찮아. 아기 봤어?"
그러자 정우가 가만히 고개를 흔들었다.
"너 보고 가야지. 내 마누라 괜찮은지 확인을 해야 아기가 눈에 들어오지."

그 말을 듣자 배시시 웃음이 나왔다. 분명 창백한 얼굴에 힘을 쓰느라 입술이 다 터졌을 얼굴임에도 너무나 사랑스럽게 쳐다보는 정우를 보자 절로 행복해졌다.

"사랑해."

"응, 나도 우리 신랑 사랑해."

그녀가 손을 내밀자 정우가 기꺼이 그녀를 안아주었다.

"고맙다, 우리 아기 무사히 낳아줘서. 힘든 거 다 이겨줘서."

"응, 나도 고마워. 내 곁에 있어줘서."

행복함이 넘쳐 눈물로 새어나왔다. 참 좋은 사람, 그가 곁에 있어 행복했고 비록 여덟 달 만에 태어났지만 건강한 아기가 있어 서영은 더할 나위 없이 행복했다.

한편 신생아실.

넋을 잃고 유리창 너머 아기를 보던 정우가 홀린 듯 물었다.

"은호야, 우리 딸 효녀지?"

"그러게."

한 번도 저렇게 작고 여린 존재를 보지 못했던 은호도 유리창에 딱 달라붙어 넋을 잃은 채 대답했다.

"서영이 닮았으면 너 돈 많이 벌어야 했을 텐데, 하나도 안 닮았네? 너무 다행이다. 딱 너 닮았다."

"뭐, 우리 서영이도 엄청나게 귀엽지만 나 닮아서 나쁠 건 없어. 그렇지?"

"당연하지. 당연히 너 닮아야지. 그런데 너 나한테 고맙다고 했냐?"

쥐어뜯긴 머리가 화끈거림을 잠시 잊었던 은호가 정우의 팔을 툭 쳤다.

"자고로 사람이란 은혜를 입었으면 갚아야 하는 거다. 알아?"

"알았어. 근사한 여자로 소개팅 열 번 어때?"

"겨우 열 번?"

은호가 어림도 없다는 듯 콧방귀를 뀌었다.

"야, 괜찮은 여자가 열 명이면 그거 엄청 힘들어."

"아무리 그래도, 넌 네 와이프가 내 머리 다 쥐어뜯은 것에 죄책감도 없냐?"

"흠…… 그래. 알았다. 우리 아기 대부 삼아줄게. 원래 첫 아기는 형진이가 대부해 주기로 했는데, 인심 썼다."

예쁜 아기의 대부라……. 그것도 형진이가 맡기로 되어 있는 대부 자리. 은호의 입가가 슬쩍 벌어졌다.

"정말?"

"왜 이름도 네 이름 따서 지어주랴?"

"어!"

정우의 농담 섞인 말에 은호가 고개를 끄덕거렸다.

"아니다. 정우야, 그것보다 내가 데려가서 키우면 안 되냐?"

"이놈이!"

얼토당토않은 은호의 말에 정우가 화르르 불타올랐다.

"네가 죽으려고 환장했지?"

"아프다."

은호가 정우의 주먹을 피해 물러나며 소리쳤다.

"어딜 도망가. 잡히면 죽어."

"배은망덕한 놈. 네가 모르나 본데, 나 아니었음 네 딸 무사히 태어나지 못했어. 그러니 내가 키워도 되지."

"어림도 없어!"

병원 복도에 쫓고 쫓기는 정우와 은호의 목소리가 울려 퍼졌다.

안녕하세요, 정경하입니다.

『못난이의 사랑』을 생각하면 항상 2003년이 떠오릅니다. 수줍고 설레는 마음으로 로맨스 소설을 써볼 용기를 냈던 해니까요.

전 중학교 2학년 때부터 로맨스 소설을 읽었습니다. 그땐 한국 로맨스 소설은 거의 없었던 시기라 대부분 해외 로맨스를 읽었습니다. 원래 종이에 적힌 건 무엇이든 읽는 걸 좋아했지만, 로맨스 소설을 처음 접했을 때 큰 충격을 받았습니다. 너무 재미있었거든요.

로맨스 소설은 제게 사랑에 대한 기대감을 가지게 했고, 행복을 꿈꾸게 했으며, 긍정적인 사고방식을 가질 수 있게 도와주었답니다. 하루에도 두세 권을 읽고 신간이 없을 땐 읽었던 소설을 되풀이해 읽었습니다. 그리고 2003년. 지금 생각해 보면 2003년은 제게 로맨스 소설을 쓸 수 있는 용기를 낸 해기도 하지만, 가장 큰 아픔을 준 해이기도 합니다. 아버지가 돌아가신 해거든요.

우리 아버지는 딸들에 대한 사랑이 무척 지극했던 분이셨습니다. 딸들은 그저 사랑만 받아야 한다고 생각하셨던 분이죠. 물론 한 번씩 화도 내시고 안 좋은 소리도 하셨지만, 지금 와서 돌이켜 보면 그런 건 하나도 생각

나지 않습니다. 다만 잘해주셨던 기억뿐이죠.

아버지가 돌아가시고 너무 막막했습니다. 잠을 자다가도, 밥을 먹다가도, 일을 하고 퇴근하는 길에도 그렇게 눈물이 솟구쳤습니다.

이렇게는 죽을 것 같다고 느낄 때, 그때 로맨스 소설을 쓰기 시작했고 제일 처음 쓴 글이 바로 『못난이의 사랑』입니다. 이 글을 쓰면서 저는 무척 행복했습니다. 다시 희망이 생겼다는 기쁨과 글을 쓰며 얻는 즐거움에 절로 흥이 났습니다.

부모 마음에 안 예쁜 자식이 없듯, 작가로서 여러 편의 완결 글들이 다 소중하지만 제게 이 글은 그렇게 큰 의미를 준답니다. 그런데 왜 지금에서야 출간이 되는 건지…… 그건 오로지 저의 게으름 때문이 아닐까 자책해 봅니다.

처음 이 글은 서영의 일인칭 시점으로 쓰여졌습니다. 생전 처음 쓰는 글답게 어색하기 짝이 없어 수정하려고 원고를 펼쳤을 때, 그야말로 억장이 무너지더이다. 2003년과 2007년은 그렇게 큰 거리감이 존재한다는 것을 느끼며 수정한 글인데, 읽으시는 분들은 어떻게 느끼실지 무척 걱정이 됩

니다.

참고로 이 글과 시리즈인 글이 이미 출간된 『장난처럼』입니다. 서영의 말에 의하면 싸가지 대마왕 은호가 주인공으로 나오는 글이죠. 글 중에서 은호가 말합니다. 2세를 생각해서 키 크고 엄청 예쁜 여자랑 결혼할 거라고. 그런데 은호도 큰 눈이 동글동글한 송주에게 필이 꽂혀 사랑을 하고 결혼을 하죠. 뭐, 희망사항과 현실은 엄연한 차이가 나는 법이니까요.

아무리 출간을 하고, 글을 써도 좀처럼 익숙해질 수 없는 것이 바로 출간 전 걱정입니다. 독자님들께서 어떻게 읽으실지…… 걱정에 몸살을 앓거든요. 고민하지 않으면 발전할 수 없음을 알기에 오늘도 저는 고민거리를 가슴에 쌓고 글을 씁니다. 하지만 절대 지쳐 쓰러지지 않을 거라 다짐도 하죠.

무덥던 여름도 지나고 이제 선득한 바람이 부는 가을입니다. 제가 제일 좋아하는 계절이 시작되려 함을 진정 기뻐하며, 『못난이의 사랑』을 세상에 내놓습니다.

아주 오랫동안 컴퓨터에서 잠자던 원고가 빛을 볼 수 있게 도와주신 청어람 관계자 여러분께 깊이 감사드립니다. 『못난이의 사랑』이 대체 언제 나오는 건지, 궁금해하셨던 우리 파우더 룸 독자님들과 제 글을 읽어주시는 모든 분들께도 항상 감사드려요. 글을 쓰며 좋았던 것 중 하나가 우리 파우더 룸 작가님들을 만나게 된 것입니다. 언니들, 파란, 향이. 우리 모두 파이팅입니다.

끝으로 아버지께.
그곳에서는 아프지 마시고, 맛있는 것 많이 드시고, 좋아하는 낚시도 하세요. 사랑한다는 말도 한 번 못했는데, 그래도 아시죠? 너무 늦게 도착해서 가시는 길도 배웅해 드리지 못했지만 제가 아버지 엄청 사랑하는 거 말입니다. 벌써 오 년인데, 아직도 아버지 생각하면 마음이 아프고 눈물이 나요. 그리고 그 사랑도 결코 줄어들지 않아요. 마르지 않는 샘물처럼 말입니다.
항상 절 지켜주시리라 믿어요. 그곳에서 행복하세요.

—2007년 가을, 정경하 드림.

# hungeoram romance novel

『커플 만세』

스물일곱에 백수한량 노릇으로 온가족의 눈총을 받는 윤도 '연'.

그녀 앞에 프로젝트! 백만장자에서 X표를 받아와라!

그러나 얼떨결에 핸드폰도 받고, 반지도 받고, 차까지 받은 도연.

어리버리 백수처녀의 백만장자에게 퇴짜맞기 프로젝트!!

● 홍윤정 지음 값 9,000원

『요조숙녀 프로젝트』

백재야 인생에 불가능이란 없다!

성 정체성이 불분명한 저 녀석을

온 세상이 인정하는 요조숙녀로 만들고야 말 테다!

환골탈태! 일취월장! 고비상, 요조숙녀 만들기 프로젝트!

● 이진희 지음 값 9,000원

『유리심장』 1, 2

열네 살의 첫 만남, 열일곱 살의 이별.

그러나 16년이 지나도 변치 않은 그들의 우정.

16년 후, 소녀와 소년이 여자와 남자가 되어 재회했다.

과연 이들이 친구를 넘어 연인이 될 수 있을까?

● 조례진 지음 값 각 9,000원

『연애의 법칙』

딸부잣집 막내딸 모단심!

퉁퉁했던 과거를 벗어던지고 환골탈태.

오매불망 첫사랑 진서혁에게 올인하다!

네가 날 찼지? 나도 널 찰 거야! 아니, 널 부숴 버리겠어!

● 심은정지음 값 9,000원

도서출판 **청어람**　chungeoram@chungeoram.com
☎ 032-656-4452　FAX 032-656-4453

 hungeoram romance novel

『붉은 밤』

엘리트 중의 엘리트. 이대경이 두려워하는 건 오직 하나.

그녀를…… 잃는다는 것.

최강 중의 최강, 박승리가 두려워하는 건 오직 하나.

그에게…… 그대로의 사랑이 될 수 없는 것.

● 이수림 지음 값 9,000원

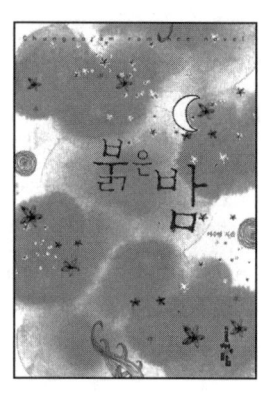

『D-100, 그 후?』

아내 강경희와 남편 이정철.

사랑하는 여자와 사랑하지 않는 남자.

하지만 운명의 그날 이후로 두 사람의 감정은 바뀌고 말았다.

D-100, 그 후에 어떤 일이 벌어질 것인가?

● 박미연 지음 값 9,000원

『쿨러브』

사랑은, 무조건 COOL한 것도,

무조건 HOT한 것도 위험하지 않을까?

〈쿨〉을 외치는 발칙한 여자와

〈진지한 연애〉에 빠져 버린 섹시한 남자의 사연.

● 이정숙 지음 값 9,000원

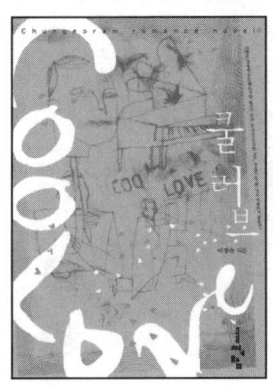

『발칙한 프러포즈』

순결지상주의에 목숨을 건 고집쟁이와

연애결벽증에 걸린 왕자의

승부를 예측할 수 없는 세기의 대결.

함부로 상상하지 마라,

당신이 무얼 상상하든 그 이상일 것이다!

● 김수희 지음 값 9,000원

도서출판 **청어람** chungeoram@chungeoram.com
☎ 032-656-4452 FAX 032-656-4453

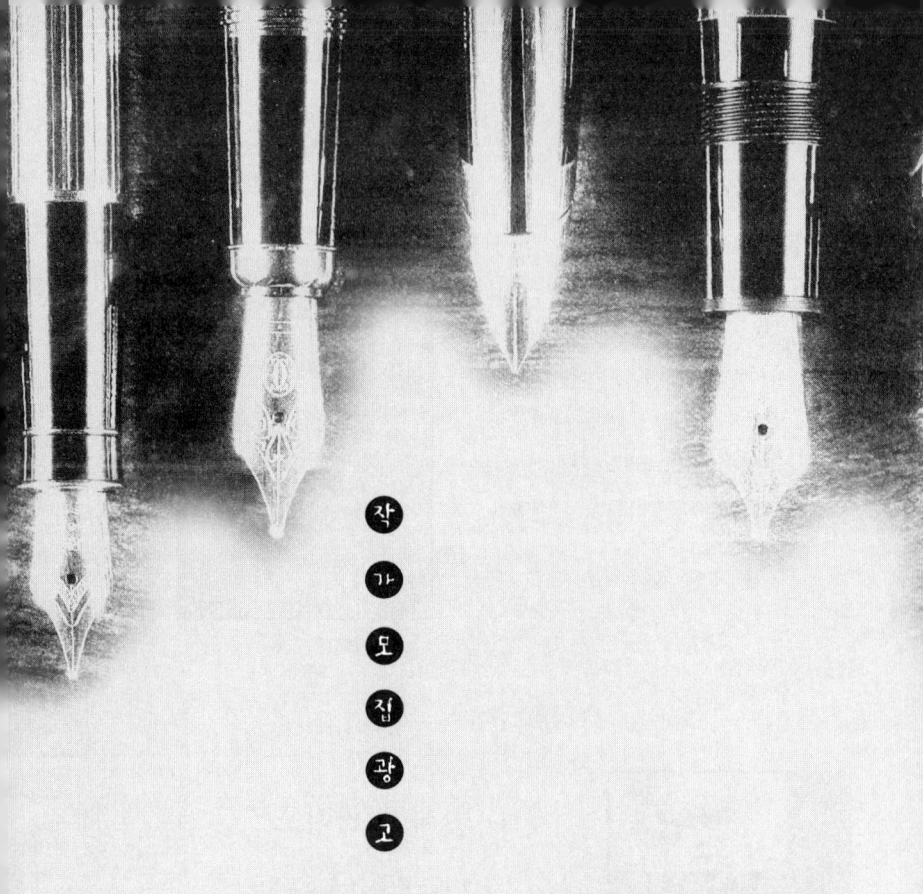